Jan Costin Wagner, Jahrgang 1972, lebt als Schriftsteller und Musiker bei Frankfurt am Main. Seine Romane um den finnischen Ermittler Kimmo Joentaa wurden von der Presse gefeiert, vielfach ausgezeichnet (u. a. Deutscher Krimipreis, Nominierung zum Los Angeles Times Book Prize) und in 14 Sprachen übersetzt. »Sommer bei Nacht«, der Auftakt der Ben-Neven-Reihe, stieg mit Erscheinen im März 2020 sofort auf Platz 1 der Krimi-Bestenliste ein.

»Ein psychologisches Meisterwerk ... Jeder hat da seine eigenen Abgründe, und das macht diesen Krimi total fesselnd. Mit ganz kurzen Sätzen, ganz präzise. Wunderbar! Große Literatur.«
NDR 1

»›Sommer bei Nacht‹ ist ein Roman, dessen Wirkung nicht zu Ende geht, wenn man das Buch schließt. Da schwelt einiges weiter.«
FAZ

»Der Krimipreisträger ist bekannt für seine literarische Qualität – nachdenklich und ausdrucksstark!«
Freundin

»Es sind anrührende kleine Szenen, die Wagner schildert und für die im Krimi-Genre sonst kaum Platz ist. (...) Trauer, Verlust und Ängste – kaum jemand versteht es so gut wie Wagner, diese Gefühle literarisch abzuhandeln.«
Die Presse

»Wagners Stärke beruht darin, jede der ineinander geblendeten Perspektiven mit höchster psychischer Intensität, sprachlicher Sorgfalt und einer Fülle von Zwischentönen auszustatten. Virtuos lotet er die Ränder und die Unschärfen des Blicks auf den Missbrauch von Kindern aus, und daraus entwickelt er einen sehr besonderen Umgang mit einem Fall, der das Grauen schlechthin bedeutet.«
Bücher Magazin

Jan Costin Wagner

Sommer bei Nacht

Roman

Rowohlt Taschenbuch Verlag

Veröffentlicht im Rowohlt Taschenbuch Verlag, Hamburg, März 2022
Copyright © 2020 by Verlag Kiepenheuer & Witsch, Köln
Lektorat Wolfgang Hörner
Covergestaltung any.way, Barbara Hanke/Cordula Schmidt,
nach dem Entwurf von Galiani Berlin
Coverabbildung Manja Hellpap und Lisa Neuhalfen, Berlin; iStock
Satz Minion bei Pinkuin Satz und Datentechnik, Berlin,
entsprechend der Originalausgabe
Druck und Bindung GGP Media GmbH, Pößneck, Germany
ISBN 978-3-499-00867-2

You paint a silhouette,
you wore it
with regret in limbo
once again, found a raven

(raven)

Eins

Ihren
Traumsommer
gibt's jetzt
zum günstigen
Früh-
bucher-
preis.

MARKO

Er ist im Spielzeugladen gewesen, hat eingekauft. Zwei Stofftiere. Als er gegangen ist, mit den Tieren unter dem Arm, ist ihm wieder bewusst geworden, dass die Tiere ziemlich groß sind. Ein wenig hinderlich. Aber große Stofftiere bereiten Freude. Je größer die Tiere, desto größer die Freude. Er ist losgefahren. Ausgestiegen.

Jetzt läuft er durch den flirrenden Sommer. Die Wärme prallt ab. Er versucht, sie aufzufangen, wie einen Ball, wirft sie zurück an die Wände der grauen Häuser. Ihm ist warm und kalt, kalt und warm. Flauschiger Stoff an seinen Händen, er betastet ihn mit den Fingerspitzen.

Auf dem Hof der Schule herrscht Lärm. Betriebsamkeit, denkt er. Das Wort geht ihm durch den Kopf. Komisches Wort. Die Stofftiere fühlen sich zu groß an. Hindern ihn. Er wusste es. Er läuft an kreischenden Kindern vorüber zu einem weißen, schmalen, langen Tisch. Eine Reihe von Tischen, dahinter stehen lächelnde Frauen. Er legt eines der Tiere ab. Hält sich am anderen fest.

»Dein Teddy?«

Die Stimme kommt von unten. Streicht an seinen Hüften entlang. Eine helle Stimme. Er nickt. Betrachtet den kleinen Jungen.

»Ja«, sagt er.

Er reicht dem Jungen den Teddy, nimmt seine Hand. Etwas rastet ein. Seine Hand in der Hand des Jungen und noch etwas. Etwas anderes.

Sie laufen. Er spricht. Er erklärt dem Jungen, warum sie laufen. Die grauen Wände der Häuser sind jetzt auf der anderen Seite, spiegelverkehrt. Alles ist anders, alles neu. Die Wände sind so grau wie früher, aber die Wärme prallt nicht mehr ab, sie schmiegt sich an ihn, hüllt ihn ein. Der Junge läuft an seiner Hand, als sei er sein Sohn.

Im Hintergrund verebbt das Gerede der Menschen, das Gekreische der Kinder, das Lachen.

Sein Wagen steht in einer Seitenstraße. Er versetzt dem Jungen einen Schlag gegen die Schläfe, bevor er ihn auf die Rückbank legt.

Er steigt ein, startet den Motor, fährt los. Entfernt sich. Die grauen Wände werden klein.

Kleiner und kleiner, verschwinden ganz.

BEN

Ein weites Feld. Er steht allein. Hält inne, bewegt sich nicht. Ist auf der Hut. Niemand ist da, niemand zu sehen, niemand zu hören. Niemand. Er ist allein auf der Welt. Steht allein auf dem Feld. Verkatert, obwohl er nicht getrunken hat. Erschöpft, erleichtert. Auf eine Weise, die schmerzt. Er spürt, dass er sterben wird. Irgendwann, zu einem Zeitpunkt, der fremd bleibt.

Das Mobiltelefon spielt eine Melodie, die er häufig gehört hat, ohne sie je zu kennen. Sie war bereits da, als er das Telefon gekauft hat. In einem Medienmarkt. Bunte Lichter. Menschen, die sich ihre Wünsche erfüllen. Ohne eine Freude, ohne eine Regung zu zeigen.

»Ja?«, sagt er.

»Dein freier Tag fällt aus«, sagt Christian. »Ein Kind ist vermisst. Ein Junge.«

Ben schweigt. Christians Worte wabern durch den Raum. Zähflüssig. Kind, Junge, vermisst.

»Ben?«

»Ja?«

»Hast du es mitbekommen? Bist du wach?«

»Ja.«

Er spürt Sveas Berührung an seinem Arm.

»Schschscht, alles gut«, sagt er. »Christian ist dran. Schlaf weiter.«

»Musst du weg?«

»Ja, gleich. Schlaf weiter.«

Er hebt sich aus dem Bett. Sein Blick streift Svea, während er zur Tür läuft. Dann steht er in einem neuen Raum, Sonne hinter den Fenstern.

»Ben?«, fragt Christian.

»Ja. Entschuldige. Ich bin aus dem Zimmer raus, Svea schläft.«

»Mittagsschlaf?«

»Ja. Sie ist gestern aus Korea gekommen und hat ein wenig Jetlag. Wir haben uns kurz hingelegt.«

»Ah. Okay. Hast du mitbekommen, was ich gesagt habe?«

»Ja. Wo ist das?«

»Holunderweg 11. Eine Grundschule. Da ist ein Flohmarkt heute. Wiesbaden-Biebrich. Bis dann.«

Bis dann, denkt Ben.

CHRISTIAN

Christian lässt das Smartphone in seine Hosentasche gleiten, betrachtet die Szenerie.

Frauen, Kinder. Ein ratloser Hausmeister. Der Hausmeister sieht aus, als sei er einem Film entsprungen. Einem Film, der Klischees bedient. Er trägt einen blauen Handwerker-Overall, ist korpulent, hat eine Halbglatze. Einige der Frauen reden aufeinander ein, andere stehen still am Rand, in sich gekehrt, aber auch sie in Aufregung.

Ein Junge ist verschwunden. Christian spürt ein Brennen hinter den Augen. Er schließt sie. Öffnet sie. Uniformierte Kollegen und Kolleginnen stehen in der Szene. Er, Christian, leitet den Einsatz. Vorläufig allein, bis zum Eintreffen von Ben, der inzwischen sicher bereits auf dem Weg ist, aber noch eine Weile brauchen wird, um die Wegstrecke zurückzulegen.

Von hier nach dort. Aus dem Mittagsschlaf kommend. Aus Träumen an einen Ort des Verschwindens.

Christian fragt sich, was Ben geträumt hat. Ob es schön war oder nicht. Eine Frage der Perspektive. Traumlos, das hat er gelesen, sei in aller Regel nur der nächtliche Tief-schlaf. Das könnte dafürsprechen, dass man im Traum eine Anbindung an die Realität bewahrt. An das Leben. Wäh-rend der Tiefschlaf Kontakt zum Tod aufbaut.

Gleich, wenn er in die Szene hineintreten wird, muss er in der Lage sein, seinen Text aufzusagen. Fehlerfrei.

Er läuft ein paar Schritte, behutsam, stellt sich vor, ein er-mittelnder Beamter zu sein. In einem Vermisstenfall. Mög-licherweise einem Entführungsfall. Ein Brennen ist hinter seinen Augen, ein stummes Lachen vibriert auf seinen Lip-pen. Einige Sekunden lang, dann zieht es sich zurück. Er läuft. Stellt sich vor, der leitende Ermittler zu sein, der er tatsächlich ist.

BEN

Ben durchquert den Sommer. Fährt einmal mittendurch. Seine Geschwindigkeit ist moderat, seine Gedanken krei-sen im Ungefähren.

Nachmittag. Bald vier. Die Schule ist ein flacher, langer Bau. Helles Grau im Sonnenlicht. Verkaufsstände auf einer grünen Wiese. Bunt bekleidete Menschen.

Er steigt aus, sieht Christian, der kaum merklich auf und ab wippt, mit seinen schlaksigen Beinen, während er den Ausführungen eines untersetzten Mannes lauscht. Der Mann sieht aus wie ein Hausmeister.

Ben nähert sich an, beginnt, die Worte zu erahnen, die der Mann spricht. Dann hört er sie.

»… gar nichts mitbekommen«, sagt der Mann.

»Ah, Ben«, sagt Christian.

»Hallo«, sagt Ben.

»Herr Schäfer ist Hausmeister an dieser Schule. Er hat nichts mitbekommen. Er weiß nicht, auf welche Weise der Junge verschwinden konnte.«

»Wie alt ist der Junge? Wie heißt er?«, fragt Ben.

»Fünf. Jannis. Er war mit seiner Mutter und seiner Schwester hier. Lea Meininger und Tochter. Die Tochter war Schülerin an dieser Schule. Da hinten sind sie.«

Ben folgt Christians Blick. Unter einem Baum, im Schatten, stehen eine Frau und ein Mädchen. Beide in Weiß und Rosa. Partnerlook. Mutter und Tochter. Er fragt sich vage, welche Farbe die Kleidung des Jungen hatte.

»Das Ganze begann um halb zwölf. Traditioneller Sommerflohmarkt. Eltern und Lehrerschaft verkaufen Sachen für gute Zwecke. Gegen Viertel vor zwölf war der Junge, Jannis, plötzlich weg. Die Leute haben ihn gesucht, neben anderen auch Herr Schäfer.«

Herr Schäfer, der Hausmeister, nickt.

»Nach etwa einer Stunde vergeblichen Suchens hat die Mutter die Polizei verständigt.«

Ben wartet.

»Inzwischen sind seit dem Verschwinden des Jungen etwa drei Stunden vergangen. Eine Fahndung auf Basis eines Fotos aus dem Bestand der Mutter ist gerade rausgegangen.«

Ben nickt, Christian reicht ihm ein Foto. Es zeigt Jannis, mit einem gestellten Lächeln, vor einer kleinen Tafel, auf der in Kreideweiß *Dinosaurier* geschrieben steht. Ver-

mutlich hat ein Fotograf im Kindergarten das Bild gemacht. Jannis ist Mitglied der Dinosaurier-Gruppe. Für
Momente flackert der Gedanke vor Bens Augen. Als sei
er Teil der Lösung, als erzähle er eine Geschichte, die alles
erklärt. Vom ersten bis zum letzten Satz, mit glücklichem
Ende.

»Ja«, sagt er.

»Mark Lederer ist in dem Parkhaus da hinten. Die haben
möglicherweise Bilder von den Überwachungskameras.«

Ben dreht sich um, sieht das mehrstöckige Parkhaus, das
Teil eines großen Einkaufszentrums ist. Wie ein stiller Ko-
loss ruht das ovale Gebäude unter der Sonne. Bunte Wer-
bebanner kleben an der grauen Fassade. *Burger King, New
Yorker MaxiDaxi, CineMAX*.

»Das ist ein Stück weit weg, aber wenn wir Glück haben,
ist der Junge in die Richtung verschwunden.«

Ben nickt. Glück haben, denkt er.

Er sieht die Mutter und die Schwester. Rosa und weiß.
Ein schöner Tag. Dinge verkaufen, die Freude bereiten, für
den guten Zweck. Er läuft schon, Schritt für Schritt, den
beiden entgegen.

LEA

Sie sieht den Mann erst, als er schon bei ihnen ist. Vor ihnen steht. Sie hat ihn nicht kommen sehen, ebenso wenig,
wie sie Jannis hat gehen sehen.

»Frau Meininger?«

Sie nickt. Sie sucht in den Augen, im Gesicht des Mannes, auf seinen Lippen nach dem Wort, das Jannis zurückbringt.

»Mein Name ist Neven. Ben Neven. Ich bin einer der Ermittler, die ...«

»Es geht um Jannis, meinen Sohn.«

»Frau Meininger, sagen Sie mir bitte noch mal, wie es passiert ist. Wann haben Sie Jannis zuletzt gesehen? Und wo genau?«

»Jannis ist weg.«

»Frau Meininger, bitte sagen Sie mir doch noch mal ...«

»Wir sind hier angekommen. Ich bin rein, um unsere Sachen abzugeben, für den Flohmarkt. Das hat nicht mal eine Minute gedauert.«

Ben nickt. Sieht sich um. »Also da rein.« Er deutet auf den Haupteingang, über dem in breiten Lettern der Name der Schule prangt.

»Ja«, sagt sie. »Gleich rechts im ersten Klassenraum werden die Sachen gesammelt, bevor sie dann zu den Verkaufsständen kommen.«

»Ja. Verstehe«, sagt Ben. »Und Ihr Sohn, Jannis, war ...«

»War bei mir. Bei uns.« Sie sieht die Tochter an, die seinen Blick auffängt.

»Meine Tochter, Sarah«, sagt sie.

»Ich habe auch Sachen reingebracht«, sagt Sarah. »Jannis war eigentlich dabei. Er hat sogar irgendwas getragen.«

»Ja, stimmt. Er hatte ein altes Playmobil-Schiff. Er hat noch in den vergangenen Tagen damit gespielt und dann gesagt, dass er es trotzdem zum Flohmarkt bringen will. Damit andere Kinder auch Spaß daran haben.«

Ben nickt. Er hört ein Rauschen, es ist direkt in seinen Ohren. Wie Meeresrauschen.

»Ich dachte, dass er da ist, dass er hinter uns herkommt«, sagt die Tochter. Sarah.

Ben lässt seinen Blick auf ihr ruhen.

»Dieses Schiff …«, murmelt er.

»Er muss es reingetragen haben und dann irgendwie weggerannt sein. Ich weiß es nicht«, sagt die Mutter. »Ich hatte kurz mit einer der Lehrerinnen gesprochen, die den Flohmarkt organisiert.«

»Gut. Wer ist das? Diese Lehrerin?«

»Frau Spahn. Ich glaube, dass sie drin ist. Sie hat blonde Haare. Helle Haare. Also, fast weiß.«

»Ah. Gut, erst mal danke.«

Er läuft, entfernt sich.

Rosa und weiß. Sommer. Ein Junge, der andere an seiner Freude teilhaben lassen möchte. Er betritt das Gebäude, angenehme Kühle umspielt ihn.

In dem Klassenraum kann er keine Frau entdecken, die helle Haare hat, aber er sieht sofort, auf einem grauen Tisch, neben anderen Gegenständen, das dunkelbraune Piratenschiff, das er selbst als Kind besessen hat und an dem eine Flagge mit Totenkopf weht.

Space Grau,
elegante Glasoberfläche,
verbesserte Features,
neue Generation,
nach IP67
klassifiziert,
der neu verbaute
A11-Bionic-Prozessor mit
64 Bit liefert mit
seiner
Leistung
Hochaufgelöstes
in 4 bis 8 K.

CHRISTIAN

Christian steht im Schatten. Er fühlt sich wohl, geborgen, beschützt. Die Kühle scheint den überhitzten Tag, der draußen wartet, ad absurdum zu führen. Der Mann, der vor dem Bildschirm sitzt und die flimmernden Bilder ablaufen lässt, ist gelangweilt. Das ist ungewöhnlich.

Häufig geraten die Menschen in Unruhe, wenn sie mit einer polizeilichen Ermittlung konfrontiert werden. Sie geraten unwillkürlich in eine Art Rollenspiel, darum bemüht, einer Erwartung zu entsprechen. Oder aber, in seltenen Fällen, einer Erwartung nicht zu entsprechen. Dieser Parkhauswächter hier wirkt vor allem genervt. Von sich? Vom Leben? Von Dingen, die unerwartet Mühe bereiten?

Christian betrachtet die laufenden Bilder und am rechten unteren Bildrand die Zeitangabe. 11.32 Uhr. 11.33 Uhr. 11.34 Uhr.

Gerade als der Mann sich auf seinem Stuhl zurücklehnt, sieht Christian das, was seine Augen gesucht haben.

»Stopp«, sagt er.

»Was?«

»Stopp! Ich möchte das als Standbild sehen.«

»Standbild«, murmelt der Parkhauswächter.

Während Christian die beiden grauen, schwarzen Silhouetten betrachtet, kehren die Spiegelungen zurück. Der Gedanke, dass es nicht echt ist. Er steht nicht wirklich hier, vor dem grauen Bild. Er ist außen vor, steht außerhalb, betrachtet sich selbst und den Parkhauswächter. Zwei Fremde.

»Und jetzt?«, fragt der Parkhauswächter.

»Können Sie das näher ranholen? Die beiden, den Jungen und den Mann?«

»Klar«, sagt der Wachmann.

Christian wendet sich den beiden Silhouetten auf dem Bildschirm zu. Eine groß, eine klein. Ein Mann, ein Junge. Der Junge hält etwas in der Hand. Etwas Großes. Ein Stofftier?

»Und?«, murmelt der Wachmann.

»Ich brauche einen Ausdruck«, sagt Christian.

»Okay«, sagt der Wachmann.

Christian fokussiert noch einmal das Bild. Jetzt ganz bei sich, das andere, falsche Bild, in dem alles nicht wirklich passiert, hat sich zurückgezogen, wie eine Schildkröte in ihren Panzer. Er versucht, Gesichtszüge auszumachen, in Gedanken Konturen einzuzeichnen. Es gelingt ihm nicht.

Das Einzige, was er jetzt, bei näherem Hinsehen, wirklich erkennen kann, ist das Stofftier. Ein großer grauer Teddybär.

BEN

Er läuft. Wieder hat er das Gefühl, den Sommer zu durchqueren. Eine Schneise hineinzuschlagen. Es fühlt sich angenehm an, in Bewegung zu sein. Das Parkdeck ragt vor ihm auf wie ein Ungeheuer. Ein grauer Dinosaurier, umgeben von einer blassen bunten Welt.

Mark Lederer und zwei uniformierte Kollegen, eine Frau und ein Mann, stehen bei den Aufzügen, bei den Kassenautomaten. Zwei weitere Uniformierte laufen die Flächen ab, werfen Blicke in die stillstehenden Autos. Die Autos schlafen. Traumlos.

»Christian ist unten bei dem Parkhauswächter. Sie prüfen das Überwachungsvideo«, sagt Mark Lederer.

»Gut«, sagt Ben. Er steigt in den Aufzug, fährt ein Stockwerk nach unten. Als er aussteigt, sieht er schon Christian in dem Kabäuschen stehen, das hell beleuchtet ist, umgeben von Schatten. Christian winkt ihn heran. Vor dem Bildschirm sitzt ein Mann, der schwer atmet.

»Wir haben hier was«, sagt Christian. »Das könnte der Junge sein. Können aber natürlich ebenso gut ein Vater und sein Sohn sein, die vom Flohmarkt kommen.«

Ben nickt. Kneift die Augen zusammen, öffnet sie weit, versucht, das schwammig graue Bild scharf zu stellen. »Geht das irgendwie schärfer? Oder größer?«

»Nein, ich fürchte nicht«, murmelt der Parkhauswächter.

»Das ist erst mal das Beste, was wir bekommen konnten«, sagt Christian.

»Okay.« Ben tritt näher heran. Dinosaurier-Gruppe, denkt er. Ein Junge mit gestelltem Lächeln, hinter dem ein ehrliches, offenes Lächeln darauf gewartet hat, den Weg auf seine Lippen zu finden.

»Das ist er«, sagt er.

»Ja?«, sagt Christian.

Ben nickt. Die beiden sehen tatsächlich aus wie Vater und Sohn. Gemeinsam unterwegs, schlendernd. Es muss eine Kamera sein, die einen Bereich außerhalb des Parkhauses abdeckt. Die beiden laufen die Straße entlang. Ben sieht Jannis, im grauen, weißen, schwarzen Sommer, hinter den Pixeln sieht er sein Lächeln. Ein verschlüsseltes Lächeln, eines, das erst noch *entpackt* werden muss, vom richtigen Format, in der richtigen Auflösung, bevor es Raum greifen kann. Wenn der Fotograf endlich gegangen ist.

»Das ist Jannis«, sagt Ben. »Und von dem Stoffteddy gibt es noch einen.«

»Was?«, fragt Christian.

»Ich habe so einen gesehen, gerade eben«, sagt Ben. »So einen Teddybären. Liegt draußen bei dem Flohmarkt auf einem der Tische.«

Sie geht vorsichtig näher heran. Bleibt stehen. Die Polizisten sind zurückgekommen, sie waren in dem Parkhaus. Jetzt stehen sie in dem Klassenraum, im Schatten. Komisch kühl ist es hier.

Sie steht auf der Schwelle, unbemerkt. Die beiden Polizisten stehen mit zwei anderen, die weiße Kleidung tragen, vor den Tischen, auf denen die schönen Sachen liegen. Sie hatte sich, als sie angekommen sind, schon ein paar Sachen ausgesucht, die sie kaufen wollte.

Der riesige Teddy hat nicht dazugehört, aber die Polizisten scheinen an ihm besonders interessiert zu sein. Sie hat diesen Teddy erst mal gar nicht gesehen. Er lag noch nicht da, als sie ankamen. Die Polizisten haben ihn reingebracht, von draußen, aus der Sonne, mit Handschuhen, obwohl Sommer ist. Vorsichtig, als sei er zerbrechlich. Oder verletzt, an der Pfote.

Sie besprechen sich, während sie den Teddy beobachten. Die weiß Bekleideten nicken. Draußen sind andere Polizisten damit beschäftigt, ein Gebiet abzusperren. Alle wurden aufgefordert, zur Seite zu treten, die Rasenfläche zu verlassen. Sie weiß nicht, wo Mama ist. Sie weiß gar nichts.

Sie steht in einem Bild, das nicht stimmt. Der Raum ist zu kühl, die Polizisten sind zu ernst. Bis auf einen, der manchmal plötzlich aussieht, als würde er lachen müssen. Die anderen bemerken es nicht, aber sie sieht es, weil es ihr ähnlich geht. Mit dem Mann stimmt was nicht, und mit ihr stimmt auch was nicht. Weil sie manchmal fast lachen muss, weil sie es einfach nicht glauben kann.

Das alles hier kann nicht wirklich passieren, nichts davon stimmt.

Jannis kommt gleich um die Ecke geflitzt, lachend. Sie wartet die ganze Zeit darauf, dass das endlich passiert. Jannis lacht, Mama lacht und ist böse, aber nur kurz, weil Jannis wieder da ist. So ein Teddy, das geht Sarah seit einigen Minuten durch den Kopf, würde Jannis gefallen. Warum ist der Teddy hier, wenn Jannis weg ist?

Der Teddy liegt auf dem Tisch. Die Polizisten stehen um ihn herum, als würden sie ihn behandeln wollen. Operieren. Die Polizisten sind Chirurgen, der Teddy ist krank.

Sie mag den Teddy nicht, sie weiß nicht, warum. Es ist keine Schande, krank zu sein.

BEN

Als Ben den Blick von dem Stoffbären abwendet, sieht er Sarah, die Schwester, auf der Schwelle zum Klassenraum stehen.

Er geht auf sie zu, sucht nach Worten, während er läuft. Er findet keine, und sie schweigt, während er ihr gegenübersteht.

»Komm, wir gehen raus«, sagt er schließlich.

Er geht voran, es fühlt sich gut an. Richtig. Der Sonne entgegen. Die Fläche draußen, die grüne Wiese, ist inzwischen abgesperrt worden, mit roten Bändern, die im lauen Wind flattern. Die Besucher des Flohmarkts stehen am Rand der Szenerie, an der Straße, schweigend, manche tuscheln miteinander, als sei unter den gegebenen Umständen alles vertraulich. Alles geheim, im Verborgenen.

Ein Gedanke zuckt auf, ein Gefühl, ein helles Bild, das er in der Nacht gesehen hat.

»Jannis rennt manchmal weg«, sagt sie. »Also, ein paar Meter. Dann kommt er eigentlich zurück.«

Er sieht sie an. Sucht ihre Augen, weicht aus, als ihre Augen seine finden. Er nickt.

»Ist der Teddy wichtig?«, fragt sie.

Die Worte hallen nach. Er sieht Christian, der jetzt in einiger Entfernung, am Rand neben den Absperrbändern, bei einer blonden Frau steht. Helle Haare. Vermutlich Frau Spahn, die Lehrerin. Die Frau spricht, Christian hört zu.

»Vielleicht«, sagt er. »Wir wissen es noch nicht.«

»Okay«, sagt Sarah.

»Sag bitte noch mal, wann genau du Jannis zuletzt gesehen hast.«

»Als wir ankamen. Wir haben Sachen abgegeben. Drinnen, in dem Raum, in dem der Teddy liegt.«

»Gut. Und Jannis …«

»Ist rausgerannt. Glaube ich, nachdem er sein Schiff abgestellt hatte. Mama hat noch mit den Lehrerinnen gesprochen.«

»Und dann seid ihr raus …«

»Mama hat nach Jannis gesehen, aber er war nicht da. Wir sind einmal herumgelaufen. Um das Gebäude. Haben Leute gefragt. Irgendwann wurde es … ja, komisch.«

Er nickt. »Könnte es sein, dass Jannis hier jemanden gekannt hat. Einen Mann?«

»Was für einen Mann?«

»Kennt er Leute hier? Sind vielleicht Freunde von euch da gewesen? Väter oder Brüder von Klassenkameradinnen?«

»Na ja, hier waren viele Leute, die wir kennen. Aber wir haben alle gefragt, keiner hatte Jannis gesehen.«

In den Augenwinkeln sieht er Christian. Er kommt auf sie zu.

»Frau Spahn hat Jannis rausrennen sehen. Nachdem er sein Schiff abgestellt hat. Sie hat noch kurz mit der Mutter gesprochen.«

Ben nickt. Immerhin dieser Teil der Geschichte scheint sicher zu stimmen.

»Die Aufnahme der Überwachungskamera muss bearbeitet werden. Im Moment ist es unmöglich, da irgendwas zu erkennen außer Kontur und Schatten.«

»Hast du noch so einen Teddy gesehen?«, fragt Ben.

Sarah hebt den Blick. »So einen wie drinnen?«

»Ja.«

»Nein. Der lag auch erst später da. Als wir ankamen, war da kein Teddy, das wäre mir aufgefallen.«

»Entweder gibt es mehrere von denen oder der Teddy ist, im Gegensatz zu Jannis, zurückgekommen«, sagt Christian.

Ben denkt an einen Teddy, der gehen kann, allein, während er selbst über grünes Gras läuft, zu den roten Absperrbändern, hinter denen die Menschen stehen.

»Entschuldigung«, sagt er. »Hat irgendjemand von Ihnen hier heute einen Mann mit einem Teddy gesehen. Oder vielleicht auch mit zwei Teddys.«

Schweigen.

»Ziemlich große Teddys, überproportional groß«, sagt Ben.

»Ja, habe ich gesehen.«

Ben sucht das Gesicht zur Stimme.

»Zwei Teddys. Der Mann hat draußen gestanden, an der Straße.«

Ben findet das Gesicht eines kleinen Jungen. Für Momente denkt er, dass es Jannis ist. »Du hast also den Mann gesehen, mit den beiden Teddys?«

»Ja, genau. Ich wusste aber nicht, ob er dazugehört.«

»Ob er dazugehört?«

»Ja, er sah so aus, dass er nicht weiß, ob er hier hingehört. Also, zu dem Flohmarkt.«

»Er war also irgendwie ... zögerlich.«

»Genau«, sagt der Junge.

»Kannst du sagen, wie er aussah? Wie alt war er denn?«

»Weiß nicht. Jung oder alt.«

Ben wartet.

»Also, irgendwie beides. Er war ja wie ein Kind, mit den Teddys. Aber auch irgendwie alt. Viel älter als ein Kind. Hatte auch so ... wenig Haare auf dem Kopf.«

»Hast du ihn früher mal gesehen? Hier an der Schule? Hat er mit Leuten hier geredet? Vielleicht ist er der Papa von einem der Kinder?«

»Nein.«

»Nein?«

»Nein, er war ganz allein.«

»Okay. Hast du ihn mit Jannis gesehen? Kennst du Jannis?«

»Nein. Aber da war auch niemand bei dem Mann. Der Mann war ganz allein.«

Ben nickt. Allein, denkt er. Ganz allein.

»Also nein, natürlich nicht ganz«, sagt der Junge.

»Was?«

»Er hatte ja die beiden Teddybären.«

MARKO

Während der Junge bewusstlos gewesen ist, hat Marko ihn auf das Bett gelegt und die Sachen an ihm ausprobiert, die er sich online bestellt hatte.

Der Junge schläft immer noch. Ist ohne Bewusstsein, hat nichts mitbekommen. Das ist gut, das ist schlecht. Der ganze Tag läuft anders ab als erwartet. Hängt in einer schiefen Ebene.

Er legt den Jungen in die Badewanne. Im Wohnraum schaltet er den Fernseher ein. Sein Herz macht einen kleinen Sprung, als er sieht, dass eine Zeichentrickserie läuft, die er mag.

Er setzt sich in den Sessel, betrachtet die Bilder, denkt, dass er müde ist und schlafen könnte, wie der Junge. Vielleicht dasselbe träumen.

In einer
digitalen Welt
sagt mir
mein Auto,
wann es
an der Zeit ist,
loszufahren.

Das Auto, von dem sie
als Kind träumten,
wurde soeben überholt.

Mein Auto kennt
meinen Namen,
meine Ziele.
Fortschritt. Freiheit.
Die Eroberung der
digitalen Welt.

BEN

Der Nachmittag weicht, der Abend nähert sich an. Sie sitzen im Schatten des Besprechungsraums, durch Jalousien fällt warmes Abendsonnenlicht.

Malvi, der Leiter der Abteilung, ist der Einzige, der steht. Vielleicht, weil er auf dem Sprung ist, vielleicht, weil er sich über andere erhaben fühlen möchte. Vielleicht aus anderen Gründen.

Ben wendet sich dem Breitbildschirm zu, auf dem die stillstehende Video-Aufnahme flackert. Ein Mann, ein Junge, ein Teddybär.

»Und das ist alles?«, fragt Malvi.

Christian lacht. Kurz und trocken. Er sitzt ganz hinten am Tisch, wie immer. »Vorgesetzter«, murmelt er.

»Bitte?« fragt Malvi.

»Sie reden wie ein Vorgesetzter«, sagt Christian. »Der Sie ja auch sind.«

Malvi betrachtet Christian. Christian betrachtet Malvi. Keiner der beiden weicht aus.

Das ist alles, denkt Ben. Mann, Junge, Teddybär.

»Ich prüfe die Vertriebswege«, sagt Mark Lederer.

Leise und in sich gekehrt, wie immer. Ben beugt sich ein wenig vor, um zu verstehen, was er sagt.

»Also, wohin die Firma, die diese Teddys herstellt, ausliefert«, sagt Lederer. »In welchen Warenhäusern oder Spielzeugläden die zu erwerben sind. Bis spätestens morgen wissen wir das. Ob es uns unmittelbar weiterbringt … weiß ich nicht.«

Malvi nickt.

Ein Bild schiebt sich vor das Bild, das Ben sieht. Er gleitet ab. Einen Bären suchen, denkt er. Seinem Weg folgen, seinen Fußstapfen. Aber er wurde ja getragen, hat keine Spuren hinterlassen.

»Was war mit dem Vater?«, fragt Malvi. Er sieht Christian an, der das Telefonat geführt hat.

»Macht irgendwas mit Werbung«, sagt Christian.

»Aha. Sonst was?«

»Befindet sich in Berlin. Arbeitet aktuell an einem Auftrag für einen Automobilkonzern.«

»Aha«, sagt Malvi.

»Besitzt keinerlei Ähnlichkeit mit dem Mann auf dem Überwachungsvideo«, sagt Christian.

»Ja.«

»Er ist auf dem Weg zurück, sein Flieger landet um halb acht in Frankfurt, ich werde da sein.«

»Gut«, sagt Malvi.

»Die Familie vermittelt den Eindruck, intakt zu sein«, sagt Christian.

Ben lässt den Satz nachklingen. *Die Familie vermittelt den Eindruck, intakt zu sein.*

»Die Beamten am Boden haben bisher keine Meldung gemacht. Wir haben über dem an die Schule angrenzenden Waldgebiet inzwischen zwei Helikopter mit Wärmebildkamera im Einsatz, die bis etwa 23 Uhr fliegen werden«, sagt Ben.

Malvi nickt.

»7886 von 8234«, murmelt Lederer. Noch leiser als sonst.

»Ja?«, fragt Malvi.

»Ich habe die Statistik zum Vorjahr rausgesucht«, sagt Lederer. »7886 von 8234 Kindern in der Gruppe der bis einschließlich 13-Jährigen wurden wieder angetroffen oder aufgefunden. Das entspricht einer Aufklärungsquote von mehr als 95 Prozent.«

Stille.

»Die restlichen fünf Prozent umfassen nahezu komplett Dauerausreißer, Streuner. Oder Kinder, die ihren Sorgeberechtigten entzogen wurden.«

Dauerausreißer, Streuner, denkt Ben.

»Komischer Begriff, Streuner«, sagt jetzt auch Lederer. Er

senkt den Blick auf ein Blatt Papier, das vor ihm liegt. »Insgesamt ist festzuhalten, dass tagtäglich zwar viele Kinder als vermisst gemeldet werden, jedoch der Anteil der Kinder, deren Verbleib auch nach längerer Zeit nicht geklärt werden kann, sehr gering ist.«

Malvi räuspert sich.

»Bei dem verbleibenden Teil ist zu befürchten, dass sie Opfer einer Straftat oder eines Unglücksfalls wurden, sich in einer Situation der Hilflosigkeit befinden oder nicht mehr am Leben sind«, liest Lederer.

»Sind Sie dann fertig, Herr Lederer?«, fragt Malvi.

Lederer nickt. Ben betrachtet ihn. Unendlich traurig sieht er aus. Weil die Statistik ihm keine Gewissheit geliefert hat. Dass es Jannis gut geht. Fünf Prozent zu wenig. Ben fragt sich, ob Mark Lederer Kinder hat. Er weiß wenig über ihn, eigentlich nichts. Ein stiller, lieber Mensch, das ist alles.

»Die Technik arbeitet daran, das Bild des Mannes zu schärfen. Von der Überwachungskamera. Wir bräuchten es deutlich klarer, um es für Befragungen oder auch die öffentliche Fahndung verwenden zu können«, sagt Ben.

Er wendet sich Malvi zu und sieht, dass dessen Blick auf ihm ruht. Malvis Augen suchen seine.

»Ihr Fall«, sagt Malvi.

Die Worte hallen nach, während Malvi sich von Ben abwendet, allen im Raum zunickt und geht. Mein Fall, denkt Ben. Mein Fall, mein Fall. Malvi liebt diese Sprüche. Aber dieses Mal klingt es anders.

Weil es stimmt.

Mein Fall, denkt Ben und schließt für Sekunden die Augen.

*Reise dich
interessant*

*Koste dein
Erlebnis aus*

CHRISTIAN

Christian betrachtet die Menschen am Flughafen. Alle hierhin und dorthin unterwegs, in Eile. Kleine Menschen, große Menschen. Prätentiöse, bescheidene. Liebenswerte, merkwürdige.

Er versucht, Blicke aufzufangen. Zählt. Stellt Berechnungen an. Die Mehrzahl der Kinder lacht. Die Mehrzahl der Erwachsenen verzieht keine Miene. Zwei kleine Kinder weinen. Eines von ihnen liegt in einem Kinderwagen.

Die Mehrzahl der Säuglinge weint oder schweigt.

Die Mehrzahl der Erwachsenen beugt sich über Smartphones.

Einige sind sehr laut. Schrilles Lachen dringt herüber, von der Schlange am Check-in-Schalter einer asiatischen Fluglinie, deren rosa Logo sich deutlich von anderen abhebt. Lachende Frauen. Hell. Eine Asiatin, eine Europäerin, sie teilen einen komischen Moment. Einen, in dem alles anders ist.

»Entschuldigung, Herr …«

Er wendet sich ab, noch geblendet von dem Rosa der asiatischen Fluglinie, sieht in die Augen von Frau Meininger.

»Frau Meininger«, sagt er.

»Sie sind doch einer der Polizisten ...«

»Ich warte auf Ihren Mann«, sagt er. »Ich möchte kurz mit ihm sprechen. Christian Sandner. Sie hatten heute Mittag mit meinem Kollegen gesprochen, Herrn Neven.« Er reicht ihr seine Hand, spürt ihre Haut. Weich, kühl. Christian Sandner, denkt er. Das bin ich. »Neun Buchstaben, sieben Buchstaben.«

Sie sieht ihn fragend an.

»Mein Name. Neun Buchstaben hat der Vorname, sieben der Nachname.«

Er wundert sich ein wenig darüber, dass er es laut gesagt hat. Meistens denkt er es nur. Wenn er sich anderen vorstellt, denkt er nahezu immer an die Anzahl der Buchstaben seiner Namen. Neun und sieben. Ganz selten vergisst er, daran zu denken.

Drei und neun. Lea Meininger.

Es ist wohl eine Art Tick. Eine Art Mantra. Sagt man so? Er denkt an Natalie, für einen flüchtigen Moment. Natalie lacht, nachdem sie die Buchstaben gezählt hat. Natalie hat es nie *Mantra* genannt.

Wo ist Sarah?

»Wo ist Ihre Tochter?«, fragt er.

»Sie ist zu Hause geblieben«, sagt Frau Meininger. »Sie wollte ...«

»Ah ja, verstehe«, sagt er. Versteht tatsächlich.

»Sie wollte da sein, falls Jannis kommt. Oder falls er ... gefunden wird. Falls er zurückgebracht wird.«

»Ja.«

Die Tür des Ankunft-Gates öffnet und schließt sich. Öffnet und schließt sich. Christian fängt die Blicke der Menschen auf, hält sie fest, lässt sie los. Er weiß nicht mehr, wie der Familienvater, der Ehemann von Frau Meininger, aussieht, er hat kein Bild vor Augen. Er hat ein Foto gesehen, es ist bereits Teil der Ermittlungsakte, aber die Erinnerung ist weg. Er versucht, sich zu erinnern, sich eine Vorstellung zu machen, aber da kommt nichts.

Sechs. Denkt er.

Jannis.

BEN

Bevor Ben nach Hause fährt, fährt er bei Landmann vorbei. Er ist seit einiger Zeit nicht bei ihm gewesen. Jetzt steuert er sein Haus an, als sei das ganz selbstverständlich, als sei es das Selbstverständlichste, was es gibt. Landmann zu besuchen. Obwohl er ihn telefonisch nicht erreicht hat, ist er sicher, dass er da sein wird.

Landmanns Haus liegt unter der Abendsonne, von goldenem Licht umspielt. Ben spürt ein Stechen im Magen, während er aussteigt und auf das Haus zugeht, der Kies knirscht unter seinen Schritten. Im Hintergrund, am Ende des weiten Gartens, liegt wie ein Trugbild der See, wie ein dunkelblauer Teppich, der gerade erst ausgebreitet worden ist. Nur für ihn, aus diesem einen Grund. Damit er ihn sehen kann, den dunkelblauen See. Den dunkelblauen Teppich.

Rennen, zum Steg, abheben, springen, eintauchen.

Unter Wasser verweilen.

»Ben.«

Ben hebt den Blick.

»Wie schön, dich zu sehen«, sagt Landmann. Er steht auf der Schwelle zur Eingangstür.

»Das müsste eigentlich ich sagen«, sagt Ben. Er lächelt. Zum ersten Mal an diesem Tag fühlt er wirklich ein Lächeln. Ein fremdes, fernes Gefühl, das plötzlich ganz nah ist, unmittelbar, auf seinen Lippen.

Landmann bittet ihn herein, mit einer einladenden Geste, und er folgt ihm ins Innere des Hauses. Schatten spielen an den Wänden. Ein Spiel, das er nicht versteht, und das gefällt ihm. Es ist gut, dass er das Spiel nicht versteht, es ist gut zu wissen, dass Landmann das Spiel gewinnen würde. Würde er spielen, aber Landmann spielt nicht, löst keine Rätsel, ist kein Ermittler. Nicht mehr.

»Setz dich doch«, sagt er, geht zum Kühlschrank, nimmt eine Flasche Weißwein, öffnet sie.

Wie schön, denkt Ben. Die Sonne-Schatten-Spiele an den weißen Wänden. Er setzt sich auf das helle Sofa.

»Wie geht es dir?«, fragt er.

»Ach«, sagt Landmann. »Gut.«

»Das freut mich.«

»Und dir? Euch?«

Das ist typisch für Landmann. Dass er über Ben hinausdenkt, dass er auch Svea und Marlene in seine Frage mit einbezieht.

Ja. Wie geht es ihm? Wie geht es Svea? Wie geht es Marlene?

»Ich glaube, dass es Marlene sehr gut geht«, sagt er. »Sie

kommt gut zurecht, hat viele Freundinnen. Genießt die Tage.« Ja, das stimmt, denkt er. Jetzt, wo Landmann ihn fragt, wird es ihm bewusst. Auch das ist schön. Der Gedanke, dass es Marlene, seiner Tochter, gut geht. Dass sie glücklich durch ihr Leben läuft, unbeschwert, zumindest in diesem Moment.

Und Jannis läuft mit einem Teddybären. An der Hand eines unbekannten Mannes.

»Und Svea?«, fragt Landmann.

»Auch gut«, sagt Ben. Es fühlt sich hohl und leer an, obwohl es die Wahrheit ist. Er denkt wirklich, dass es Svea gut geht. »Sie fliegt viel. Also, das ist ja ihr Job, inzwischen ist sie Purserette, das heißt, sie leitet die Crew. Sie war in Korea, hatte ein wenig Jetlag, aber ansonsten alles gut. Ich glaube, dass der Jetlag in Richtung Korea auch schlimmer ist als auf dem Rückflug. Also, halb so wild.«

Landmann nickt. Hält inne. Betrachtet ihn, mit einem Lächeln.

»Und du?«

Ben schweigt. Landmann wartet.

Halb so wild, denkt Ben. »Hm«, sagt er.

»Ein schwieriger Fall?«

Auch das typisch für Landmann. Den Finger in die Wunde zu legen. Mit einem wissenden Lächeln. Was weiß er eigentlich?

»Ja«, sagt er. »Ein Kind ist vermisst. Ein Junge.«

Landmann schweigt. Schließt die Augen. Öffnet sie.

»Jannis«, sagt Ben. »Fünf Jahre alt.«

»Was wisst ihr?«, fragt Landmann.

»Zu viel und zu wenig«, sagt Ben.

Landmann wartet.

»Wir wissen nicht, wo er ist. Wie es ihm geht. Wir wissen, dass er vermutlich entführt wurde. Es gibt Aufzeichnungen einer Überwachungskamera, die den Verdacht nahelegen.«

Landmann bringt die Gläser, stellt sie auf dem Tisch ab. Der Weißwein perlt ein wenig. Landmann setzt sich in den Sessel, Ben gegenüber.

»Das tut mir leid«, sagt er.

Sie sitzen für eine Weile, auf der Suche nach Worten. Zumindest Ben ist auf der Suche, aber er fühlt sich auch merkwürdig leicht und entrückt, eigentlich sucht er nicht wirklich. Fast könnte er schlafen. Landmann hebt sein Glas an.

»Auf dich«, sagt er.

Sagt er das wirklich?

Ben hebt sein Glas, es ist schwer. Es klirrt und klingt, als es sanft mit dem von Landmann kollidiert.

Er möchte fragen: Warum auf mich? Aber er fragt nicht.

»Ich wünsche euch von Herzen, dass ihr den Jungen bald finden werdet«, sagt Landmann.

»Darf ich dir kurz skizzieren? Was passiert ist?«

»Sicher.«

»Also. Ein Flohmarkt. In einer Schule. Draußen, auf der großen Wiese. Lehrer, Eltern, Schülerinnen und Schüler. Tische mit Sachen, die verkauft werden. Gegen Mittag kommen die Meiningers. Mutter, Tochter und der kleine Jannis. Kurz darauf, nachdem Mutter und Tochter Sachen in einen der Klassenräume gebracht haben, ist Jannis weg.«

Landmann nickt.

Ben schließt die Augen. Die Sonne, denkt er. Sie scheint.

»Die Sonne scheint«, sagt er. »Als ich ankomme. Kennst du eigentlich meinen Kollegen, Christian?«

Landmann schüttelt den Kopf.

»Er ist sehr eigen, aber ich mag ihn. Ich glaube, dass er nichts wirklich ernst nimmt. Er kann es nicht.«

»Aha?«, fragt Landmann.

»Ja. Er kann es nicht. Es ist so, als würde er … seine Mitte suchen.«

»Hm«, sagt Landmann.

»Verstehst du?«

»Ich denke, ja. Vielleicht. Es klingt ungewöhnlich.«

Abendsonne, Morgensonne, denkt Ben. Und die Sonne, die dazwischenliegt, gegen Mittag und Nachmittag. Es war Nachmittag, als er an der Schule ankam.

»Wir haben die Aufnahmen einer Überwachungskamera sichern können. In einer nahe gelegenen Tiefgarage«, sagt er.

»Was genau zeigen die Bilder?«

»Den Jungen. Jannis. Zweifelsfrei. Und einen unbekannten Mann.«

Landmann wartet. Als würde er wissen, dass noch etwas fehlt.

»Und einen Teddybären«, sagt Ben.

»Einen Teddybären?«

»Ein großer Bär aus Stoff. Offenbar hat der Mann ihn mitgebracht. Er hatte sogar zwei davon. Einer verblieb in der Schule. Ich gehe davon aus, dass wir verwertbare Spuren sicherstellen werden. An diesem Teddy. Wir wissen aber noch nicht, ob sie unmittelbar von Nutzen sein können.«

»Niemand hat den Mann gesehen? Er fiel nicht auf?«

»Nein. Gesehen hat ihn nur ein kleiner Junge. Im Alter von Jannis. Er sagte, dass der Mann abseitsstand. Zögerlich.«

Landmann kneift die Augen zusammen.

»Dass er allein war. Das hat der Junge gesagt. Allein, mit den beiden Bären.«

»Allein. Zusammen«, murmelt Landmann. Sein Blick verliert sich. Ben denkt daran, dass Landmann in Gleichungen denkt. Jetzt, genau in diesem Moment.

X entspricht y.

Allein. Zusammen.

Damals, als Landmann noch im aktiven Dienst war, haben ihn die Kollegen gerne den *Mathematiker* genannt. Der *Mathematiker* ist schon vor Ort. Der *Mathematiker* wird wissen, was zu tun ist. Irgendwann fiel diese Bezeichnung häufiger als Landmanns eigentlicher Name.

»Ein weicher Mann. Das ist der erste Eindruck. Weich, lieb«, sagt Landmann.

»Was?«

»Wenn er niemandem aufgefallen ist, trotz der großen Bären. Dann ist er mit ihnen verschmolzen, hat ihnen vielleicht sogar ähnlich gesehen?«

»Den Teddybären?«, fragt Ben.

»Ja. Du weißt, wie ich es meine. Sein Aussehen hat keinen Gegensatz erzeugt. Zu den Bären.«

Ben wartet.

»Die Bären waren Hingucker, aber dennoch hat niemand genau hingesehen. Blicke haben den Mann gestreift, aber niemand hat ein zweites Mal hingesehen. Weil der Mann und die Bären eine Einheit waren. Es entstand kein Widerspruch.

Demnach hat der Mann sanfte, vielleicht auch einfach nur besonders vage, unmerkliche Gesichtszüge. Ein flauschiges, vielleicht korpulentes Äußeres. Aber nicht so, dass es auffällt. Leichtes Übergewicht. Legere, unauffällige Kleidung. Shirt und Hose. Wer ihn ansieht, verspürt nicht den Anflug einer von ihm ausgehenden Gefahr oder Aggression.«

Ben betrachtet Landmann, während die Worte leise rieseln wie Schneeflocken, ihren Platz finden, eine weiche Schicht bildend, am Boden.

»Wie deutlich zeigt denn die Überwachungskamera den Mann?«, fragt Landmann.

»Leider undeutlich. Ein wenig seitlich abgewandt.«

Landmann nickt.

»Aber was du sagst, entspricht durchaus der Silhouette, die wir auf dem Video gesehen haben«, sagt Ben.

Landmann neigt den Kopf. »Der Bär«, sagt er.

»Ja?«

»Ist der Bär bei dem Mann oder bei dem Jungen?«

»Der Junge hat ihn. Hält ihn in der Hand.«

»Ja.«

»Warum? Meinst du, dass der Junge deshalb mitgegangen ist? Weil der Mann ihm den Bären geschenkt hat?«

»Ja. Vermutlich.«

Gleichungen, denkt Ben.

Ein Bär, ein Schiff.

»Er hatte kurz davor etwas weggegeben. Ein Piratenschiff. Von Playmobil.«

»Das kenne ich«, sagt Landmann unwillkürlich.

x entspricht y.

Bär. Piratenschiff.

»Der Junge hat auf das Gute vertraut.«

Ben denkt darüber nach.

»Aber das ist verständlich. Wie gesagt: Von dem Mann ging keine Gefahr aus. Nicht augenscheinlich«, sagt Landmann.

Ben denkt an Svea. An Marlene. Bald nach Hause kommen. Abendessen. Fragen, wie es ihnen geht. Wie es ihnen ergangen ist, an diesem sonnigen Tag.

»Das ist schlecht«, sagt Landmann.

»Was?«

»Das ist schlecht«, sagt Landmann. Er steht auf, abrupt.

Ben zuckt zusammen. Sucht Landmanns Blick.

Landmann legt einen Arm auf die Lehne des Sessels. Als müsse er sich abstützen. »Das ist schlecht«, sagt er noch einmal. »Es gefällt mir nicht, es stimmt nicht. Es sollte nicht sein.«

»Was sollte nicht sein?«

»Dass dieser Mann einem Teddybären gleicht.«

CHRISTIAN

Als er Jannis' Vater sieht, erinnert er sich an ihn. Ein unscheinbarer Mann. Mittelgroß, schlank. Lea Meininger geht zögernd auf ihn zu. Christian hält inne, sieht die beiden in Umarmung. Dann passiert etwas Eigenartiges. Das Bild, das Christian sieht, scheint aus der Verankerung zu kippen, als der Mann zu sprechen beginnt. Christian kneift die Augen zusammen. Dann schließt er sie.

»Weißt du etwas? Etwas Neues?«, fragt der Mann. Jannis'
Vater. »Wie ist denn das alles möglich?«

»Ich weiß es nicht«, sagt Lea Meininger.

»Ihr seid doch nur zu dieser Schulgeschichte gegangen.
Zu diesem Flohmarkt.«

»Ja. Hier ist übrigens, das ist Herr ...«, sagt die Frau.

Christian öffnet die Augen.

»Sandner«, sagt Christian. »Christian Sandner. Ich ermittle in dem Fall.«

Der Mann kommt auf ihn zu, reicht ihm die Hand, und
Christian kehrt langsam aus der anderen Welt zurück, der
Welt, in der alles ein Film geworden ist. Eine Filmszene, die
einen besorgten Vater zeigt, am Flughafen, in den Armen
seiner Frau, drängende Fragen stellend.

»Wissen Sie denn schon, wo Jannis ist?«, fragt der Mann.

Ein Schauspieler, denkt Christian. Aber nein, es ist etwas anderes. Es ist anders. Nicht das Auftreten des Mannes
birgt die Irritation, es ist ...

»Sie müssen doch schon etwas wissen.«

... die Stimme.

»Ja«, sagt Christian.

»Ja?«, fragt der Mann.

»Entschuldigung?«, sagt Christian.

»Sie sagen, dass Sie etwas wissen. Über unseren Sohn,
Jannis.«

»Ja. Wir haben eine Suchaktion in die Wege geleitet, an
der sich eine große Zahl unserer Beamten beteiligt. Auch
Helikopter kommen zum Einsatz.«

Der Mann nickt. Und schweigt. Und Christian findet
das Bild zur Stimme. Die Worte zum Bild. *In einer digitalen*

Welt sagt mir mein Auto, wann es an der Zeit ist, loszufahren. Mein Auto kennt meinen Namen, meine Ziele.

Das ist der Spot, der läuft, bevor Christians Serie beginnt. Die Serie handelt von einem autistischen Polizisten und seiner einsamen, nymphoman veranlagten Kollegin. Gut gemacht, diese Serie. Gut konstruiert. So, dass er den Weg mitgeht, obwohl die Geschichte andauernd unsinnige Volten schlägt. Vielleicht gerade deshalb.

Vor jeder neuen Folge fährt in einem Werbespot eine Limousine durch eine Landschaft, die Christian an den Grand Canyon erinnert. Er hat sich gefragt, ob es der Grand Canyon ist. Oder ob er sich das nur einbildet. *Die einen nennen es Fortschritt. Für mich bedeutet es Freiheit. Die Eroberung der digitalen Welt. Das Auto, von dem sie als Kind träumten, wurde soeben überholt ...*

»Sagen Sie ...«, sagt er.

Der Mann, Meininger, wartet.

»Ich ...« Jannis, denkt Christian. Helikopter. Aus der Vogelperspektive suchen sie den weiten Wald ab, an den Rändern der Stadt. Von weit oben bietet sich ein anderes Bild. Die Formen nehmen Form an. Ausgefranste Wege erscheinen linear, die Abgrenzungen schlüssig. Feld, Wald, Stadt. Aus der Vogelperspektive sieht er auch den Sportwagen, der den Grand Canyon durchquert.

Oder ist es eine Steppe, eine Wüste? Sand wirbelt auf. Er betrachtet Dirk Meininger, sucht nach den Worten, die die Frage bilden, die er stellen möchte.

»Sind Sie, wie nennt man das, so eine Art ... professioneller Sprecher?«, fragt Christian.

Zu Hause, denkt Ben, während er den Wagen in die Einfahrt steuert.

Er steigt aus dem Wagen, die Abendluft umfängt ihn, die Sonne wärmt angenehm, der Abend ist wie ein Bild. Ein Gemälde. Schöpfung eines Künstlers, den er nicht kennt. Lauer Wind, Gänsehaut. Marlene steht in der Tür, im Abendlicht.

»Hallo Papa«, ruft sie.

»Guten Abend, mein Schatz«, ruft er.

Schattenhafte Bilder zucken auf, während er sich nähert, er fokussiert sich auf Marlenes Lächeln, die Bilder sind Erinnerungen. Ferne Erinnerungen. Eine ganze Nacht weit entfernt. Links und rechts von der kleinen Treppe, die zum Haus führt, blühen die Blumen, in Farben, die Svea gewählt hat. Hat sie diesen Abend gemacht? Gemeinsam mit Marlene? Er nimmt zwei Stufen mit einem Schritt. Bunter Abend, denkt er. Vielleicht kommt die Nacht gar nicht, vielleicht weigern sich die Farben zu verblassen.

»Und, wie lief es?«, fragt Marlene. »Wie war dein Tag?«

Er lächelt. Betrachtet Marlene. Solche Fragen stellt sie jetzt schon. Erwachsenenfragen. Mit ernstem Gesicht.

»Gut«, sagt er.

Sie nickt.

»Und bei dir? Wie war es mit Hanna?«

»Gut. Wir waren schwimmen. Sofie war auch dabei.«

»Klingt nach einem schönen Nachmittag.«

»Ja, wir haben die Jungen-Rutsche ausprobiert.«

»Aha?«

»Also, die für die Älteren. Da rutschen fast nur ältere Jungs. Und wir.«

Ben lacht. Zum ersten Mal an diesem Tag. »Respekt, Marlene.«

»Mama hat Nudeln gemacht«, sagt sie. »Mit ihrer Pilz-Soße.«

Ben nickt.

»Habe ich mir gewünscht«, sagt Marlene.

DIRK

Die Frage steht im Raum. So massiv, so falsch, dass er keine Antwort findet, obwohl die Antwort einfach erscheint.

»Entschuldigung?«, fragt Dirk Meininger stattdessen.

»Ich dachte nur gerade, dass ich Ihre Stimme kenne und dann hat sie sich mit dieser Werbung verbunden, mit diesem Spot, in dem das weiße Auto durch so eine Art Wüste fährt.«

»Ach so. Ja, das bin ich«, sagt er.

»Sie haben den Text gesprochen?«

»Das stimmt, ja. Ich bin Schauspieler und arbeite häufig auch im Bereich Werbung, Hörbuch und Synchronisation.«

Der Mann nickt. Der Polizist. Ein recht junger Mann, schlaksig, groß. Dirk Meininger hat intuitiv ein wenig Distanz zu ihm aufgebaut, um nicht zu offensichtlich zu ihm aufsehen zu müssen.

»Verstehe«, sagt der Polizist. Mehr nicht.

Dirk Meininger denkt an Jannis, während er den Blick des Mannes sucht. Er bekommt den Gedanken nicht zu fassen. Jannis. Er hat ihn vor Augen, aber der Gedanke kommt nicht in Bewegung, Jannis steht still. Als er vor zwei Tagen abgereist ist, hat er ihn nicht gesehen. Er war früh dran, sein Taxi zum Flughafen kam um halb sechs. Die anderen haben noch geschlafen. Lea, Sarah, Jannis. Es war still im Haus, und er hat allein in der Küche gesessen und einen Kaffee getrunken und sich vage gefragt, warum sie hier leben. In diesem großen Haus mit den Fensterwänden.

»Ja«, sagt der Mann. Wie war sein Name? Sandner.

»Wo?«, fragt er.

»Entschuldigung?«

»Wo sind die Helikopter?« Ich höre nichts, denkt er. »Wo kommen die zum Einsatz? Wie viele sind das? Was können Sie sich vorstellen? Was könnte denn passiert sein?«

Der Mann, Christian Sandner, erwidert seinen Blick. Dirk denkt, dass er vielleicht zu viele Fragen gestellt hat, jetzt wird er keine einzige Antwort bekommen. Er schwitzt. Er hasst es zu schwitzen. Eine Erinnerung zuckt auf, an einen Abend, an dem er auf einer Bühne stand und zu schwitzen begann. Als sich eine Textzeile zurückgezogen hatte in die Dunkelheit, als eine Pause eintrat. Keine Pausen, denkt er. Lea steht wie im Schatten, seitlich hinter dem Polizisten, der nicht aussieht wie ein Polizist.

»Der Einsatz fokussiert sich auf das Waldstück, hinter dem Schulgelände. Auch auf die angrenzenden Siedlungen, es wird zunächst ein festgelegter Radius abgesucht, der auch erweitert werden kann«, sagt er.

»Was ist passiert?«, fragt Dirk. »Was ist Ihre Einschätzung?«

Lea, im Hintergrund, im Schatten, zuckt zusammen. Hat er eine Frage gestellt, auf die sie keine Antwort hören möchte? Der Mann, Christian Sandner, zögert.

»Sagen Sie einfach, was Sie wissen«, sagt er.

»Es gibt eine Aufnahme, die ich Ihnen vorlegen möchte.«

»Welche Aufnahme?«

Der Polizist entnimmt seiner Jackentasche ein Foto. Das Foto liegt in einer Klarsichtfolie.

»Ein Bild. Es stammt von der Überwachungskamera einer Tiefgarage. Es ist der einzige Hinweis, den wir bislang haben. Sie sehen hier in diesem Ausschnitt jetzt nur den Mann, einen Teil der Aufnahme …«

Dirk Meininger betrachtet das unscharfe Bild. Schweigt. Weil die Worte fehlen. Haben sich zurückgezogen, ins Dunkel.

»Wer ist das?«, fragt er.

Der Polizist wendet sich Lea zu, auch Lea betrachtet das Foto. Sie weicht zurück, beugt sich wieder vor. Mit gerunzelter Stirn.

»Wer ist das?«, fragt Dirk Meininger noch einmal.

»Ist es denkbar, dass irgendein Bekannter oder Verwandter bei diesem Flohmarkt war? Dass Jannis mit ihm gegangen ist, weil er ihn kannte?«

Dirk Meininger kneift die Augen zusammen. Natürlich nicht, denkt er. Jannis geht nicht mit irgendjemandem weg, ohne seiner Mama und seiner Schwester Bescheid zu sagen.

»Nein«, sagt er. »Was reden Sie da eigentlich? Bekannter, Verwandter?«

»Da war niemand«, sagt Lea. Ihre Stimme klingt leise. Weil sie im Hintergrund steht. Eine Stimme aus dem OFF. Das Bühnenbild aufwendig. Kulisse Flughafen. Menschen eilen vorüber, einem Ziel entgegenstrebend. Wissend, wohin und warum.

»Sie müssen ihn finden«, sagt Dirk Meininger.

Ja, denkt er.

Endlich, das ist er, der Satz, der sich aus der Dunkelheit herausschält, der einzig wichtige.

BEN

Das Essen schmeckt gut, anders. Svea sieht müde aus. Müde, aber glücklich. Marlene erzählt vom Schwimmbad, von der Jungs-Rutsche und von einem Bademeister, der sich wichtiggemacht hat, weil sie vom Beckenrand ins Wasser gesprungen sind.

»Humorloser Typ«, sagt sie, und Ben muss wieder lachen.

»Woher hast du diese Ausdrücke?«, fragt er.

»Hm?«

»Du ... ach, egal.«

»Was denn?«

»Papa meint vermutlich, dass du wie eine Erwachsene sprichst«, sagt Svea. Wie immer, auf den Punkt.

»Ach so. Bin ich ja auch«, sagt Marlene. Sie grinst. Schelmisch, denkt Ben. Erwachsen, Kind, denkt er. Marlene erwachsen. Jannis verschwunden.

»Wie war eigentlich Japan?«, fragt Marlene.

»Korea«, sagt Svea lächelnd.

»Aber die haben auch diese anderen Augen«, sagt Marlene.

»Das stimmt«, sagt Svea.

Andere Augen, denkt er. Mit anderen Augen sehen. In seiner Hosentasche vibriert das Diensthandy. Er zieht es heraus, betrachtet die Nummer auf dem Display. Lederer. »Moment«, murmelt er, geht ein paar Schritte, entfernt sich von Svea, von Marlene.

»Mark?«, sagt er.

»Hallo, Ben. Also, die Suchaktion ist bislang ohne Ergebnis. Wird noch eine gute Stunde andauern und morgen früh natürlich fortgesetzt.«

»Gut«, sagt Ben.

»Wir haben begonnen, den familiären Hintergrund zu durchleuchten. Haben jetzt eine erste Liste der Personen im familiären Umfeld, die wird natürlich sukzessive erweitert. Habe ich für die Ermittler-Gruppe im Intranet eingestellt, und sie liegt auch auf deinem Schreibtisch bereit.«

»Bestens«, sagt Ben. *Sukzessive*, denkt er.

»Auf den ersten Blick nichts, was ins Auge fällt. Die Frau hat einen Bruder, der allerdings der Silhouette auf dem Überwachungs-Video nicht annähernd ähnelt.«

»Okay.«

»Gleiches gilt für den Klavierlehrer der Tochter. Ein 21-jähriger Musikstudent, sehr schlank, um nicht zu sagen, hager.«

Ben nickt. *Kein Teddybär*, denkt er.

»Ich bin jetzt an den sozialen Netzwerken dran, alle drei, Mutter, Vater und Tochter, haben uns Zugriff auf ihre Facebook-Profile eingeräumt. Die Zugangsdaten habe ich dir via Mail gesendet.«

»Okay.«

»Ach ja, das noch der Vollständigkeit halber. Eine Lösegeldforderung ist nicht eingegangen. Für den Fall, dass das noch passieren sollte, ist kriminaltechnisch alles eingerichtet. Christian hat den Vater am Flughafen abgepasst und die beiden, also Mutter und Vater von Jannis, nach Hause begleitet. Er ist noch dort.«

»Okay«, sagt Ben. »Danke dir.«

»Bis dann, Ben«, sagt Mark Lederer.

Ben lässt das Handy sinken. Marlene hat den Fernseher eingeschaltet, die blaue Kulisse einer Quizshow flimmert auf dem Bildschirm.

»Was Schlimmes?«, fragt Svea, die noch am Tisch sitzt, ihr Rotweinglas in der Hand haltend.

»Na ja. Ja. Ein Junge ist vermisst.«

Svea schweigt. Scheint den Worten nachzusinnen. Sie mit eigenen Ängsten abzugleichen. »Oh je«, sagt sie dann.

»Ja«, sagt Ben.

Irgendwie ist er erleichtert darüber, dass sich Marlene auf dem Sofa räkelt und ausschließlich den Fragen des Quizmasters zu lauschen scheint.

»Ja. Wir sind dran«, murmelt er. »Ich gehe dann mal runter und setze mich an die Unterlagen, die Lederer geschickt hat ...«

»Mach das«, sagt Svea.

»Ja.«

Er läuft, Gedanken kreisen wie Schneeflocken vor seinen Augen, weich, leicht, kühl.

»Findet ihr ihn?«, fragt Marlene.

Er dreht sich zu ihr um. Sie liegt auf dem Sofa, gemütlich, mit dem Handy in der einen und dem Nachtisch, einem Schokoladenriegel, in der anderen Hand.

»Was?«, fragt er.

»Ob ihr ihn findet. Den Jungen«, sagt Marlene.

Ben zögert. Der Moderator auf dem Bildschirm fragt nach der Anzahl von Oscar-Nominierungen. Nennt Namen von Schauspielerinnen. Ben kneift die Augen zusammen, er glaubt, die Antwort zu kennen. Er kennt die Schauspielerinnen, er ahnt, welche von ihnen nur nominiert, nie ausgezeichnet wurde. Eine Schauspielerin, die er mag.

»Das hoffe ich, mein Schatz«, sagt er.

Marlene nickt. Wendet sich wieder dem Fernseher zu, und Ben läuft die Treppe hinunter, in sein Arbeitszimmer, das im Dunkel liegt. Er hält kurz inne, im Schatten, dann schaltet er das Licht an.

CHRISTIAN

»Danke, dass Sie uns noch begleitet haben«, sagt Lea Meininger. Sie sitzt auf einem schneeweißen Sofa, und neben ihr liegt eine schneeweiße Katze.

»Gerne«, sagt er.

Er befindet sich in einem riesigen Kubus. Der Kubus ist das Haus der Meiningers. Es entspricht nicht den Erwartungen, die er gehabt hat. Wobei er nicht weiß, welche Erwartungen er gehabt hat.

Dieses Haus, diesen Kubus, hätte er in keinem Fall erwartet. Bei niemandem würde er so etwas erwarten. Selbst bei Malvi nicht. Malvi ist anmaßend, selbstherrlich und gut besoldet, aber Christian würde sich Malvi niemals in einem Glaskubus wie diesem hier ausmalen können.

»Ja, danke ...«, sagt Dirk Meininger. Der Sprecher. Die Stimme hallt nach, Christian bekommt sie nicht mehr aus dem Kopf. Sie hat sich mit anderen Bildern vermengt, anderen Szenen. Mit einem Löwen, dem Anführer einer Tierbande, die die Straßen von New York unsicher gemacht hat. Oder von Los Angeles. Dessen ist er sich nicht ganz sicher, aber mit Gewissheit gehörte die Stimme des Löwen Dirk Meininger. Oder umgekehrt.

Ein Animationsfilm. Große Kinoleinwand. Ein schöner Tag ist das gewesen. Marlenes Geburtstagsfest, zehn bestens gelaunte Mädchen, ein bestens gelauntes Geburtstagskind. Ben hatte ihn gebeten, ihm zu helfen, eine Fahrt zum Kino zu übernehmen. Svea ist zu Hause geblieben, hat das Abendessen vorbereitet, Nudeln, die sie am Abend nach dem Kino gegessen haben.

Ja, doch, wenn er jetzt darüber nachdenkt, ist das ein schöner Tag gewesen. Wann ist das gewesen?

Vergangenes Jahr.

»Wenn Jannis älter wäre, hätte er ein Handy, und wir könnten ihn anrufen«, sagt Lea Meininger.

Ihr Mann hebt den Blick, starrt sie an. Schweigt.

»Kann ich Ihnen etwas zu trinken anbieten?«, fragt sie.

»Äh ... nein, das ist sehr freundlich, danke«, sagt Christian. Da ist noch etwas, denkt er. Etwas Wichtiges, das noch im Untergrund schlummert, im Halbbewussten. Die

Stimme von Dirk Meininger betreffend. Es fühlt sich an, als hätte er das Wichtigste noch nicht verstanden. Er schließt die Augen, lässt Meiningers Stimme vorübergleiten, gleicht sie mit Bildern ab, mit Szenen, die im Schatten spielen.

»Ich … würde irgendwas nehmen. Ein … ich weiß nicht, was«, sagt Meininger. »Haben wir irgendwas Kaltes?«

Christian betrachtet die Katze, die sich neben Lea Meininger auf dem Sofa räkelt. Mit halb geschlossenen Augen, aber aufmerksam. Sein Blick wandert weiter, zur Fensterwand, hinaus in den dunklen Garten, in dem golden beleuchtet das Wasser eines Pools schimmert.

Lea Meininger ist aufgestanden. Christian hört das Klirren und Klingen von Glas. Dann kehrt sie zurück, mit einem Glas, vielleicht Apfelschorle.

»Wo ist Sarah?«, fragt Dirk Meininger, während er das Glas entgegennimmt.

»Oben«, sagt sie. »Ich hatte kurz nach ihr gesehen, sie hat geschlafen.«

Meininger nickt.

Schlafen, denkt Christian. Schlafen, bis alles anders ist. Jetzt findet die Stimme ein Gesicht. Christian konzentriert sich auf das Bild, das seine Gedanken freisetzen. Ein Kämpfer. Wrestling. Mit Muskeln bepackt, vollgepumpt mit Testosteron, Alkohol und Drogen. Aber er kämpft, gegen den Dämon unter der Haut. Einer seiner Lieblingsfilme. Die Frage liegt ihm auf der Zunge, aber er stellt sie nicht, denn er kennt die Antwort schon. Dirk Meininger hat dem Wrestler seine Stimme geliehen. Ebenso dem Löwen. Er betrachtet ihn. Ein unscheinbarer Mann mit schütterem Haar. Dirk Meininger führt das Glas zum Mund.

Ein schöner Tag ist das gewesen, denkt Christian. Marlenes Geburtstag. Kino. Merkwürdig, dass ihm das erst jetzt bewusst wird. Dass es ein schöner Tag gewesen ist.

Vielleicht weil alles so echt war, so unmittelbar, nur die Stimme des Löwen nicht.

BEN

Die Nacht schleicht sich an, und Ben liest. Das wenige, was zu diesem Zeitpunkt protokolliert worden ist. Ergebnislose Befragungen der Flohmarkt-Besucher und der Anlieger des Schulgeländes; ein erster Bericht des Koordinators der Suchaktion am Boden; ein Einsatzplan für die Helikopter-Piloten; eine Liste von Kontakten, die Mark Lederer von Frau Meininger erhalten und vermutlich dann selbst noch akribisch ergänzt hat, mit vollständigen Namen, Geburtstagen und kurzen biografischen Abrissen der Personen.

Liste wird sukzessive erweitert, hat Lederer in Klammern hinzugefügt. Die Zugänge zu den Facebook-Accounts hat er separat in einer Nachricht versendet, mit dem Hinweis, dass die schriftliche Einverständniserklärung von Vater und Mutter vorliege und er den Account der Mutter bereits gesichtet habe, allerdings ohne einen Hinweis zu finden, der auf den Verbleib des Jannis schließen lasse.

Des Jannis, denkt Ben. Manchmal hat er den Eindruck, dass Mark Lederer aus diesem Beamtendeutsch irgendetwas bezieht, das von Bedeutung für ihn ist. Eine Kraft oder eine Art Gewissheit. Orientierung? Er nimmt sich vor, ihn danach zu fragen, bei Gelegenheit.

Ben loggt sich in das Profil des Vaters ein. Dirk Meininger. Für Momente hat er, während sich die Seite aufbaut, das Gefühl, in seine Haut zu schlüpfen. In die Haut eines Mannes, den er nicht kennt.

Überraschend ist, dass der erste gleich auf einen zweiten Account verweist. Dirk Meininger besitzt einen privaten Account und einen öffentlich zugänglichen Kanal, auf dem er sich als *Schauspieler, Hörspiel-, Synchron- und Hörbuchsprecher und als Stimme von Robert Leroy* vorstellt. Ein Bild des amerikanischen Stars, der auf einem roten Teppich steht und in eine Kamera grinst, prangt direkt neben dem Porträtbild von Dirk Meininger, der ebenfalls grinst. Fast so, als habe er mit Leroy eins werden wollen. Mit ihm verschmelzen wollen.

Ben braucht einige Sekunden, um die Zusammenhänge zu begreifen. Meininger ist, wenn er das richtig versteht, professioneller Sprecher und synchronisiert neben anderen die Filme des amerikanischen Oscar-Preisträgers Leroy.

Ben lauscht unwillkürlich der Stimme, er hört sie wirklich. Eine raue, zugleich warme, tiefe Stimme. Die Stimme von Leroy. Die Stimme von Meininger? Dirk Meininger? Vater von Jannis?

Er öffnet ein neues Fenster, gibt einen Filmtitel ein, wird fündig. Sekunden später spricht *Warrior.* Der Wrestler. Tief, warm, rau. Es fällt ihm schwer, diese Stimme mit dem Porträtbild von Dirk Meininger in Verbindung zu bringen.

Ihm ist schwindlig, er richtet sich auf. Erhebt sich. Läuft einige Schritte vor seinem Schreibtisch auf und ab. Auf dem Bildschirm flimmert der Filmtrailer. *Warrior.* Warrior alias Robert Leroy wird angehoben und abgeworfen, von einem *Fighter,* der noch massiger, noch größer, noch böser ist als er selbst.

Ben setzt sich wieder, schließt die Augen. Fragt sich, wo Jannis jetzt ist. Was ist passiert? Und warum?

Der Gedanke kreist vor seinen Augen, dann schweift er ab. Verliert den Faden. Er tastet danach, als hätte er wirklich einen Faden in den Händen gehalten, als sei ihm dieser Faden tatsächlich aus den Fingern geglitten.

Einige Sekunden lang sucht er nach der Ursache für die Vibration, die die Tischplatte in Bewegung gebracht hat. Er betrachtet den Tisch, ratlos. Dann fällt sein Blick auf das Smartphone. Das Display leuchtet. Eine Melodie erklingt, die Marlene eingestellt hat, am Abend. Ein Anruf geht ein.

Er betrachtet die Nummer, die Ziffernfolge, Zahlen, die er nicht kennt. Nicht in dieser Reihenfolge. Natürlich kennt er die Zahlen, jede für sich, aber in dieser Abfolge ergeben sie keinen Sinn.

Während er nach dem Smartphone greift, fragt er sich, ob es nicht anders sein müsste. Genau gegenteilig. Dass die einzelnen Details eines Bildes fremd bleiben, das Bild als Ganzes aber eine Bedeutung enthüllt. Der Gedanke hallt nach, er nimmt das Gespräch an und sucht das Gesicht zu der Stimme, die er hört.

»Herr Neven?«

Er schweigt. Ist auf der Suche, mit zusammengekniffenen Augen. Gesicht. Name. Sein Blick streift andere Ziffern, am unteren Rand des Notebooks. 00.47. Siebenundvierzig Minuten nach Mitternacht.

»Hallo? Entschuldigung …«

»Sarah«, sagt er.

»Ja, genau. Ich bin das. Sie hatten meiner Mutter Ihre Nummer gegeben.«

Er erinnert sich. Das beruhigt ihn ein wenig. Alles hat einen Sinn, denkt er. Nichts ist unerklärlich.

»Sie haben meiner Mutter gesagt, dass sie jederzeit anrufen soll … und darf. Wenn sie Fragen hat.«

»Ja, das stimmt. Natürlich.«

»Ich habe Fragen. Haben Sie kurz Zeit?«

»Ja … sicher.«

»Ich konnte nicht schlafen.«

Er wartet. Sucht in der Stille nach Worten, von denen er weiß, dass er sie nicht finden wird. Worte, die Sarah, der Schwester des vermissten Jungen, den Schlaf zurückbringen.

»Wissen Sie schon, wo Jannis ist?«, fragt Sarah Meininger.

Er schweigt.

»Oder wo er sein könnte? Was passiert sein könnte?«

»Nein«, sagt er. »Nein, leider. Es dauert seine Zeit.«

»Also finden Sie ihn?«

Er will etwas entgegnen. Hält inne.

»Sie müssen ihn doch finden, das ist doch Ihre Aufgabe.«

Meine Aufgabe, denkt er. Das stimmt, natürlich. »Ja«, sagt er. »Ich möchte Jannis finden, von ganzem Herzen. Ich werde alles tun, was in meiner Macht steht.«

Stille.

Seine eigenen Worte klingen nach. Er ist selbst überrascht, von der Wucht, mit der er sie ausgesprochen hat. Und darüber, dass er jedes Wort genau so gemeint hat.

»Gut«, sagt Sarah.

Ja, denkt er. Er hat das Gefühl, noch etwas hinzufügen zu müssen. Aber da ist nichts mehr.

»Dann versuche ich jetzt zu schlafen«, sagt sie.

»Mach das«, sagt er.

»Ja. Auf Wiedersehen.«

»Schlaf gut«, sagt Ben.

Er lässt das Telefon sinken, betrachtet den flimmernden Bildschirm des Notebooks. Der *Warrior*. Ein spannender Film. Der Trailer, der jetzt stillsteht, möchte den Eindruck vermitteln, es sei der spannendste Film aller Zeiten, aber das stimmt nicht. Es liegt ja ohnehin im Auge des Betrachters.

Er fragt sich, warum Dirk Meininger, der Vater von Jannis, eine Stimme hat, die nicht ihm selbst gehört.

Dann verlieren sich die Bilder. In schneller Abfolge, innerhalb langer Sekunden. Werden überblendet, von anderen. Grau auf Weiß. Langsam kristallisieren sie sich heraus, aus dem flimmernden Untergrund. Schillernde graue Bilder. Ben will sie farbig sehen. So schillernd, wie sie wirklich sind.

Er steht auf, läuft, hält inne. Er denkt an Jannis, sieht ihn vor Augen, er lacht. Jannis, Mitglied der Dinosaurier-Gruppe. Das Lachen eines Jungen, auf dem Fahndungsfoto einer laufenden Ermittlung.

Für Sekunden glaubt er daran, klarer zu sehen, einen Fokus scharf gestellt zu haben, aber das stimmt nicht. Die Bilder beschleunigen sich, hinter seiner Stirn hat der Schmerz eingesetzt, hat sich verfestigt. Er wird sich erst lösen, sobald ein Bild stillsteht. Vor seinen Augen. Ein Bild seiner Wahl.

Er setzt sich. Entnimmt einer kleinen Schachtel, die auf dem Schreibtisch liegt, den Speicherstick. Lässt seine Hände sinken, seine Fingerspitzen auf der Tastatur ruhen. Eine Berührung, kaum merklich.

Dann geraten seine Finger in Bewegung, steuern ein Ziel an. Verharren kurz, treffen eine Entscheidung, abgespalten von seinem Körper, unabhängig von ihm selbst. Auf dem Bildschirm flackert hell die Szenerie. Ein Strand, Wasser, Himmel. Ein nackter Junge.

Ein zweiter betritt das Bild, holprig rennend, stolpernd. Er hat einen bunten Ball, den er wirft, der andere fängt ihn auf, Arme und Beine weit von sich streckend.

Ben friert das Bild ein.

Die Jungen lachen, wie Jannis.

Ben lässt seinen Blick auf ihnen ruhen. Lässt seine Hände wandern, bis sie auf Höhe seines Gürtels, in der Leistengegend, Ruhe finden. Er hört das Stöhnen, das seine Lippen verlässt, überdeutlich. Der Schmerz hinter seiner Stirn lässt endlich nach.

Zwei

Bruce Wayne alias Batman
hat wieder Vertrauen
in die Menschheit gefunden,
auch dank Supermans Hilfe.
Jedoch kehrt auf Themyscira,
der Insel der Amazonen,
der Schurke Steppenwolf
mit einer Armee
aus Paradämonen
auf die Erde zurück …

LEA

Sie erwacht mit dem Gedanken an einen Sohn, der nicht ihrer ist. Ein fremder Junge, älter als Jannis. In einem Alter, in dem sie Jannis nicht kennt. Der Junge läuft, ein Fahrrad schiebend, eine Straße entlang. Er ist allein.

Das Bild verliert sich, während sie aufsteht und durch den hellen Flur zum Bad geht. Vage nimmt sie wahr, dass Dirks Hälfte des Bettes unberührt geblieben ist. Sie hört leise eine männliche Stimme. Nicht die von Dirk. Sie dringt aus dem Fernseher, es ist die sachlich berichtende Stimme eines Nachrichtensprechers.

Sie hält kurz inne, lauscht, dann betritt sie das Bad, streift das Nachthemd ab, betritt die Dusche und lässt kühles Wasser auf sich einprasseln. Sie schließt die Augen.

Eine Weile vergeht. Die Hitze ist intensiv, aber sie dringt nicht durch die Oberfläche ihrer Haut. Es ist, als würde nur die erste Hautschicht verbrennen, alle weiteren Schichten bleiben unberührt. Trocken und kalt.

Als sie ins Wohnzimmer kommt, sitzt Dirk auf dem Sofa, zurückgelehnt, erschlafft. Auf dem Bildschirm flimmert ein Morgenmagazin, eine Frau backt Plätzchen, mit einer weißen Schürze bekleidet.

»In den Nachrichten kam nichts«, murmelt Dirk. Ganz leise, aber sie versteht jedes seiner Worte. Vielleicht stellt sie sich die Worte nur vor. Sie schweigt.

»Ist natürlich auch Quatsch«, sagt er. »Warum sollen die was darüber bringen.« Er hält inne, scheint nachzudenken. »Höchstens in den Lokalnachrichten«, fügt er dann hinzu.

Sie nickt. Betrachtet ihn. Ein Gedanke zuckt auf, der wenige Tage alt ist. Er kam an dem Morgen, an dem Dirk nach Berlin geflogen ist. Sie stand allein im Garten, neben dem Schwimmbad, es war sehr warm, und sie hat ihren Blick an dem Haus entlanggleiten lassen, in dem sie lebt. Ein Haus aus Glas. Sie hat daran gedacht, dass sie selten miteinander sprechen. Dass sie seine Stimme selten hört, wenn er im Raum ist. Häufiger, wenn sie, in seiner Abwesenheit, aus einem elektronischen Gerät dringt.

Sie hat gedacht, dass es seit einiger Zeit so ist.

Jetzt ist die Zeit geschrumpft und der Gedanke ohne Belang. Der Morgen hat erst begonnen, sie hofft, dass Sarah schläft.

Dirk schaltet den Fernseher aus.

Es ist, als würde, gemeinsam mit dem flimmernden Bild, noch etwas anderes erlöschen.

Landmann hat nicht geschlafen. Er weiß nicht, warum. Er hat nur eine Ahnung, die Ahnung hat sich lose mit einem Teddybären verbunden, den er sich vorstellt, weil er ihn noch nicht gesehen hat. Er muss Ben bei Gelegenheit um ein Foto bitten. Um ein Foto des Teddybären.

Er hat wach gelegen, zunächst in seinem Bett, dann im Wohnzimmer auf dem Sofa. Der Morgen hat Licht gebracht, das plötzlich einfach da war, und der Gedanke an den Bären hat sich verknüpft mit dem Gedanken an Barbara.

Er wird sie anrufen, am späten Vormittag, sobald sie erwacht ist. Barbara schläft immer etwas länger. Er hadert ein wenig mit sich, weil er ihr zuletzt eine Reihe väterlicher Ratschläge gegeben hat. Was eigentlich gar nicht seine Art ist und nie seine Art war.

Er kann sich nicht entsinnen, Barbara jemals Ratschläge erteilt zu haben, als sie heranwuchs, insofern erscheint es nicht logisch, das jetzt zu tun, beide sind über das Alter hinaus. Er sogar sehr weit. Vielleicht hat es damit zu tun. Seit er in Rente ist, Ermittler a. D., sucht er sich neue Betätigungsfelder, zum Beispiel das des erziehenden Vaters, der er nie war.

Zuletzt hat er mit Barbara an ihrem Geburtstag gesprochen, das liegt einige Wochen zurück. Er hat sogar in Erwägung gezogen, sie zu besuchen, aber Barbara war beschäftigt. Er hat ihr einige Nachrichten gesendet. Barbara hat sich über seine Verwendung von Emojis amüsiert. Sie hat ihm gesagt, dass sie die Schauspielschule vermutlich abbrechen wird und sich nach Alternativen umsieht. Er hat ihr geraten, einen Fokus zu finden. Sich auf etwas zu konzentrieren und dranzubleiben. Spätes Vatergerede.

Er weiß, dass Barbara ihre Teenagerzeit genossen hat. Sie waren ein gutes Team. Dass er häufig lange gearbeitet hat, hat dazu beigetragen, dass Barbara ihren Freiraum fand. Und die Zeit wurde relativ, sie haben dann eben um Mitternacht Mathe gepaukt, Barbara fand es lustig und war umso motivierter. Auch wenn sie dann ihr Abitur in den Hauptfächern Englisch und Deutsch geschrieben hat.

Er steht auf. Auf dem Tisch stehen noch die Weißweingläser. Bens und seines. Er erinnert sich an die Geschichte, die Ben erzählt hat. So fühlt es sich an, wie eine Geschichte, weil er nicht mehr selbst ermittelt, nicht selbst Teil des Bildes ist.

Eine traurige, dunkle Geschichte. Plötzlich hält er einen Traumfetzen in Händen, vielleicht ist er doch kurz abgeglitten, auf der Schwelle zwischen Nacht und Morgen.

In dem Traum hat Ben ihm den Bären übergeben. Es war wie eine Preisverleihung, Ben hat eine Art Laudatio gehalten. In einem grauen Saal mit runden Tischen. Weiße Tischdecken. Der Saal war unbesetzt, Bens Worte klangen wie ein Flüstern, obwohl er ein Mikrofon hatte.

Landmann greift nach einem der Gläser, geht zum Kühlschrank, nimmt die Flasche und befüllt das Glas.

Dann steht er lange am Fenster, betrachtet den weiten Garten, den See, beide umgeben von frühestem Licht. Er nippt von Zeit zu Zeit, trinkt zwei Schluck, spürt morgenfrisch die bittere Kühle des Weins auf der Zunge.

Er wühlt sich nach oben, aus Schlamm, aus Morast. Er öffnet die Augen, tastet intuitiv, unwillkürlich nach der Bettdecke, möchte sich einhüllen, aber da ist keine Decke. Grau der Schlamm, grau der Morast.

Sobald er die Augen öffnet, stellt sich auch die Erinnerung ein, er liegt auf dem Sofa im Wohnzimmer, das Smartphone spielt die Melodie einer akustischen Gitarre, die Marlene eingestellt hat, gestern, vor dem Essen. Er nimmt das Gespräch entgegen, umschlossen von den Klauen eines grauen Traums, aus dem ihn Mark Lederer herausgerissen hat.

»Guten Morgen, Ben«, sagt Lederer.

Ben schweigt.

»Ich wollte dir gleich Bescheid geben. Wir haben was.«

Ben richtet sich auf. »Ja?«, fragt er.

»Ich bin auf einen verwandten Fall gestoßen.«

Er wartet. Verwandter Fall, denkt er.

»Ein verschwundener Junge. Ein Teddybär.«

Er denkt an Landmann. Was Landmann über den Teddybären gesagt hat.

»Hörst du?«

»Ja.«

»Nicht hier in der Gegend. Sondern in Innsbruck. Österreich. Der Junge verschwand vor mehr als einem Jahr. Der Fall ist nicht aufgeklärt. Die Unterlagen, die ich bisher verfügbar machen konnte, liegen schon auf deinem Schreibtisch.«

Innsbruck, denkt Ben.

»Die Ermittlungen der österreichischen Kollegen fokussierten sich auf die Familie des Jungen.«

»Ja.«

»Die Familie stammt aus Eritrea.«

»Eritrea?«

»Ja. Genauer gesagt aus der Umgebung von Asmara.«

»Aha.«

»Das ist die Hauptstadt. Eine knappe Million Einwohner.«

»Okay«, sagt Ben.

»Ich verfolge das weiter«, sagt Mark Lederer.

»Ja, mach das«, sagt Ben. Er ist aufgestanden, ihm ist schwindlig. Sein Kopf fühlt sich leicht an, sein Körper schwer. »Ich bin dann gleich auf dem Weg«, murmelt er.

»Gut, bis dann«, sagt Lederer.

CHRISTIAN

Als Christian ankommt, ist Lederer schon da.

»Wir haben was«, sagt er.

»Ja?«

»Ein vermisster Junge. In Innsbruck. Die Unterlagen liegen auf deinem Schreibtisch«, sagt Lederer.

»Danke«, sagt er.

Lederer nickt, wendet sich wieder seinem Bildschirm zu.

Christian setzt sich an seinen Schreibtisch, senkt den Blick auf die Akte, die Lederer zusammengestellt hat. Offenbar in der Nacht. Auf der Schwelle zwischen Nacht und Morgen. Wenn die Welt noch in Ordnung ist. Weil nur Mark Lederer wach ist, beharrlich das Richtige tuend.

Der Gedanke streift ihn, dass er gerne einmal als Erster ankommen würde. In diesem Büro. Aber Mark Lederer ist immer schon da, wenn er kommt.

Sein Blick bleibt auf dem Wort haften. Innsbruck.

»Die Familie lebt übrigens inzwischen in Rosenheim, Deutschland«, sagt Lederer. Als habe er seine Gedanken gelesen. Christian würde sich nicht mal darüber wundern, sollte Mark Lederer dazu in der Lage sein.

»Aha?«

»Ja. Also, die Familie des verschwundenen Jungen. Lebt inzwischen in Deutschland, Rosenheim. Herkunftsland Eritrea.«

Christian nickt.

Innsbruck. Eritrea. Rosenheim.

Schall und Rauch.

Dawit.

Das ist der Name des Jungen. Christian lässt seinen Blick auf ihm ruhen. Der Name kehrt wieder. Und wieder. Und wieder. Aber nur in dem Text, den ein Innsbrucker Polizist formuliert hat. Der Name des Jungen ist allgegenwärtig, weil der Junge selbst in Wirklichkeit verschwunden ist. Ohne wiederzukehren.

Die Eltern des *Dawit. Eyob* und *Feven.*

Christian schließt die Augen, lehnt sich zurück.

Die Eltern des *Jannis. Lea* und *Dirk.*

Innsbruck, Wiesbaden-Biebrich.

Er lässt seinen Blick wieder über den Text gleiten. »Was

genau ...«, sagt er. Findet die folgenden Worte nicht, aber Lederer kann Gedanken lesen. Vielleicht.

»Teddy«, sagt er.

Christian wartet.

»Die Teddys verbinden die beiden Fälle miteinander. Die Familie Gebreselassie hat an dem Tag, an dem der Sohn verschwand, einen Teddybären vorgefunden.«

Christian wartet.

»Der Bär lag auf dem Boden, vor einem Bürgerhaus. Der Teddy war da, Dawit weg. Vermutlich hat entweder Dawit oder der Unbekannte ihn fallen lassen.«

»Vor einem Bürgerhaus?«

»Ja, die Familie war auf einem Amt, wegen bürokratischer Abläufe, die Weiterreise nach Deutschland betreffend.«

Christian nickt. Er liest, streift den Text wie etwas Beiläufiges, Worte bleiben haften, kleben an seinen Augen, fallen ab. *Gebreselassie*. Er hat einen Läufer vor Augen. Einen hageren Mann, der rennt. Rennt und rennt und rennt.

»Kannst du dich an diesen Läufer erinnern?«, fragt er. »Diesen Langstreckenläufer?«

Lederer sieht ihn an. »Ja sicher, ich laufe ja selbst Mittelstrecke.«

Aha, denkt Christian.

»Zwei Stunden, drei Minuten, 59 Sekunden.«

»Was?«

»Gebreselassies Marathonbestzeit«, sagt Lederer. »Weltrekord, damals, aber inzwischen bereits verbessert.«

»Okay«, sagt Christian.

»Gebreselassie ist ein sehr gebräuchlicher Nachname in Eritrea und Äthiopien«, fügt Mark Lederer hinzu.

»Ja«, sagt Christian. Er senkt seinen Blick wieder auf die Worte.

Dawit, sieben Jahre alt.

Jannis, fünf.

Er steht auf, läuft, murmelt. »Ich hole mir einen Kaffee.«

Er geht zügig den Flur entlang, fährt mit dem Aufzug nach unten, betritt die Kantine, die noch fast unbesetzt ist. Hinter der Theke stehen zwei junge Frauen, lachend, in ein angeregtes Gespräch vertieft. Er bestellt einen Kaffee, eine der beiden reicht ihm den Pappbecher. Sie schenkt ihm ein strahlendes Lächeln, das ihm ein wenig Kraft einhaucht. Wie auch Lederer es getan hat, mit seiner Eigenart.

Irgendwie ist Christian, bei Lichte besehen, doch froh, dass Lederer immer zuverlässig da ist, wenn er morgens das Büro betritt.

Er sucht sich einen Platz aus, hat annähernd freie Wahl. Nur einer der Tische ist besetzt, er kennt den Mann flüchtig, ein Kriminaltechniker mittleren Alters. Der Kriminaltechniker blättert in einem Boulevardblatt, Christian kann eine der Schlagzeilen lesen. *Totengräber hatte Sex mit Castingshow-Sternchen-Leiche.*

Er spürt einen Druck hinter seinen Augen, schließt sie. Hebt den Becher, nippt an der schaumigen Milch, erahnt den heißen Kaffee darunter.

Jannis, fünf. Dawit, sieben. Laufen und laufen und laufen, als trage man einen Motor im Herzen. Und dann reicht es doch nicht. Dann verliert man den Rekord. Weil ein anderer schneller war. Warum?

Castingshow-Sternchen-Leiche. Was ist das?

Zu viele Fragen.

Castingshow-Sternchen-Leiche.
Elf-neun-sechs.

BEN

Am Mittag sitzt er bei Malvi. Er auf der einen, Malvi auf der anderen Seite des Schreibtischs.

»Aha, aha«, sagt Malvi.

»Mark Lederer hat die Verbindung gefunden. Die mit dem Fall betrauten Kollegen in Innsbruck sind informiert.«

»Aha.«

»Nicht begeistert, aber informiert.«

Malvi nickt.

»Wir fahren hin, Christian und ich.«

Malvi nickt. Betrachtet die von Lederer zusammengestellte Akte. Scheint noch einmal hin und einmal her zu überlegen. Sein Gesichtsausdruck würde Christian vermutlich zum Lachen bringen. Vorausgesetzt, er wäre in der richtigen Stimmung.

»Macht das«, sagt Malvi noch einmal.

Svea anrufen, denkt Ben. Und Marlene. Der Tag schreitet voran, während er das weitläufige Gebäude durchschreitet, und für Momente hat er das Gefühl, mit dem Tag zu gehen. Ihm immer einen Schritt voraus zu sein, und er fragt sich, was das bedeuten würde. Es fühlt sich gut an. Immer einen Schritt voraus zu sein. Nicht eingeholt werden zu können. Von was auch immer.

Er ruft Christian an, erreicht ihn in der Verwaltung, wo

er gerade die Bahntickets und die Hotelbuchung abholt. »Bin in zwanzig Minuten unten, wir fahren von Frankfurt Hauptbahnhof«, sagt Christian.

»Gut«, sagt Ben.

»Diese Leute heißen übrigens Gebreselassie, hast du das gesehen?«

»Was?«, fragt Ben.

»Die Familie aus Eritrea. Gebreselassie. Wie dieser Langstreckenläufer.«

Ben kneift die Augen zusammen. Er läuft, während Christian von einem Langstreckenläufer erzählt. Den er nicht kennt.

»Bis gleich«, sagt Christian.

»Bis gleich.«

Ben läuft, beschleunigt. Der Flur ist lang, aber Ben hat den Eindruck, dass ihm der Platz ausgehen wird. Er braucht eine weite Fläche. Ein weites, freies Feld. Laufen und laufen und laufen. Dem Tag vorauseilen. Er verzichtet auf den Aufzug, nimmt die Treppen. In Bewegung bleiben. Er nimmt zwei Stufen mit jedem Schritt.

In der großen Eingangshalle bleibt er stehen. Durchatmen.

Draußen auf dem Parkplatz stehen die Dienstwagen unter der gleißenden Sonne. Christian wird sie nach Frankfurt fahren, dann der ICE Richtung Innsbruck, umsteigen in München. Ben stellt sich vor, Svea anzurufen. Bescheid zu geben, dass er unterwegs sein wird, über Nacht, in Innsbruck. Dann kommt die Angst, vor dem Tod. An einem fremden Tag. Im fremden Körper. Fremdes Land. Der Moment kommt und geht.

Er durchquert die Halle und die breite Drehtür und betritt die weite, freie Fläche. Er geht noch ein paar Schritte, dann setzt er sich an den Rand auf eine helle graue Bank und lehnt sich zurück, von der Wärme des Tages umfangen, der ihn eingeholt hat.

Challenge –
gefangen im
Labyrinth.
Das schaffst du
nie

weitere Trends HIER –
don't hesitate to
click

CHRISTIAN

Als sie in Innsbruck ankommen, scheint die Sonne, der Himmel ist knallblau, und die bunt schillernde Stadt, die fröhlichen Menschen, sind von Bergen umzingelt. Das ist das Erste, was Christian wahrnimmt. Die Kluft zwischen Leichtigkeit und Bedrohung. Eine Bedrohung, die unverkennbar ist. Die über ihm aufragt wie ein schweigendes Monster, ohne Augen.

»Die Berge«, murmelt Ben, der seinem Blick gefolgt ist.

Christian nickt.

»Magst du hoch?«, fragt Ben.

»Bitte?«

Ben sieht ihn an. »Ich war mal oben. Urlaub. Mit Svea und Marlene. Man kann wandern. Oder mit der Gondel fahren.«

»Okay«, sagt Christian.

»Wir sind mit der Gondel gefahren, wann immer es ging. Wegen Marlene«, sagt Ben. Er lächelt.

»Verstehe«, sagt Christian.

»Ist ein paar Jahre her. Marlene war noch … ja, ziemlich klein.«

Christian nickt. Sonne, Sommer und ein schweigender Riese. Ein Bergmonster, denkt er.

Ben ist vorausgegangen, winkt ein Taxi heran. »Zur Landespolizeidirektion«, sagt er.

Der Fahrer schweigt. Ben steigt ein, auf den Beifahrersitz. Christian konzentriert sich darauf zu laufen, ein paar Schritte nur, und ebenfalls einzusteigen.

Der Fahrer schweigt beharrlich während der Fahrt. Ben führt ein kurzes Telefonat. Mit Marlene. Christian entfernt sich, gleitet ab, in die graue Welt. Ein graues Lachen, es berührt die Oberfläche seiner Augen.

»Da wären wir«, murmelt der Fahrer.

Ben bezahlt, lässt sich eine Quittung ausstellen. Christian steigt aus, betrachtet das lange beige Gebäude, das hell unter der Sonne steht. Christians Augen suchen unwillkürlich die Berge. Suchen das Monster. Vielleicht streckt es seine Klauen aus, greift nach dem Gebäude oder nach dem Taxi oder nach Ben, der seinen Rucksack schultert, oder nach ihm selbst.

Das ist das Wahrscheinlichste, denkt Christian. Dass das Monster nach ihm greift. Dass es ihn packt, mit einer flauschigen, pelzigen Hand.

Er findet endlich Ruhe, bettet sich in die Handfläche des Monsters.

»Gehen wir?«, fragt Ben.

Das Gebäude ist hell, die Eingangshalle ist hell, der Konferenzraum ist hell.

»Setzer Sie sich«, sagt der Innsbrucker Kollege. Er heißt Greilinger. Marcel Greilinger. Er ist älter als in der Vorstellung, die sich Ben von ihm während des Telefonats am Vormittag gemacht hat.

»Kaffee?«, fragt Greilinger.

»Gerne«, sagt Christian.

Greilinger nimmt die weiße Kanne, die auf dem breiten Glastisch bereitsteht. Er befüllt eine weiße Tasse. An dem Tisch könnte ein Dutzend Menschen Platz finden, sie sitzen zu dritt. Angenehm laue Wärme strömt herein, durch ein Fenster, das einen Spaltbreit geöffnet ist. Hinter dem Fenster ergießt sich wie auf einer Postkarte das Bergmassiv in die Silhouette der Stadt.

»Nun«, sagt Greilinger. »Wir haben das Verfügbare zusammengestellt und uns den Vorgang noch mal angesehen.«

Den Vorgang?, denkt Ben.

Greilinger schiebt zwei Klarsichtfolien über den Tisch.

»Das ist die Akte. Einiges liegt Ihnen ja bereits vor.«

Christian öffnet ein Tütchen mit Zucker. Weißes Tütchen, weißer Zucker, weiße Tasse. Er gießt weiße Kaffeesahne nach.

»Am besten ist es vermutlich, wenn Sie die Fragen stellen, die Ihnen vorschweben.«

Vorschweben. Ben findet die erste Frage nicht, Christian

trinkt Kaffee. Er erweckt nicht den Eindruck, überhaupt etwas sagen zu wollen. Aber das kann täuschen.

»Sie deuteten an, dass es einen ähnlich gelagerten Fall in Ihrem Bezirk gibt? In … Frankfurt? Wiesbaden?«

»Wiesbaden, ja. In der Umgebung von Wiesbaden.«

Greilinger nickt. Wartet. Scheint selbst keine weiteren Fragen zu haben.

»Der Junge, Dawit Gebreselassie, verschwand im Frühjahr vor einem Jahr. Es gibt seitdem keine Spur, keinen Hinweis auf seinen Verbleib?«, fragt Ben.

»Keinen«, sagt Greilinger. »Leider.«

Ben nickt. Vor der Abfahrt hat er die Wetterlage recherchiert. Nicht die von heute, sondern die von damals. Von dem Tag im Frühling, seitdem Dawit als vermisst gilt. Es war warm und wolkenlos, so wie gestern auf dem Schulhof in Wiesbaden-Biebrich, das ist eine Gemeinsamkeit. Zwei sonnige Tage.

»Was die Sache noch tragischer macht, ist, dass die Leute gar nicht hätten da sein sollen«, sagt Greilinger. »Nicht hätten da sein dürfen. Sie sind … gewissermaßen falsch eingereist.«

Falsch eingereist, denkt Ben.

»Es gab da ein Bürokratie-Chaos, das wir bis heute nicht genau nachvollziehen können. Sie hätten eigentlich gar nicht einreisen dürfen. Sie hatten da … gewissermaßen … Glück. Und sie wollten auch direkt weiter, Richtung Schweiz oder wahlweise Deutschland.«

»Ja«, sagt Ben.

»Wir haben zunächst primär den Familienhintergrund beleuchtet«, sagt Greilinger. »Und die Umstände der Flucht.

Es gab Verdachtsmomente gegen einen Verwandten der Familie, bei dem sie in dieser Zeit untergekommen waren. In Hall, das ist nicht weit von hier.«

Ben nickt. Er hört das Klingen der Tasse, die Christian im stetigen Wechsel zum Mund führt und abstellt.

»Gegen den Mann, einen eher entfernten Verwandten, wurde vor einigen Jahren ermittelt. In der Schweiz. Er hatte sich auffällig oft einem Spielplatz genähert. Ohne selbst Kinder zu haben, die dort hätten spielen können. Die Vernehmungen des Mannes sind Teil der Akte.«

Ben senkt den Blick auf die Klarsichtfolie. Weißes Papier. Der Name *Dawit Gebreselassie* fällt ihm ins Auge.

»Der Verdacht hat sich nicht erhärtet. Tatsächlich stellte sich nach einigem Hin und Her heraus, dass der Mann am Tag des Verschwindens nicht vor Ort war. Seine Einlassung erwies sich als zutreffend. Er war in der Schweiz.«

Ben betrachtet die Folie. Auf der Folie tanzt ein Regenbogen, irgendein Lichtstrahl, der bricht. Er hat Fragen, aber er verspürt nicht die Kraft, sie zu stellen.

»Sie haben recht einsilbig ermittelt«, sagt Christian. Die Worte stehen senkrecht im Raum. Wie schmale Berge. Vielleicht weil es die ersten sind, die Christian ausgesprochen hat. Greilinger erwidert Christians Blick. Schweigt.

Ben schließt die Augen. Er will keinen Konflikt. Will nicht ankämpfen, gegen was auch immer.

»Ich schlage vor, dass wir es weiter vertiefen, sobald Sie sich ein Bild unserer Ermittlung gemacht haben«, sagt Greilinger. Ohne den Blick von Christian abzuwenden.

Glück, denkt Ben. Das hat Greilinger gesagt. Die Familie Gebreselassie habe Glück gehabt, eigentlich hätten sie alle gar nicht hier sein dürfen. An dem sonnigen Tag, an dem Dawit verschwand.

Er spürt eine bleierne Müdigkeit, die sich minütlich zu vertiefen scheint. Der neue Dienstwagen fährt sich ausgezeichnet, fast hat er das Gefühl, gar nichts tun zu müssen. Einer der deutschen Kollegen sitzt auf dem Beifahrersitz, der andere hinten. Sie schweigen, in Gedanken versunken.

Auch er macht sich seine Gedanken. Er hat damit schon begonnen, als der erste Anruf aus Deutschland kam. Von einem Herrn Lederer. Offenbar ein Kollege der beiden hier. Lederer ritt auf dem Teddybären herum. Sozusagen. Teddybär hier, Teddybär dort. Ein vermisster Junge.

Greilinger hat sofort verstanden. Die Ermittlung ist vorübergeflogen, vor seinen Augen, und ein Gefühl, das sich eingeschlichen hatte, nach einigen Wochen, ist zurückgekehrt. Das Gefühl, dass sie es falsch gemacht haben. Dass sie etwas versäumt haben.

Der Junge war weg. Die Familie verschwiegen. Der Vater konnte kaum ein Wort Deutsch sprechen. Die Mutter hat gut gesprochen, aber sie war zu aufgeregt, um zu helfen. Der entfernte Verwandte, bei dem die Familie für einige Zeit untergekommen war, war polizeibekannt gewesen. Wegen Betruges und vor allem wegen eigenartiger Aufenthalte im Umfeld eines Spielplatzes. Der Mann war vernommen worden, ohne Ergebnis. Ergebnislos waren auch Befragungen am Ort des

Verschwindens geblieben. Die Familie war schließlich weiter-gereist, nach Deutschland. Ohne den Jungen. Dawit.

»Ja. Hier sind wir«, murmelt er.

Die beiden Deutschen blicken durch die Windschutz-scheibe, während er den Wagen parkt. Das Bürgerhaus ist umgeben von einem weiten Areal. Ein parkähnliches Ge-lände mit einem großen Parkplatz.

»Die Familie war an dem Tag hier, um eine bürokratische Sache abzuwickeln. Hier, auf dem Freigelände, war zu der Zeit ein Volksfest. Ein Tivoli, mit Buden und Geisterbahn.«

Er steigt aus. Geht ein paar Schritte. Die beiden Deut-schen folgen.

»Wir haben natürlich Befragungen durchgeführt, aber kein Einziger hat einen Jungen verschwinden sehen«, sagt er. »Nichts.«

Deshalb haben wir auch die Darstellung der Familie in Zweifel gezogen, denkt er. Aber das sagt er nicht. Obwohl er immer noch vor Augen hat, dass er davon überzeugt war. Dawit war nicht in diesem Bürgerhaus und nicht auf die-sem Tivoli verschwunden. Das war eine Behauptung der Familie, die etwas vor ihm verbarg. Die Wahrheit.

»Tatsächlich hat uns die Mutter diesen Teddybären ge-bracht. Sie hatte ihn auf dem Boden gefunden und war da-von überzeugt, dass er irgendwas mit dem Verschwinden des Sohnes zu tun habe.«

»Inwiefern?«, fragt einer der beiden. Sandner.

»Ja, sie sagte dauernd, dass es etwas bedeutet, dass da der Teddy sei und ihr Sohn weg.«

»Es klingt, als hätten Sie dem keine große Bedeutung bei-gemessen«, sagt Sandner.

»Hätten Sie das getan? Da war ein Teddybär. Auf dem Boden. Bei einem Volksfest. Na und?«

Sandner nickt.

»Wie gesagt, wir haben Befragungen durchgeführt, keiner wusste was über einen Teddy oder einen Jungen oder was auch immer.«

»Konnte man die Teddys gewinnen? Auf dem Jahrmarkt, vielleicht an einer Losbude oder so?«

Die Frage kommt von dem anderen. Neven. Er starrt ihn an. Sucht eine Antwort.

»Sie sind der Frage nicht nachgegangen?«, fragt Neven.

»Nein«, entgegnet er. »Ich möchte auch noch mal in Erinnerung bringen, dass wir alle dieses erneute Auftauchen eines Stoffbären in einem Vermissten-Fall erst jetzt zur Kenntnis nehmen. Vor einem Jahr war da einfach nur ein Teddy, den die aufgeregte Mutter eines verschwundenen Jungen in der Hand hielt. Und dieser Teddy gehörte nicht ihrem Sohn, sondern er hatte einfach nur auf dem Boden gelegen.«

Neven nickt.

»Ich bin ziemlich sicher, dass auch Sie diesem Stofftier keine große Bedeutung beigemessen hätten«, sagt Greilinger.

»Ja«, sagt Neven.

»Okay«, sagt Greilinger.

»Aus heutiger Sicht wäre es dann aber wünschenswert, die Kontakte zu allen infrage kommenden Anbietern zu ermitteln«, sagt der andere, Sandner.

»Bitte?«

»Alle Buden, die vor einem Jahr hier solche Artikel ver-

kauft oder verlost haben. Losbuden, Schießbuden, Wurf-
buden. So was alles.«

»Ja«, sagt Greilinger. »Ich werde das versuchen.«

Er sieht das Bild vor Augen, das Fahndungsfoto des Jungen. Dunkelhäutig. Schwarz wie die Nacht, hat Greilinger
gedacht, als er das Foto zum ersten Mal gesehen hat. Der
Junge wirkte nett, sympathisch. Er hat hell gelacht.

Da war noch ein Gedanke, von Anfang an. Nie laut ausgesprochen. Dass das Ganze fingiert sein könnte, erfunden,
von der Familie, um den Antrag auf Asyl zu untermauern,
um den Aufenthalt in Europa vorläufig sicherzustellen.

»Gut«, sagt Sandner.

Hell, schwarz, Nacht, denkt Greilinger.

Um die Tochter trauert ihre Familie,
ihr Instagram-Profil ist weiter online.
Die Tote hat inzwischen mehr als 100 000 Follower.

Iphone unboxing –
wie ist das Display?

CHRISTIAN

Später Nachmittag im Hotel. Durch das Fenster blickt das Bergmonster in Christians Zimmer hinein. Christian erwidert seinen Blick. Er sitzt auf dem Bett, vor der aufgeblätterten Akte, die der Innsbrucker Kollege, Greilinger, ihnen ausgehändigt hat.

Er fühlt sich merkwürdig fokussiert. Konzentriert. Er verspürt kein Lächeln, kein Bild stellt sich ein, kein Gedanke, der ihn, auf dem Bett sitzend, spiegelt. Kein Wechsel der Farben, kein ironisches Sprachbild, das sich annähert, verdichtet, verfestigt und geflüstert seine Lippen überschreitet.

Vielleicht liegt es an Dawit. Daran, dass dieser Junge plötzlich so gegenwärtig ist in seiner Abwesenheit, in seinem Verschwinden. Vielleicht liegt es auch daran, dass kein einziges Wort in dieser Ermittlungsakte den Eindruck vermittelt, dass es irgendwann mal darum ging, den Jungen zu finden.

Die Akte liest sich eher wie eine Tätersuche. Eine Suche, die sich schon nach wenigen Tagen auf einen einzigen Verdächtigen versteift, den entfernten Familienangehörigen, wohnhaft in Hall, gebürtig in Eritrea, und der Verdacht gegen den Mann erweist sich abschließend in einer kurz gehaltenen Notiz als unbegründet.

Christian lehnt sich zurück, gegen das weiße Kissen. Betrachtet das von der grellen Sonne umspielte Bergmassiv hinter dem Fenster.

Er denkt an einen Moment, der einige Minuten lang angedauert hat, heute früher, am Mittag. Als sie im ICE saßen, zwischen Frankfurt und Innsbruck. Auf halber Strecke, in einer Stadt, in der er lange nicht gewesen ist. Für diesen einen langen Moment, während der Zug im Bahnhof stillstand, hat Christian gegen den Impuls angekämpft, auszusteigen. Im wahrsten Sinne. Auszusteigen und sich anderen Dingen zuzuwenden, denen, die nicht mehr rückgängig zu machen sind.

Er richtet sich abrupt auf. Betrachtet die zusammengehefteten Blätter. Er wartet einige Minuten lang, dann wühlt sich endlich leise das Kichern durch seinen Körper, nähert sich seinem Rachen, seinen mahlenden Kieferknochen, platzt auf.

Er geht zum breiten Fenster, zur Glastür, öffnet sie, betritt den kleinen Balkon. Lacht sich das Lachen von den Lippen, lauthals.

»Friss mich!«, denkt er.

Das Bergmonster schweigt, unberührt.

Ben sitzt im Schatten seines Zimmers, er hat den Vorhang vor das Fenster geschoben. Die Akte liegt auf dem schmalen Tisch, auf dem erhöht hängenden TV-Bildschirm flimmert eine Seifenoper. Er sitzt vor dem Notebook. Hat den USB-Stick angeschlossen.

Er ringt mit sich. Zögert. Lässt die Finger auf der Tastatur ruhen. Hält inne. Dann aktiviert er die Bilder, lässt sie ablaufen. Würde er es nicht tun, würde er verrückt werden.

Er weiß das, er weiß auch, dass niemand das versteht. Niemand würde es verstehen. Niemand weiß davon.

Die nackten Jungen spielen am Strand. Lachen in die Kamera. Räkeln sich. Die Bilder verwackeln, verschwimmen, dann sind sie wieder scharf.

Seine Gedanken kreisen, entfernen sich, nähern sich dem Tag, an dem er den Stick an sich genommen hat. Ein Tag, der lange vergangen ist. Er war allein, umgeben von Beweismitteln. Der Stick war eines davon, nicht das Wichtigste, in einem Missbrauchsfall, den er nicht persönlich bearbeitet hat. Die Aufnahmen tragen den Titel: *Nudist Beach Russia – boys.*

Ben öffnet seine Hose, lässt seine Hand im Schritt ruhen.

Die Jungen wirken fröhlich. Sie spielen Ball, unbekleidet.

Das Handy vibriert. Ben kennt die Nummer. Dieses Mal kennt er sie, dieses Mal ergeben die Ziffern unmittelbar einen Sinn, ein Ganzes. Er wartet einige Sekunden lang. Dann steht er auf, schließt die Hose, klickt das Bild weg, schließt das Notebook.

»Sarah«, sagt er.

»Ja. Hallo«, sagt sie.

»Möchtest du hören, wie wir vorankommen?«

»Ja«, sagt sie.

»Wir sind unterwegs«, sagt er. »Wir ermitteln, wir tun alles.«

»Aber es gibt nichts Neues? Also, Sie haben Jannis nicht ... gefunden?«

Er schweigt. Jannis, denkt er.

Jannis und Dawit.

Sie haben Teddybären gefunden, aber die Jungen sind weg. Verschwunden. Spurlos.

»Nein, noch nicht«, sagt er.

Sie schweigt.

»Die Suche dauert an. Inzwischen sucht eine sogenannte Hundertschaft. Das sind ... sehr viele Polizisten.«

»Okay«, sagt Sarah.

Er spürt einen plötzlichen Schwindel, hinter der Stirn und auf Höhe der Schläfen. Er setzt sich auf das Bett.

»Ruf an, wann immer du magst«, sagt er.

»Ja«, sagt sie. »Danke.«

»Bis bald«, sagt Ben.

Er legt das Handy auf die Bettdecke. Geht zum Laptop, nimmt den Stick, läuft ins Bad, wirft den Stick in die Toilette, ins Wasser. Lässt seine Hand auf der Spülung ruhen. Minuten vergehen. Minuten, in denen nichts ist, nicht einmal ein Gedanke. Der letzte Impuls bleibt aus.

Er geht zurück ins Zimmer, öffnet die Vorhänge. Sommerwärme flutet den Raum. Er legt den Speicherstick zum Trocknen auf einen von der Sonne beschienenen flachen Tisch.

CHRISTIAN

Am Abend trinkt er Bier in der Hotelbar. Gemeinsam mit Ben, der aber nur Wasser trinkt und schweigsam ist.

Das Gespräch über die Ermittlung der österreichischen Kollegen versandet bald. Im Raum stehen bleibt ein Schatten. Der Schatten eines Jungen. Dawit.

Die Akte enthält ein Foto von ihm, Christian hat es sich eingeprägt, sieht es vor Augen. Es ist ein buntes Bild, aber Christian sieht es grau. Dunkelgrau das Gesicht des Jungen.

Er sieht den Schatten wirklich. Er steht neben dem Gitarristen der kleinen Live-Band, die in einem Winkel der Bar musiziert. Dawits Schatten wiegt sich im Rhythmus. Ein dunkelhäutiger grauer Junge tanzt Country. Der Gitarrist trägt einen Cowboyhut. Er richtet sich auf, schließt die Augen, beugt sich über das Mikrofon und singt die erste Textzeile eines Songs von Johnny Cash. *I was a highwayman. Along the coach roads I did ride.*

Christian stimmt ein. Intuitiv, er bemerkt es erst, als Ben fragt, was er gesagt habe.

»Was?«

»Was sagst du?«

»Nichts. Ich singe.«

Ben starrt ihn an. Müde sieht er aus.

»Ich mag den Song. *Highwayman*. Johnny Cash.«

Ben nickt. Er scheint zu lauschen. Versucht er, nachzuvollziehen, was Christian hört? Zu begreifen, was er daran mag? Jetzt wiegt sich auch Ben im Rhythmus. Und in dem Winkel, am Ende der Bar, ist ein zweiter Schatten hinzugetreten. Jannis.

»Gut«, sagt Ben. »Gefällt mir.«

Christian lächelt. Ein echtes Lächeln. Echte Musik. Natalie machte sie dennoch immer nervös. Oder gerade deshalb? Vielleicht hat Natalie diese Musik nervös gemacht, weil sie so echt ist, so unverfälscht. Denn auch Natalie selbst ist echt und unverfälscht. Sie hat auch gerne mal geflunkert, in den wenigen Wochen, die sie gehabt haben, aber das dann immer konsequent, aus echter Überzeugung.

Niemand kann ehrlicher lügen als Natalie.

Vielleicht kann die echte Musik von Johnny Cash nur derjenige ertragen, der selbst in einer schiefen Ebene hängt.

Der Song endet. Niemand applaudiert. Doch. Ben. Er klatscht in die Hände. Christian stimmt ein. Der singende Gitarrist lächelt sie an, prostet ihnen zu. Der Bassist zupft ein neues Intro, der Schlagzeuger etabliert einen neuen Beat. Metronom. Tempo fünfundneunzig, denkt Christian. Und daran, dass er lange nicht Klavier gespielt hat.

»Wie geht es dir eigentlich?«, fragt Ben.

Christian wendet sich ihm zu.

Ich habe lange nicht Klavier gespielt, denkt er. Er schweigt.

Ben wendet sich ab, betrachtet den Countrysänger, der Johnny Cash nicht ähnlich sieht, trotz des Cowboyhutes.

»Gut«, sagt Christian.

Er ist nicht sicher, ob Ben ihn hören konnte.

»Ich habe mit Lederer gesprochen«, sagt er etwas lauter, die Musik übertönend. »Malvi hat die Suchaktion weiter ausgeweitet. Viel mehr geht dann nicht.«

Ben nickt.

»Unser Zug morgen nach Rosenheim geht um 8 Uhr 24.«

»Okay«, sagt Ben. »Gut.«

Christians Gedanken verschmelzen mit der Melodie, die der Gitarrist spielt, ein angenehm unprätentiöses Solo. Er ist seit langer Zeit nicht so müde gewesen. Die Nacht hat sich angeschlichen, ist längst da, hat sich eingenistet.

»Schlafen?«, sagt Ben. Es ist weniger eine Frage als eine Feststellung.

Christian nickt. Während sie durch das warme, dämmrig beleuchtete Foyer zum Aufzug laufen, versucht er, nach dem erlösenden Gedanken zu greifen, der alles hinfällig macht. Weil nichts von Bedeutung ist, egal was passiert. Er versucht ein Lächeln. Versucht, es auf seine Lippen zu heben, aber es ist nicht da. Abwesend, wie Jannis. Wie Dawit. Es hat sich zurückgezogen, in den Schildkrötenpanzer.

Er denkt an Natalie, daran, dass sie auf ihn wartet, aber nur vielleicht, auf einem anderen Planeten.

Drei

BEN

Früh am Morgen fahren sie nach Rosenheim. Die Welt gleitet an Ben vorüber. Christian schläft für eine Weile auf dem Platz neben ihm. Er sieht ihn an. Betrachtet ihn, in aller Ruhe, ohne bestimmte Gedanken zu hegen.

Als sie ankommen, ist der Tag so blau und gelb wie die vorangegangenen. Die Stadt breitet ein pittoreskes Bild vor ihm aus, fast als wolle sie ihn veranlassen, etwas dazu zu sagen. Einen Kommentar abzugeben.

Ein redseliger Taxifahrer führt sie, auf wenig befahrenen Straßen, in einen von Hochhäusern und Firmengebäuden dominierten Vorort. Er stammt aus der Türkei, ist aber schon vor Jahrzehnten eingewandert und inzwischen leidenschaftlicher Skifahrer. Vergangenes Jahr war er zum ersten Mal Zuschauer bei der legendären Streif-Hahnenkamm-Abfahrt in Kitzbühel. »Die Schönen, die Reichen und ... ich«, sagt der Fahrer und lacht schallend.

Ben stellt es sich unwillkürlich vor, auch er spürt ein Lächeln auf seinem Gesicht. Bei dem Gedanken, dass dieser lustige Taxifahrer Skipisten hinunterrast. Im Höchsttempo Klischees ad absurdum führend.

»Ja ... der Winter darf kommen«, sagt der Fahrer zum

Abschied lächelnd. Christian gibt Trinkgeld und lässt sich eine Quittung ausstellen. Ben betrachtet das Hochhaus, fragt sich, welche Wohnung es ist.

»Ich habe mit der Mutter telefoniert. Sie hat wenig gesprochen«, sagt Christian, der seinem Blick gefolgt ist. »Aber sie hat versichert, dass sie da sein wird.«

Ben nickt. Ein Flimmern hat sich vor seine Augen gelegt. Er denkt darüber nach. Dass Dawits Mutter da sein wird und Dawit verschwunden.

FEVEN

Das Klingeln der Türglocke löst etwas in ihr aus. Verschiedenes, das nicht zusammenpasst. Müdigkeit, Nervosität, Trauer, Hoffnung. Angst. Ein Lachen. Ein Weinen.

All das begleitet sie, während sie durch den schmalen Flur zur Tür läuft, um zu öffnen.

Die zwei Männer sind anders als das Bild, das sie sich von ihnen gemacht hat. Beide recht jung. Deutsche. Das denkt sie. Sie weiß nicht, ob ihr das Mut machen oder Sorge bereiten soll. In jedem Fall sehen sie aus wie Deutsche.

»Frau Gebreselassie?«, fragt der eine. Der Große, Schlaksige.

Sie nickt.

»Wir hatten telefoniert. Sandner. Christian Sandner von der Polizei in Wiesbaden.«

»Ja. Hallo. Kommen Sie …«

»Neven. Ben Neven«, sagt der andere.

»Ja. Kommen Sie doch«, sagt sie. Macht Platz, lässt die beiden eintreten.

Im Wohnzimmer hat Ermias den Kopf gehoben. Auf dem Bildschirm des Fernsehers flimmert ein Film, Feven sieht jetzt erst hin, sieht, dass Häuser explodieren und Autos durch die Luft fliegen. »Mein Sohn, Ermias«, sagt sie.

Die beiden deutschen Polizisten sehen Ermias an. Nicken.

Sie spürt ein Brennen hinter den Augen.

»Mein anderer Sohn«, sagt sie.

BEN

Bruce Wayne, sagt der smarte Mann.

Alias Batman, sagt ein anderer.

Ben versucht unwillkürlich, die Stimmen zuzuordnen. Versucht, die Stimme von Dirk Meininger herauszuhören. Eigentlich rechnet er damit. Aber nein, das sind andere Stimmen. Dirk Meininger ist der Wrestler, nicht Batman.

»Was schaust du da?«, fragt er den Jungen. Dawits älterer Bruder. Aber er ist nicht viel älter, vielleicht neun oder zehn.

»Batman«, sagt der Junge. Wie war der Name? Ermias. »Batman und Superman. Beide. Superman kommt zurück.«

Ben nickt.

»Von den Toten. Superman wird … so …«

»Zum Leben erweckt?«, sagt Ben.

»Ja«, sagt Ermias.

»Ich habe Kaffee«, sagt seine Mutter.

»Ja, gerne«, sagt Christian.

Feven. Feven Gebreselassie, denkt Ben. Der Name ist so fremd, aber die Frau, die in der schmalen Küchenzeile steht, ist ihm nah. So nah, dass er sie am liebsten umarmen würde. Ben sieht ihr dabei zu, wie sie Tassen befüllt.

»Für mich auch eine Tasse, gerne«, murmelt er.

Ermias hat sich abgewendet, konzentriert sich wieder auf den Film. Auf die Geschichte, die vermutlich gut ausgehen wird. Nein, ganz sicher, auch wenn die andauernden Explosionen das Gegenteil befürchten lassen.

Er geht ein paar Schritte, setzt sich neben Christian an den Tisch, auf dem ein bunt verzierter Teller mit Keksen steht.

»Ja. Mein Mann ist arbeiten. Er … kann nicht freimachen.«

»Natürlich«, sagt Ben. »Was macht er?«

»Taxi«, sagt sie.

Für einige Sekunden denkt Ben, dass sie ihn also schon kennengelernt haben. Aber nein, Dawits Vater rast nicht lachend über Skipisten, er stammt auch nicht aus der Türkei. Dawits Vater ist ein anderer Taxifahrer, einer, den er nicht kennt.

»Seit zwei Monaten. Eine gute Arbeit«, sagt sie. »Mein Mann macht die Arbeit gerne.«

Ben nickt. Feven Gebreselassie bringt die Tassen an den Tisch. Christian hat sich einen Keks genommen, beißt hinein.

»Ja«, sagt Ben. »Wir sind gekommen, um noch einmal … ein Bild zu bekommen von dem Tag, an dem Ihr Sohn Dawit …«

Sein Blick begegnet ihren Augen. Dunkle Augen, in denen eine Traurigkeit ist, die er nicht kennt. Er wendet sich ab, zutiefst erschrocken. Betrachtet Christian, der einen Keks isst, einige Brösel liegen verstreut auf der Tischdecke.

»Erzählen Sie noch einmal aus Ihrer Erinnerung, wie Sie die Situation erlebt haben«, sagt Christian.

Hat er ihre Augen nicht gesehen? Hat er nicht gesehen, dass sie ein Gespräch führen, das nicht geführt werden kann? Ben strafft sich, schließt und öffnet die Augen. Er wartet, und Feven Gebreselassie beginnt zu sprechen. Leise, behutsam. Jedes Wort abwägend. Er lauscht. Hört ihr zu, während sie sagt, dass es einfach so passiert ist. Von einem Moment auf den anderen. Ein Kippmoment, der alles verändert. Und niemand hat es kommen sehen.

»Wir waren bei einem Termin ... es ging um unsere Weiterreise nach Deutschland. Mein Mann hat drinnen gewartet, er hatte so eine ... Nummer ... eine Wartemarke, genau. Die zieht man aus einem Automaten und wartet dann, bis man drankommt.«

»Gut. Und Sie und Dawit ...«

»Ich war mit den Kindern in ein Café gegangen, wir haben Kakao geholt.«

Ben nickt. Er schmeckt unwillkürlich Kakao auf der Zunge. Bitter, süß. Unendlich schokoladig.

»Ermias wollte zur Toilette, da bin ich mit ihm gegangen, um danach zu sehen ... zu suchen ... das war höchstens ... zwei Minuten.«

»Und Dawit war in der Cafeteria?«

»Ja. Ich habe ihm gesagt, dass er da sitzen bleiben soll.

Und auf uns warten. Ich weiß nicht, vielleicht ist er rausgegangen.«

»Raus, ins Freie? Sie meinen, dass er das Gebäude verlassen haben könnte?«

»Vielleicht. Er war so unruhig. Ich glaube, Sie sagen ...
hibbelig. Und es war ja ... draußen war dieses Fest, alles
bunt, und ...«

Sommer bei Nacht, denkt Ben plötzlich, er weiß nicht,
warum.

»Es war ja ein schöner, heller Tag«, sagt Dawits Mutter.

LEA

Gegen Nachmittag verlässt sie das Haus. Läuft. Über den
Kies zum Tor, auf den Gehweg. Sie wendet sich nach links
und nach rechts. Hält inne.

Dann wendet sie sich nach links, in Richtung Stadt. Sie
läuft an den vertrauten Häusern vorüber. Die Namen der
Nachbarn fliegen vorbei, wie Gedanken, vor ihren Augen,
die mit Tränen benetzt sind. Aber sie weint nicht, es ist eher
eine Reizung, vielleicht durch die Sommerluft.

Schöner, heller Tag. Sind ihre Augen nicht mehr daran
gewöhnt, von Sommerluft umspielt zu sein? Hat sie so
lange gezögert? So lange im Haus gesessen, auf dem Sofa?

Frau Mertens, die Nachbarin zur Rechten, hebt den Blick
von Blumen, während sie vorübergeht. Frau Mertens hat
einen Gruß auf den Lippen, aber sie hält inne, zögert. Es
hat ihr die Sprache verschlagen.

Lea läuft weiter, bis zur Kreuzung. Hier bleibt sie stehen. Betrachtet die Wege, die vor ihr liegen. Von Zeit zu Zeit fährt ein Auto vorbei. Ansonsten Stille. Ferienzeit. Viele sind schon weg, irgendwo. In Paradiesen. Auf Zeit.

Sie wollten doch auch längst weg sein. Oder?

Ja, doch, sie hatten gebucht. Die ganze Familie. Der Gedanke ist vage. Hat Dirk die Reise storniert? Nein. Verfällt sie jetzt? Kostenpflichtig? Wohin wollten sie eigentlich? Auf die Kanaren. Ja. Wann? Erste Ferienwoche. Wann genau? Sie weiß es nicht. Heute? Morgen? Oder doch erst kommende Woche?

Ohnehin ist die Reise zu Ende. Hier an dieser Kreuzung. Nicht weit von zu Hause. Sie hat Jannis nicht gefunden. Er war nicht hier, hat nicht vor einem der Nachbarhäuser gestanden, mit einem der Kinder, hat keinen Ball gegen eine der Garagenwände gekickt.

Sie kehrt um. Als sie am Garten der Familie Mertens vorübergeht, sieht sie den kleinen Sohn. Er spielt Fußball im Garten.

»Kommt Jannis vorbei?!«, ruft er, als Lea den Blick hebt.

Sie sieht, dass Frau Mertens, neben dem Blumenbeet, zusammenzuckt.

Lea sucht nach einer Antwort auf ihren Lippen. Betrachtet den Jungen.

»Nein, heute nicht«, ruft sie ihm zu.

»Okay«, ruft der Junge.

Okay, denkt sie.

Läuft, über den Kies, zurück ins Glashaus.

crisis-actor (Krisenschauspieler)

Verschwörungstheoretiker
bedienen sich des Begriffs,
um Augenzeugen und Betroffenen
dramatischer Ereignisse zu unterstellen,
Schauspieler zu sein, die im Auftrag
einer Regierung oder einer
mysteriösen Super-Verschwörung
die Öffentlichkeit manipulieren.
Zuletzt verstärkte sich das Phänomen,
was dazu führte, dass in Blogs und Foren
hunderttausendfach Beiträge *geliked* wurden,
die Opfer von Anschlägen und Amoktaten
als Teil einer vermeintlichen
Inszenierung verhöhnen.
Erkenntnistheoretisch stellt der
Crisis-actor-Vorbehalt eine vollständige Absage
an die empirisch überprüfbare Wirklichkeit dar.

CHRISTIAN

Am Abend, als sich die Sonne zurückzieht und einem mil-
den blauen Licht weicht, fahren sie im Speisewagen zurück
in Richtung Frankfurt. Christian sieht den Zwischenstopp,
den sie haben werden, schon vor Augen, lange bevor sie
ankommen.

Als sie dann tatsächlich am Bahnhof stehen, eine Pause

einlegend, setzt sich der Gedanke fest, dass sie stehen bleiben werden. Dass es kein Fortkommen gibt, keine Weiterreise. Der Gedanke an Feven Gebreselassie streift ihn. An den Jungen, der einen Batman-Film angesehen hat. Ermias, der *andere* Sohn.

Ben sitzt ihm gegenüber. Er führt die Tasse zum Mund, trinkt von seinem Kaffee. Vor Ben ausgebreitet liegt der Ordner. Die Akte *Dawit Gebreselassie*. Das angeheftete Foto hat Ben in den Ordner hineingeschoben, sodass es nicht mehr sichtbar ist. Christian sieht es dennoch vor Augen.

Ben hat den Blick auf den Text gesenkt, auf die Worte. Die Sinn ergeben oder nicht. Vermutlich beides zugleich, beides im selben Moment.

»Hier habe ich gelebt«, murmelt er.

Ben hebt den Blick. Sieht ihn fragend an, aus anderen Zusammenhängen kommend.

»Bin hier aufgewachsen«, sagt Christian.

Ben blickt aus dem Fenster. Weiß gar nicht, wo sie sich befinden. Er sucht nach dem Schild, das dem Bahnhof und dem Ort einen Namen gibt. »In Nürnberg?«, fragt er.

Christian nickt.

Ben hält inne. Blickt wieder aus dem Fenster.

»In einem Vorort. Eher ländlich, da war viel Platz. Direkt neben unserem Haus war ein weites Feld mit Bolzplatz.«

»Klingt schön«, sagt Ben.

»Ja. Ich war lange nicht mehr hier. Manchmal bin ich in einem Zug, der vorüberfährt.«

»Magst du …«, sagt Ben. »Magst du hier gerne eine Pause machen?«

»Nein«, sagt er. »Nein, es ging mir nur gerade durch den Kopf.«

Ben nickt.

Der Zug fährt an. Eine Maschine, die behutsam in Gang gesetzt werden muss, um schließlich hohe Geschwindigkeit zu erreichen. Die Meter werden vorüberfliegen, die Kilometer. Distanz. Nähe. Distanz. Lichtjahre weit.

Als der Kellner kommt, um missmutig nach Wünschen zu fragen, fragt sich Christian, was der Mann am Abend machen wird. Nachdem er die Wünsche erfüllt und seine Uniform abgelegt hat.

Er denkt an Natalie, hat die Ahnung eines Bildes von ihr vor Augen, während er ein stilles Wasser bestellt.

BEN

Als sie in Frankfurt ankommen, setzt die Dunkelheit ein, und eine Obdachlose bittet sie am Parkautomaten höflich um einen Euro. Christian legt ihr zwei Euro in die ausgestreckte Hand.

Während sie mit dem Dienstwagen nach Wiesbaden fahren, schwinden die Farben ganz. Ben telefoniert mit Mark Lederer, während Christian schweigsam den Wagen lenkt, müde, mit zusammengekniffenen Augen.

Nürnberg, denkt Ben vage. Christian ein Jugendlicher? In einem Vorort von Nürnberg? Ein Kind, ein Junge? Fußball spielend, auf einem Bolzplatz direkt am Haus. Von seinem Fenster aus kann er die Tore sehen. Haben die Tore Netze?

»Bisher weiterhin nichts«, sagt Mark Lederer. »Zumindest kein Durchbruch. In einer von insgesamt zweiundachtzig Befragungen der Anwohner der Schule kam noch mal unser Mann zur Sprache.«

»Aha?«

»Ja, eine ältere Dame hat einen Jungen und einen Mann mit Teddy gesehen. Sie lebt in einem Mehrfamilienhaus, etwa zwei Minuten fußläufig von der Tiefgarage entfernt.«

»Okay.« *Unser Mann,* denkt Ben.

»Ihr fiel vor allem der Teddy auf, deshalb konnte sie den Mann nicht explizit weiterführend beschreiben. Aber immerhin. Mittleren Alters, mittlerer Statur. Eher kräftig als schmal. Schütteres Haar.«

»Okay«, sagt Ben.

»Wir haben ihr die komplette Datei vorgelegt. Also … Vorbestrafte in Missbrauch, Sexualdelikten, sortiert nach Wohnort und potenzieller Nähe zu Wiesbaden und Innsbruck.«

»Okay.«

»Hat nichts ergeben. Die Frau hat den Mann, den sie gesehen hat, keinem der Bilder in der Datei zuordnen können. Sie sagte, dass sie eigentlich keine Erinnerung an das Gesicht des Mannes hat, gut möglich, dass sie ihn nicht mehr erkennen würde, selbst wenn er vor ihr steht.«

Ben schweigt.

»Mit ihren Angaben wurde dennoch ein Bild erstellt, das aber in dieser Fassung noch nicht aussagekräftiger ist als diese Video-Aufnahme, die wir haben.«

»Okay«, sagt Ben.

»Sie sagte, dass die beiden einfach liefen. Nicht schnell,

nicht langsam. Dass sie nicht den Eindruck hatte, dass etwas … nicht stimmte.«

Ben nickt. Auf das Gute vertrauen, denkt er. Irgendjemand hat Jannis das beigebracht. Weil es das Richtige ist. Eigentlich. Er denkt an Marlene, daran, dass sie auf das Gute vertraut. Hat er ihr das beigebracht? Er spürt ein Stechen, rechts und links, auf Höhe der Schläfen.

Er beendet das Gespräch.

»Und?«, fragt Christian.

Ben hält inne. Wie lange braucht der böse Mann, um das Böse zu tun? Eine Minute? Zwei? Wie lange war Dawit allein? Wie viel Zeit blieb ihm, um den Rummelplatz zu betrachten? Um Freude zu empfinden?

Wo ist Dawit? Wo ist Jannis?

»Hatten die Tore Netze?«, fragt er.

Christian sieht ihn von der Seite an, fragend.

»Auf deinem Bolzplatz. Damals?«

Reset
Ein **Reset** (dt. zurücksetzen)
ist ein Vorgang, durch den
ein elektronisches System
(in aller Regel von *Menschenhand*)
in einen *definierten*
Ausgangszustand
gebracht wird.
Dies kann erforderlich sein,
wenn das System nicht mehr
ordnungsgemäß funktioniert
und auf die
üblichen Eingaben
nicht reagiert.

CHRISTIAN

Die Frage hallt nach, einige Stunden später. Die Tore hatten keine Netze. Das hat er gesagt, Bens Frage beantwortend. Er fährt nicht nach Hause, sondern an einen Ort, der sich anfühlt, als sei er Zuhause. An einen Ort des Verschwindens. Des Vergessen-Wollens. Des Nicht-vergessen-Könnens.

Während er das Haus betrachtet, den Kubus aus Glas, versucht er, sich darauf zu konzentrieren, dass hier wirklich Menschen leben. Dass sie wirklich verängstigt sind. Jannis ist wirklich verschwunden.

Die Mutter, Lea, öffnet das Tor. Sekunden nachdem er geklingelt hat. Sie hat sein Gesicht auf der Überwachungskamera gesehen, hat ihn als jemanden anerkannt, der willkommen ist. Christian läuft über weichen Kies auf das Haus zu.

»Herr Sandner«, sagt Lea Meininger, sie steht im Rahmen der Eingangstür.

»Guten Abend«, sagt Christian.

Er sieht in ihren Augen die unausgesprochene Frage. Ob es etwas Neues gibt, etwas, das Klärung bringt. Erlösung.

»Ich wollte nach Ihnen sehen«, sagt er.

Sie nickt. Begreift, dass ihre Frage keine Antwort finden wird. Deshalb stellt sie sie nicht.

Er folgt ihr ins Wohnzimmer. Dirk Meininger sitzt auf dem Sofa, in einer ähnlichen Haltung wie am Abend zuvor. Er nickt ihm zu.

»Eine Kollegin war noch mal da, wegen der Ortung«, sagt Lea Meininger. »Sie sagte, sie sei von der Technik. Es geht darum, mögliche Anrufe zu orten.«

Christian nickt. Sollte doch noch eine Lösegeldforderung eingehen, besteht die Möglichkeit, dass die Ermittlung in Gang kommt. Dass sie digital wird. Teil eines flimmernden, schillernden Netzes, ein roter Punkt auf einem *high-end*-Display.

»Das ist gut«, sagt er.

»Kann ich Ihnen etwas zu trinken anbieten?«, fragt sie.

»Nein, danke«, sagt er.

»Gibt es etwas Neues?«, fragt Dirk Meininger. Seine Stimme klingt anders. Sie gehört weder dem Löwen noch dem Wrestler.

»Waren Sie innerhalb des vergangenen Jahres in Österreich? Innsbruck oder Umgebung?«, fragt Christian.

»Warum?«, fragt Lea Meininger.

»Wir folgen einem Hinweis. Auf einen ähnlich gelagerten Fall.« Lederers Worte, denkt Christian.

»Was genau heißt das?«, fragt Lea Meininger.

»Es ist nur ein Ansatz. Waren Sie denn …«

»Nein«, sagt Meininger. »Wir waren zuletzt vor einigen Jahren mal zum Skifahren in Österreich, aber nicht in der Gegend von Innsbruck.«

Christian nickt. Natürlich nicht. Da wird nichts sein. Keine Verknüpfung, keine Erkenntnis, die sich einstellt, keine Tür, die im überraschenden Moment eine Verbindung zwischen den Räumen eröffnet. Es gibt keine Verbindung, nur einen Schatten, der sich über einen Tivoli und einen Flohmarkt legt. Einige Sekunden lang, dann scheint wieder die Sonne.

»Was ist denn in Innsbruck passiert?«, fragt Lea Meininger.

Christians Handy vibriert, er nimmt das Gespräch an, dankbar. Es ist Lederer.

»Wollte euch noch durchgeben, dass wir bereits eine erste kriminaltechnische Analyse haben, von dem Teddybären.«

»Ah«, sagt Christian.

»Es gibt Verwertbares in so ziemlich jeder Hinsicht, aber keinen Abgleich in der Datenbank. Wer auch immer diesen Teddy in den Händen hielt, ist nicht polizeibekannt.«

Christian schweigt.

»Vorläufig also kein Durchbruch«, sagt Lederer.

»Ja. Danke dir.«

»Der Innsbrucker Teddy wird auch entsprechend untersucht. Das blieb zunächst aus. Aber besser spät als nie«, sagt Lederer.

»Ja«, sagt Christian. *Innsbrucker Teddy,* denkt er.

»Da rechne ich schon morgen mit Ergebnissen, wir haben es eilig gemacht«, sagt Lederer.

»Okay, gut.«

»Bis morgen«, sagt Lederer.

»Bis morgen«, sagt Christian.

Er lässt das Handy sinken. Lea Meininger sucht seine Augen, und er denkt an Augen, deren Glanz ihn gestreift haben. Früher am Abend. Plötzlich wird ihm bewusst, dass der Glanz dieser Augen von Bedeutung war.

»Ich melde mich«, sagt er. »Wir tun unser Bestes. Auf Wiedersehen.« Plötzlich hat er es eilig. Ja. Zum ersten Mal seit Langem. Er fragt sich, ob der Impuls gleich wieder weg sein wird. Vermisst, als sei er nie da gewesen.

Dirk Meininger schweigt. Was würde es bedeuten, wenn dieser Mann seine Stimme verliert?

Lea Meininger bringt ihn zur Tür.

Christian lächelt zum Abschied. Das Lächeln soll sie aufbauen, aufmuntern, Zuversicht behaupten. All das tun, wozu kein Anlass besteht.

Während er zu seinem Wagen geht, denkt er, dass es von Herzen kam. Ein ehrliches Lächeln, auch wenn es einer Lüge verpflichtet war.

Er weiß, wohin er fahren muss, er muss sie finden, bevor die verdammte Nacht sie verschluckt und Gott weiß was mit ihr anstellt.

Als Ben nach Hause kommt, schläft Marlene schon. Svea sieht Nachrichten.

»Da lief was über euren Fall«, sagt sie.

»Wirklich?«, fragt Ben.

»Ja, ein Fahndungsaufruf. Mit dem Foto des Jungen.« Ben nickt.

»Wer ihn gesehen hat, soll sich bei euch melden.«

»Ja«, sagt Ben.

»Das heißt, dass ihr noch nicht weitergekommen seid?«

»Nein. Leider.«

»Wie war Innsbruck?«

Ben denkt darüber nach. Still. Sonnig. Schattig. »Die Ermittlung der Kollegen lief ins Leere. Aber vielleicht können wir jetzt neu ansetzen. Mit neuen Erkenntnissen und einer neuen Perspektive.«

Svea sucht seinen Blick. Er lächelt. Der Nachrichtensprecher des Lokalsenders übergibt an die Wetteransagerin.

»Ich denke, dass ich noch schnell bei Landmann anrufen werde«, sagt er. »Ich will ihn da irgendwie … dabeihaben.«

Svea lächelt. Sie mag Landmann, Ben weiß das. Manchmal zieht sie ihn ein wenig damit auf, dass er in schwierigen Phasen Landmann hinzuzieht. *Seinen ewigen Mentor,* wie sie ihn vermutlich treffend nennt.

»Mach das«, sagt sie. »Ich gehe gleich schlafen. Morgen fliege ich Mittelstrecke, bin übermorgen wieder zurück.«

Er nickt. »Gut«, sagt er.

Er geht die Treppe hinunter in sein Arbeitszimmer. Wählt Landmanns Nummer, erreicht die Mailbox. *Hallo Ludwig. Guten Abend. Ich wollte dich kurz auf dem Laufenden halten, in unserem Fall. Wir waren in Innsbruck. Dort verschwand im Frühjahr ebenfalls ein Junge. Dawit, sieben Jahre alt. Ein Teddy wurde gefunden, auf dem Tivoli in der Nähe des Bürgerhauses, in dem Dawit zuletzt gesehen worden war. Der Junge stammt aus Eritrea, die Familie lebt inzwischen in Rosenheim. Wir haben mit der Mutter gesprochen, eine liebe Frau. Sie hatte den Sohn nur kurz aus den Augen gelassen. Ähnlich wie bei dem Flohmarkt. Wenige Minuten vielleicht. Ich weiß nicht. Vielleicht kannst du etwas damit anfangen. Ich melde mich morgen, dann können wir es vielleicht vertiefen. Ich … ja, ich denke, dass ich deine Hilfe brauche, um den Jungen zu finden. Bis dann.*

Er lässt das Telefon sinken. Er hat die Melodie im Ohr, die das Telefon spielt, wenn ein Anruf kommt. Die alte. Nicht die neue, die Marlene eingestellt hat, sondern die, die immer da war. Teil der Werkseinstellung. Um sie zurückzubekommen, müsste er ein *Reset* durchführen. Das hat er recherchiert, auf dem Weg von Innsbruck nach Rosenheim. Aber Marlenes Melodie ist eigentlich schön. Zu schön, denkt er. Sie klang so nah, als Sarah zuletzt anrief, Jannis' große Schwester.

Die Müdigkeit nähert sich an, sie ist so bleiern, so schwer, dass er wegsackt, auf dem Schreibtischstuhl sitzend. Als sich sein Körper zur Seite neigt, zuckt er zusammen. Er braucht einige Sekunden, um sich zu orientieren. Zu begreifen, wo er sich befindet.

Er geht nach oben, hört das Rauschen des Waschbeckens,

Svea ist im Bad. Er legt sich auf das Sofa, auf den Rücken. *Reset*, heller Tag, denkt er, kurz bevor der Schlaf die dunkle Decke über seine Augen legt.

CHRISTIAN

Er parkt den Wagen auf demselben Stellplatz. Sieht den Parkscheinautomaten aus demselben Blickfeld. Sucht die Fläche ab. Im trüben Licht der Laternen, vor dem großen Bahnhofsgebäude. Da ist sie. Sie steht an der Tür, von einem Bein aufs andere wippend, ihre Stoffjacke umschließend. Sie friert, obwohl es warm ist. Sommernacht.

Er steigt aus, geht auf sie zu.

Sie hebt den Blick. Für Sekunden glaubt er, dass der Glanz in ihren Augen erloschen ist, aber das stimmt nicht. Sie ist nur überrascht, da ist ein Funkeln. Sie wird selten angesprochen, eher gemieden. Meistens ist sie es, die die Menschen anspricht. Mit dem immer gleichen Satz, einen Euro erbittend.

»Ich muss mit Ihnen sprechen«, sagt er.

Sie lächelt. Warum? Weil er sie siezt? Aber sie hat ihn auch gesiezt. Oder?

»Aha?«, sagt sie.

»Ja«, sagt er.

Sie kneift die Augen zusammen.

»Wir haben uns vorhin gesehen. Am Abend, ich kam mit einem Kollegen von einer Reise …«

»Ja, ich weiß.«

»Okay.«

»Zwei Euro«, sagt sie. »Haben Sie mir gegeben.«

»Ja. Genau.«

»Nett«, sagt sie.

»Hm.«

Sie lächelt. Etwas hat sich verändert. Jetzt sieht er sie wirklich. Eins zu eins. Ein Mensch aus Fleisch und Blut, mit Hoffnung, mit Angst. Das ist gut. Der Gedanke ist eine Welle, die durch seinen Körper wandert.

»Und Sie wollen … was?«

»Reden.«

Sie lächelt. Hartnäckig. Sie friert.

»Einfach reden«, sagt er. »Kommen Sie, wir können doch … irgendwo …«

Er geht voran, sieht im Augenwinkel, dass sie ihm folgt. Er steuert das Fast-Food-Restaurant an. »Kaffee?«, fragt er im Gehen. »Einen Burger? Pommes?«

Sie schweigt.

Das Restaurant ist fast leer, an einem Tisch sitzen Jugendliche, die laut miteinander sprechen, polternd lachend.

»*Happy Meal*«, sagt sie. »*McNuggets*. Und das rosa Pony als Geschenk.«

Er sucht ihre Augen. Ist das ein Witz? Nein.

»Und eine *Sprite*«, sagt sie.

Er nickt. Bestellt. Der Junge an der Kasse nimmt gelangweilt die Bestellung entgegen.

Dann läuft Christian mit dem Tablett zu einem Tisch an der Fensterwand. Sie setzt sich, ohne die Jacke abzulegen.

»Guten Appetit«, sagt er.

»Ihnen guten Durst«, sagt sie.

Er hat nur einen Kaffee bestellt. Er nippt daran, heiß.

»Sie wollen also reden?«, fragt sie.

Er nickt.

»Hoffentlich nicht über mich?«

»Jederzeit«, sagt er.

»Was?«

»Das würde ich gerne. Jederzeit.«

»Aha. Nein, danke.«

»Ich stehe jederzeit zur Verfügung«, sagt er.

»Hm. Nein, danke.«

»Wie heißen Sie?«

Er sieht ein Flackern in ihren Augen. Ungeduld. Unmut? Wut? Gleich wird sie aufstehen und gehen. Genervt von diesem Idioten. Von ihm. Sie wird einfach weg sein, für immer, obwohl er jeden Tag an diesem Parkscheinautomaten nach ihr sucht. Aber sie geht nicht.

»Ist das wichtig?«

»Es würde mich interessieren«, sagt er.

»Hm.«

»Ich bin Christian.«

»Okay«, sagt sie.

»Essen Sie ruhig«, sagt er.

»Später«, sagt sie.

Eine Pause tritt ein. Im Hintergrund grölen die Jungs, beschimpfen sich, lachend.

»Ja«, sagt er.

Sie sieht ihn an. Geduldig wartend. Obwohl sie friert.

»Ich will eine Geschichte erzählen«, sagt Christian.

Er spürt ein Brennen hinter den Augen und begreift unmittelbar, dass er den Satz ausgesprochen hat, der seit langer Zeit auf seinen Lippen, auf seiner Seele lag.

Die Limonade schmeckt süßer, die Pommes salziger. Als je zuvor. Alles ist hauchfein verändert, verstärkt. Überdeutlich, obwohl sie müde ist. Der Mann spricht. Von Zeit zu Zeit sieht er sie an, sucht ihre Augen, als wolle er sichergehen, dass sie zuhört.

Natalie. Das ist der Name, um den die Geschichte kreist. Eine wahre Geschichte, das weiß sie sofort, und sie fragt sich, warum er dennoch so begonnen hat, als sei sie erfunden.

Sie sieht die beiden vor sich. Ihn, 15 Jahre alt, sie, 14. Christian und Natalie. Sie besuchen die neunte Klasse eines Gymnasiums. Er ist mit anderen Dingen beschäftigt, sie eine sehr gute Schülerin. »Obwohl sie nicht viel gelernt hat. Sie hat es auch nie zum Thema gemacht. Also, keine Streberin. Das fand ich schön. Sympathisch.«

Nadine nickt.

»Ich habe meinen Mut zusammengenommen und sie gefragt, ob sie mir helfen kann, Physik lernen. Physik habe ich absolut gar nicht verstanden. Ja. Sie hat zugesagt. Ich habe eine CD gebrannt, mit meinen Lieblingsliedern. Und vor allem mit Liedern, von denen ich dachte, dass sie ihr gefallen könnten. Sie mochte eher ... ja ... Beats und Percussion. Die CD habe ich ihr gegeben, als sie kam. Dann haben wir getanzt, zur Musik. Nicht eng umschlungen oder so. Jeder für sich, aber trotzdem gemeinsam. In meinem Kinderzimmer. Oder … Jugendzimmer. Meine Eltern waren auf Reisen, was häufig der Fall war. Beide hatten gute Anstellungen in Großbanken, die mit Reisen verbunden waren.«

Sie wartet, er schweigt.

»Ich habe in dieser Phase viel Zeit allein verbracht. Und dann, ab diesem Tag, viel Zeit mit Natalie. Es wurde Winter, wir sind Schlittschuh gefahren. Da konnte dann ich ihr helfen. Ich konnte sehr gut Schlittschuh fahren.«

Er trinkt von seinem Kaffee. Stellt den Becher ab.

»Ich kürze die Geschichte an der Stelle dann ab«, sagt er.

Warum?, denkt sie. Die Geschichte gefällt ihr, bis hierher.

»An einem Abend, als meine Eltern auf Reisen waren, haben wir vereinbart, dass sie bei mir übernachtet. Einerseits, weil wir das einfach mochten, andererseits fanden wir auch den Gedanken schön, am nächsten Morgen gemeinsam in die Schule zu gehen. Bisher hatte sie einige Male am Wochenende übernachtet. Ja. Wir haben Musik gehört. Und nebeneinandergelegen. Sie hat den Kopf auf meine Beine gelegt, ich habe den CD-Player bedient, habe Stücke ihrer Wahl eingestellt. Sie hat das Spiel gespielt, mit den Buchstaben.«

»Was?«, fragt Nadine.

»Ja, sie hatte so ein Spiel. Sie konnte sehr schnell Buchstaben zählen, zum Beispiel von Namen. Sie wusste bei allen Schülern unserer Klasse, wie viele Buchstaben der Vorname und der Nachname hatte.«

»Okay«, sagt sie.

»Sie hat das auch mit den Songtiteln gemacht. Was

schwierig war, weil die meisten englisch waren. Ja. Dann ist sie eingeschlafen.«

Nadine wartet.

Darauf, dass die Geschichte weitergeht. Sie fühlt sich wie eingehüllt in eine weiche Decke. Sieht den Winter vor sich, hinter dem Fenster des Kinderzimmers. Sie stellt sich vor, dass Schnee liegt. Fragt sich, welcher Song läuft. Welche Melodie den Raum erfüllt.

»Ja. Das war es«, sagt der Mann.

Sie hebt den Blick, sucht seine Augen. Hält stand, bis er sich abwendet.

»Sie ist nicht mehr aufgewacht«, sagt der Mann. »In meinen Armen gestorben, während unsere Musik lief, an einem Aneurysma. Das haben zwei Ärzte mir gesagt, Tage später.«

LEA

Einschlafen, denkt sie. Nicht mehr aufwachen.

Dirk liegt im Wohnzimmer auf dem Sofa. Sie weiß nicht, ob er schläft. Der Fernseher läuft, der Ton ist stumm gestellt. Dirk wollte die Spätnachrichten sehen. Lea hat sich ins Bett gelegt, ohne sich zu waschen. Sollten die Nachrichten bereits vorbei sein, haben sie nichts über Jannis zu sagen gehabt. Falls doch, hätte Dirk es sicher erwähnt.

Es sei denn, es wäre eine andere Nachricht, eine schlechte. Über den Fund einer Leiche. In einem Wald. Verbindungen zum Verschwinden eines Jungen am Wochenende würden geprüft. Es gebe seitens der Ermittlungsbehörden noch keine weiteren Informationen. Vor ihren geschlossenen Augen nimmt das Bild Gestalt an, bis sie daran glaubt, dass es echt ist. Sie hört sogar den Nachrichtensprecher, sie sieht ihn, sieht, wie er die Lippen bewegt, vor dem Bild eines dichten grünen Waldes.

Wo ist Sarah? Oben. Sie schläft. Hört nichts von den Nachrichten. Morgen wird Lea es Sarah sagen. Dass Jannis tot ist. Dass er nie wieder zurückkommt. Sie ist jetzt ganz sicher, dass es so ist, dass sie es gesehen hat, in den Nachrichten.

Nicht mehr aufwachen, denkt sie, und schläft ein.

MARKO

Die Nacht ragt durch das geöffnete Fenster in den Raum hinein, wie in einer schiefen Ebene. Nichts stimmt. Alles muss anders sein, aber er ist nicht derjenige, der irgendetwas verändern kann. Natürlich nicht. Er ist ein Nichts. Er ist niemand. Niemand höchstpersönlich. Den Jungen hat er ins Bett gelegt, zugedeckt. Der Junge schläft und schläft und schläft. Die Lust ist nicht zurückgekehrt. Verraucht, verflossen. Einfach weg. Er kann sich nicht einmal an sie erinnern. Er betrachtet den schlafenden Jungen, wartet darauf, dass etwas keimt. Aber da ist nichts. Später, vielleicht.

Jetzt ist er einfach zu schwach. Läuft auf wackeligen Beinen, er fragt sich, was wäre, wenn er stürzt und das Bewusstsein verliert. Wenn er schlafen und schlafen und schlafen würde, wie der Junge. Er erreicht den Wohnraum, setzt sich auf das Sofa, lässt die Zeichentrickserie laufen. Eine Folge, die er schon kennt, aber egal. Eigentlich beruhigt es ihn eher, dass es ihm bekannt vorkommt. Vertraut.

Er kennt die Geschichte, er weiß, wie sie ausgeht, er weiß alles. Niemand erkennt ihn, aber er erkennt die anderen. Hat sie längst durchschaut. Die Serie hat er schon als Kind gesehen, als er so jung war wie der Junge. Alles steht still, er ist der Einzige, der das sieht. Er ist der Junge, der Junge ist er. Wenn die Lust zurückkehrt, wird er sie leben und töten, leben und töten.

Und leben.

Er spürt ein Ziehen zwischen den Beinen, während die flirrenden Bilder des Trickfilms näher kommen, näher und näher. Weil sie eine Geschichte erzählen, in der er endlich sein darf. Alles sein darf, beides, Kind und Gott.

Vier

hybrid zoom
macht die Nacht
zum Tag

BEN

Er erwacht auf dem Sofa, mit einem Gedanken, der unmittelbar an Mark Lederer geknüpft ist. Er tastet nach dem Smartphone, wählt Marks Nummer.

»Ben?«, sagt Mark.

»Bist du schon im Büro?«, fragt Ben.

»Ja.«

»Okay. Mir geht gerade etwas durch den Kopf. Mit welchen Parametern haben wir denn bisher gesucht? Nach den ähnlich gelagerten Vermisstenfällen.«

»Was meinst du?«

»Wie genau sind wir auf den Innsbrucker Fall gestoßen? Haben wir nach Teddybären gesucht oder nach Stofftieren im Allgemeinen?«

Lederer schweigt. Ben fragt sich, worüber sie eigentlich sprechen. Eine polizeiliche Ermittlung. Stofftiere.

»Also ... okay, verstehe ...«

»Ich überlege gerade, ob es Sinn macht, wenn wir noch mal allgemeinere Suchanfragen ins System schicken. Vielleicht ...«

»Ja, verstehe. Mache ich.«

Vielleicht finden wir etwas, das wir nicht finden wollen, denkt Ben.

»Alles klar«, sagt Mark. Er wirkt abwesend, vermutlich ist sein Blick schon auf den Bildschirm gerichtet, seine Finger tippen Begriffe in die Maske des Systems ein, das Verbrechen in verschiedenen Teilen des Landes und auch über Landesgrenzen hinaus miteinander verbindet. Bis sie ein Ganzes ergeben.

»Bis dann«, sagt Mark.

»Ja, bis dann«, sagt Ben.

Er steht auf, geht in die Küche, macht Kaffee. Er bemüht sich darum, leise zu sein. Marlene und Svea schlafen noch. Ferien. Ausschlafen. Er stellt eine Tasse für Svea bereit, einen Becher und die Milch und den Kakao für Marlene.

Er trinkt nur ein paar Schlucke, zieht sich an und geht. Als er beim Wagen ist, spielt das Smartphone Marlenes Melodie.

Reset, denkt Ben vage.

Er hofft, dass es Lederer ist. Mit Erkenntnissen, die weiterführen. Es ist nicht Lederer, es ist Landmann.

»Ludwig?«, sagt Ben.

»Ja, guten Morgen, Ben.«

»Wie schön, dass du dich meldest. Hast du meine Nachricht …«

»Ja, habe ich abgehört.«

»Bestens. Ich … wir waren in Innsbruck und Rosenheim. Es gibt einen weiteren vermissten Jungen«, sagt Ben.

Landmann schweigt.

»Ich hatte ja die Eckdaten schon in das Audio gesprochen«, sagt Ben. »Hast du am Abend Zeit? Dann würde ich vorbeikommen. Ein paar Eindrücke teilen.«

»Gerne, Ben«, sagt Landmann. »Habt ihr schon Resultate? Von diesem ... Teddy?«

»Ja, DNA positiv. Aber leider kein Abgleich in der Datenbank.«

Landmann schweigt. »Das ist schlecht«, sagt er nach langen Sekunden. Ben erinnert sich daran, dass er das Gleiche auch vor wenigen Tagen gesagt hat. Als Ben ihm von Jannis erzählt hat. Von einem Flohmarkt. Von einem aufgefundenen Teddy und einem verschwundenen Jungen.

»Kannst du mir ein Bild von dem Bären mitbringen?«, fragt Landmann. »Ein Foto?«

»Ja ... ja, sicher«, sagt Ben. Er hat eine Frage auf den Lippen. Ob Landmann schon eine Ahnung hat. Ob er schon eine Lösung kennt. Ob er berechnet hat, wer dieser Mann gewesen ist. Auf dem Flohmarkt, auf dem Fest. Wenn es denn tatsächlich derselbe war.

»Und von den Jungen. Jannis und Dawit.«

»Ja. Mache ich.«

»Bis dann, Ben.«

Ben lässt das Smartphone in die Hosentasche gleiten, steigt in den Wagen. Die Sonne brennt, sie prangt schillernd am Himmel wie ein besonders heller Mond.

LANDMANN

Landmann setzt sich in den Garten, betrachtet den dunkelblauen See. Er denkt an einen Teddy, einen verschmutzten weißen Teddy. Verschmutzt mit DNA. Kein Abgleich in der

Datenbank. Das bedeutet, dass Ben und die Kollegen einen Schatten suchen. Einen Schatten, der sich auf Orte legt, die weit voneinander entfernt sind. Der kommt und geht. Für Momente nur verweilt.

Als er am Morgen gesehen hat, dass eine Nachricht eingegangen ist, hat er intuitiv an Barbara gedacht. Daran, dass sie ein wenig Zeit gefunden und sich endlich gemeldet hat. Aber es war Ben gewesen.

Jetzt kehren seine Gedanken zu Barbara zurück. Er schreibt ihr eine weitere Nachricht. Wohl wissend, dass sie hartnäckig sein kann, wenn sie dies und das zu erledigen hat. Keine Zeit für ihn. Vielleicht hat sie einfach kein Interesse an den guten Ratschlägen, die er zuletzt eine Spur zu hoch dosiert haben könnte.

Schon gefrühstückt?, schreibt er, einem Impuls folgend. Einfache Frage, einfache Antwort. Vielleicht kann er seine erwachsene Tochter auf diese Weise dazu bringen, noch einmal Kind zu sein und ihrem Papa eine Rückmeldung zu geben. Für Momente nur.

Er hebt das Glas an die Lippen. Der zweite Morgen in Folge, an dem er Weißwein trinkt. Wird er auf seine alten Tage dekadent? Er lächelt. Legt sich das weiße Papier zurecht, auf dem weißen Gartentisch. Im rechten Winkel. Dunkelblau der Kugelschreiber.

Er beginnt zu schreiben, tabellarisch.

Jannis	Dawit
Wiesbaden	Innsbruck
fünf	sieben
Flohmarkt	Volksfest

Freude	Freude
Eltern, Geschwister	Eltern, Geschwister
hellhäutig	dunkelhäutig
gut situiert	auf der Flucht
Angst	Angst
allein	allein
Stofftier	Stofftier
für Momente nur	für Momente nur

Er lässt den Kugelschreiber sinken. Wirft einen Blick auf das Display des Smartphones, denkt, dass eine Nachricht angekommen sein sollte, aber da ist keine, keine von Ben, keine von Barbara.

BEN

Als er ankommt, hört er Lederers Stimme schon aus einiger Entfernung. So laut hat er seine Stimme noch nie gehört. Lederer redet auf Christian ein. Christian steht vor der Fotowand, die seit einiger Zeit Usus ist, ein Teil jeder größeren Ermittlung, obwohl Ben nicht wirklich den Sinn darin erkennt.

Christian betrachtet die Wand, mit zusammengekniffenen Augen. Die Fotos der bislang Beteiligten. Eine Bildergeschichte, die noch keinen Sinn ergibt, die kein Ende hat.

Dawit, Jannis; Fotos der Grundschule und des großen Platzes vor dem Bürgerhaus. Sommer. Rechts am Rand hängen Fotos von aktenkundigen Sexualstraftätern, die vernommen werden sollen oder bereits vernommen worden sind und im Fokus der Ermittlung verbleiben. Weil sie ihren Aufenthalt nicht lückenlos haben belegen können, zum Zeitpunkt von Jannis' Verschwinden.

»Das ist nicht alles«, sagt Christian.

Ben sucht Christians Augen. Er sieht müde aus. Müde, aber … irgendwie auch entspannt. Verändert.

»Du hast recht gehabt«, sagt Lederer. »Ich bin schnell fündig geworden. Jetzt geht es vorwärts.«

Ben spürt ein Stechen, an den Schläfen, im Magen.

»Vor knapp zwei Jahren. Frankfurt am Main. Ein sechsjähriger Junge wurde in einem Buchladen angesprochen. Der Junge stand vor einem Tisch, auf dem Bücher, aber auch anderes Zeug ausgestellt war. Unter anderem ein Tiger aus Stoff. Er gehörte zur Geschichte eines Buchs, wie auch immer.«

Ben wartet. Svea anrufen, denkt er. Fragen, wie es ihr geht.

»Also, der Junge wurde angesprochen, ein Mann bot ihm an, ihm den Stofftiger zu schenken. Der Junge hat abgelehnt.«

Abgelehnt, denkt Ben.

»Er fand es unheimlich. Ist zu seinen Eltern gegangen, die in einem anderen Teil des Ladens waren. Eine große Buchhandlung. Mehrstöckig. Der Mann ist verschwunden. Es ist nur eine knappe Notiz, natürlich wurde die Sache nicht weiterverfolgt. Es kann ja einfach ein netter Mann gewesen sein. Einer, der Kinder mag.«

Ben hebt den Blick. Sucht Lederers Augen, aber Lederer hat sich gerade abgewendet, sieht Christian an und fährt fort. »Wie auch immer, dank des Jungen und seiner Eltern ist der Vorfall jedenfalls aktenkundig. Die Eltern hatten die Polizei verständigt.«

»Womit sie uns vielleicht einen großen Gefallen getan haben könnten, unsere Ermittlung betreffend«, sagt Christian.

»Ich habe die Befragung des Jungen und der Eltern ausgedruckt. Liegt auf euren Schreibtischen«, sagt Mark Lederer.

Ben nickt. Tiger aus Stoff, denkt er. Nichts passiert. Weil der Junge ausgewichen ist, bevor es zu spät war. Weil er den Tiger nicht haben wollte. Nicht zu sehr.

»Ja. Danke dir«, sagt er und läuft zu seinem Schreibtisch. Er setzt sich und beginnt zu lesen, was die Beamten protokolliert haben. Ein Gespräch, das fast zwei Jahre zurückliegt, zwischen einer Polizistin, einem Polizisten und einem achtjährigen Jungen. Lars. Ben überfliegt die Zeilen, auf der Suche nach dem einen Detail.

Wenig Haare. Nicht dick, nicht dünn. Eher vielleicht dick. Aber nicht so dick wie mein Vater.

Ben muss unwillkürlich lachen. Nicht so dick wie sein Vater. Dann zieht sich das Lachen zurück.

Lars wirkt in dem Gespräch sehr gelassen. Er scheint sich zu fragen, was der Aufruhr soll. Warum seine Eltern so eine große Sache machen daraus … obwohl es ihm ja auch ein wenig unheimlich vorkam. Deshalb hat er ihnen ja gesagt, dass da ein Mann war, der irgendwas wollte. Was? Einen Tiger wollte er mir schenken.

Dann steht da ein Satz, den Ben nicht glauben kann. Er liest noch einmal. Und noch einmal. Doch, die Buchstaben sind da, obwohl sie sich vom Blatt gelöst haben und vor seinen Augen tanzen. Er hebt den Blick, sieht Christian, der konzentriert die Akte studiert, vermutlich an derselben Stelle hängen bleibend.

»Unglaublich, oder?«, sagt Mark Lederer im Hintergrund.

Ben nickt. Liest.

Ja, so … flauschig, sagt Lars. *Flauschig sah er aus. So … fast wie ein Teddybär.*

LEA

Gegen Mittag sagt Dirk, dass er losfahren will. In fünf Minuten.

Sie hebt den Blick. Was?

»In fünf Minuten«, sagt Dirk.

Sie steht auf, streift sich ihre Sommerjacke über. Dirk steht im Raum, im Zentrum des Glaswürfels. Läuft abrupt los, nimmt die Schlüssel, öffnet die Haustür. Es sind keine fünf Minuten vergangen.

»Jetzt«, sagt er. »Komm.«

Wo ist Sarah? Oben? Oder bei einer Freundin? Sie hat sie seit dem Frühstück nicht mehr gesehen. Sarah anrufen, notiert sie in Gedanken, während sie Dirk folgt, über den Kies, der wieder unter ihren Schritten knirscht, zur Garage. Dirk öffnet, steigt ein. Fährt einige Meter, aus der Garage heraus in die Einfahrt, sodass sie bequemer einsteigen kann.

Sie sitzt neben Dirk auf dem Beifahrersitz. Er hält inne,

als würde er eine Route durchdenken. Den kürzesten Weg. Wohin?

Dann fahren sie. Dirk schweigt, aber nach einigen Minuten weiß sie, wohin sie fahren. Die Kreuzung, an der sie gestern stehen geblieben ist, an der ihr Weg endete, liegt längst hinter ihnen. Sie umfahren die Stadt, steuern den kargen Vorort an, sie spürt ihr Herz. Es pocht, laut. Kann Dirk es hören? Die Straßen werden grauer, heller, blasser, gelber. Ein bestimmtes Gelb, ein bestimmtes Grau. Ein Farbton, den sie nicht vergessen wird und der jetzt wiederkehrt. Der ihre Augen benetzt, der Ton, in dem eine bestimmte Farbe fehlt. Die Farbe, die das Bild zusammenhält, im Gleichgewicht. Jannis.

»So«, sagt Dirk, als sie vor dem Schulgebäude zum Stillstand kommen. Flach und weit liegt es in der Landschaft. Leer, verlassen. Ferien. Keine Spur mehr von den Tischen, von den Spielsachen ... an einem der Stände wurde selbst gepresster Orangensaft verkauft. Darauf hat sie Durst. Aber da ist kein Stand mehr.

Reste der Absperrbänder flattern kaum merklich im weichen Wind. Sie sieht die Szenerie durchs Beifahrerfenster. Wendet sich ab, sucht Dirks Blick.

Dirk schweigt.

»So«, sagt er dann noch einmal.

Also wolle er sagen: *So, hier sind wir. Angekommen.*

»Und?«, sagt er.

Sie sieht ihn fragend an. Dann zuckt ein Gedanke auf, der noch nicht da gewesen ist. Jetzt erst kommt er, weil Dirk ihn weckt.

»Also?«, sagt Dirk.

Natürlich. Er war weit weg. In Berlin. Machtlos. Schuld-
los. Aber sie … sie war …

»Wo ist unser Sohn?!«, schreit Dirk. Jedes Wort ein-
zeln betonend. Dann noch einmal. Gedehnt. Noch lauter.
»WO … IST … UNSER … SOHN?!«

Ist ihr Trommelfell geplatzt? Es ist still.

»Verdammt, verdammt, verdammt!!!«, schreit Dirk. Er
schreit hinein in ein Vakuum, in dem sie sitzen, Seite an
Seite.

Ich bin schuld, denkt sie. Es stimmt. Wie merkwürdig,
dass ihr das erst jetzt bewusst wird.

»Verdammt«, sagt Dirk, leise.

Dann ist es wieder still, so still, wie es sein kann. So still
wie seit dem Moment, in dem Jannis eine unteilbare Erinnerung geworden ist.

freedom
is in the details

CHRISTIAN

»Das ist ziemlich lange her«, sagt der Junge. Lars. Er sitzt, flankiert von seinen Eltern, auf dem Sofa im Wohnzimmer der Familie May.

Ben und er selbst sitzen den dreien gegenüber.

»Das stimmt«, sagt Ben. »Für uns ist es jetzt aber noch mal wichtig geworden.«

»Warum?«, fragt Lars' Vater. Jens May.

Ben schweigt.

»Eine Ermittlung könnte mit dem Mann, den Lars damals gesehen hat, in Verbindung stehen«, sagt Christian.

Die Mutter, Tina May, beugt sich unwillkürlich über ihren Sohn. Als müsse sie ihn schützen. Obwohl nur Polizisten im Raum sitzen.

»Wir verstehen, dass Sie das beschäftigt«, sagt Ben. »Ich muss dazu sagen, dass wir noch nicht wissen, ob dieser Vorfall vor zwei Jahren tatsächlich in irgendeinem Zusammenhang zu unserer Ermittlung steht. Es ist nach wie vor denkbar, dass Lars damals einfach einem Mann begegnet ist, der etwas eigenartig war.«

»Aber Sie haben jetzt die Vermutung, dass …«, sagt der Vater.

»Hat es mit diesem vermissten Jungen zu tun? Da lief gestern was in den Lokalnachrichten. Wiesbaden.«

»Wir können Ihnen nicht im Detail die Hintergründe darlegen, ich muss Sie da um Verständnis bitten«, sagt Ben. »Für uns wäre wichtig, dass Lars noch einmal darüber nachdenkt, ob er uns zu diesem Mann etwas sagen kann. Etwas, das uns helfen könnte, ihn zu finden.«

Christian betrachtet Lars, der nachzudenken scheint. In Gedanken kehrt er zurück zu diesem Tag, diesem komischen Moment. So wie er selbst es gemacht hat, in der Nacht. Der Gedanke an die junge Frau streift ihn, der er alles erzählt hat. Nein, nicht alles. Aber er hat einen Anfang gefunden. Natalie ist nicht in dem Bild, zum ersten Mal denkt er an Natalie, ohne sie selbst zu sehen. Er schmeckt den Kaffee auf der Zunge. Den milchigen Schaum. Und Pommes frites mit Ketchup, obwohl er davon nichts gegessen hat. Sie hat gegessen, während er erzählt hat.

»War der Mann also wirklich ... irgendwie ... schlimm?«, fragt Lars.

»Das wissen wir noch nicht«, sagt Ben. Er legt die Klarsichtfolie auf dem Tisch ab, entnimmt das Foto, das Standbild der Überwachungskamera. Und das Phantombild, das mithilfe der Anwohnerin erarbeitet worden ist.

»Erkennst du auf diesen Bildern den Mann wieder?«, fragt Ben.

Lars nimmt das Foto und die Zeichnung. Lässt seinen Blick wandern, konzentriert und mit einer Geduld, die Christian überrascht. Ein stiller, unaufgeregter Junge. »Hm. Vielleicht. Ja. Vor allem hier auf dem Foto. Die Körperhaltung.«

»Ja?«, fragt Ben.

»Die passt irgendwie. Er lief so ganz leicht nach hinten gelehnt. Aber das Gesicht kann man ja gar nicht erkennen.

Wobei … ich glaube, ich würde das Gesicht auch gar nicht mehr erkennen. Es waren ja nur … ein paar Sekunden. Der Mann hat mich wegen dem Tiger gefragt, ich habe Nein gesagt, und dann war er weg.«

Ben nickt. »Reich die Bilder gerne auch an deine Eltern weiter.«

Das macht Lars. Christian sucht die Augen der Eltern, während die beiden versuchen, einen Zugang zu den Bildern zu finden. Zur grauen Aufnahme einer Silhouette und zur vagen Zeichnung eines Allerweltsgesichts.

»Sie waren ja auch in dem Buchladen. Vielleicht haben Sie den Mann gesehen.«

Jens May nickt, Tina May lässt das Foto sinken. Reicht es an ihren Mann weiter. Sie seufzt. Christian liest die unausgesprochenen Worte in ihren Augen. Sie umarmt Lars, drückt ihn an sich.

»Da ist ein kleiner Junge auf dem Bild, oder?«, sagt sie. »Es ist abgeschnitten, aber man kann am Bildrand sehen, dass neben dem Mann ein Junge läuft.«

»Erkennen Sie etwas?«, fragt Ben, er hat sich dem Vater zugewendet.

Der Vater betrachtet die beiden Bilder. Durchdringend, angestrengt. »Ich würde so gerne«, sagt er. »Aber da ist nichts. Ich habe absolut keine Erinnerung an irgendwas, ich war … Lars war zu den Kinderbüchern gegangen und Tina zu den Reisebüchern und ich … ich war …«

… *nicht da*, denkt Christian. *Im Gegensatz zu mir. Ich war da, ich habe Natalie in den Armen gehalten, als sie eingeschlafen ist.*

»Ich … weiß nicht, was ich denken soll«, sagt der Vater.

»Ich wäre nicht da gewesen. Ich hätte nichts tun können …
ich … Entschuldigung.«

Die Mutter umschließt Lars noch fester, und Lars zuckt
zusammen, als er begreift, dass sein Vater zu weinen begonnen hat.

BEN

Eins, zwei, drei, denkt Ben. Der dritte Impuls hat aus der
Ermittlung ein Ereignis gemacht. Der Besprechungsraum
ist angefüllt mit Sonnenschein. Ben zählt. Vier, fünf, sechs,
die Staubkörnchen auf dem Konferenztisch.

Malvi steht am Fenster, er wirkt nervös, angespannt. Die
anderen in der Gruppe, Mark Lederer und Frauke Weiler,
eine Kollegin von der Kriminaltechnik, hören aufmerksam
zu, während Christian alle auf den aktuellen Stand bringt.
Die Bilder derjenigen, die bislang, auf die eine oder andere
Weise, in die Ermittlung verstrickt sind, prangen an der
weißen Wand. Sie täuschen darüber hinweg, dass sie eigentlich noch nichts erreicht haben.

»Dreimal ist uns also dieser Unbekannte begegnet«, sagt
Christian. »In einem Zeitraum von zwei Jahren. Vorausgesetzt, dass wir uns auf die Hypothese, dass es in allen Fällen
dieselbe Person war, einigen können.«

»Der Junge, Lars, hat die Kartei durchgesehen, ohne Er-
folg«, sagt Lederer. »Unter den aktenkundigen Sexualstraftätern ist der Mann, der ihm vor zwei Jahren begegnet ist,
nicht dabei gewesen.«

Aktenkundig, denkt Ben.

»Gleiches galt bereits gestern für die Anwohnerin, auf deren Aussage und Erinnerung sich das Phantombild stützt«, sagt Christian.

»Das legt den Verdacht nahe, dass ...«, sagt Lederer. Er hält inne.

»Ja«, sagt Malvi.

»... dass der Mann, den wir suchen, weder vorbestraft noch irgendwie auffällig geworden ist«, sagt Lederer. »Zumindest nicht hier. Nicht in Deutschland. Auch nicht in Österreich, denn auf deren Daten greifen wir inzwischen zu, und auch da war keiner dabei, den der Junge oder die Anwohnerin erkannt hätten.«

»Ja«, sagt Malvi noch einmal.

»Das deckt sich auch mit der DNA auf dem Stofftier«, sagt die Kriminaltechnikerin, Frauke Weiland. »Wir können sie nicht zuordnen.«

Das Schweigen, das folgt, ist durchdrungen von etwas, das Ben Sorge bereitet. Keine Spur. Keine Ahnung. Und keine Ermittlung mehr, sondern ein Ereignis. Eines, das eine breite Öffentlichkeit erreichen wird. Was nicht unbedingt schlecht sein muss für die Arbeit, die sie tun. Dennoch spürt er einen Widerwillen, er weiß noch nicht, woher er kommt.

»Wir geben am Nachmittag auch das Video-Bild zur Veröffentlichung frei«, sagt Malvi. »Wir brauchen alles, was wir haben.«

Weil es so wenig ist, denkt Ben.

»Da erkennt man aber nichts«, sagt Lederer. »Ich fürchte, dass im Zusammenhang mit dieser Aufnahme recht viele falsche Hinweise eingehen werden.«

»Egal«, sagt Malvi. »Vielleicht ist der eine Hinweis darunter, den wir brauchen.«

»Okay.« Lederer nickt.

Ben denkt an den Jungen, Lars. Dem es gut geht, dem nichts passiert ist. Er saß neben seinen Eltern an Lederers Schreibtisch, während er aufmerksam die Fotografien begutachtete, die auf dem Bildschirm vorüberflimmerten. Der Vater hatte sich während der Fahrt ins Präsidium beruhigt, die Mutter sah traurig aus. Sehr traurig. Als habe sie ihren Sohn verloren. Aber der saß neben ihr, in unmittelbarer Nähe. Es war nur der Gedanke, der die Mutter beschäftigt hat, der Gedanke daran, was hätte passieren können.

Lars hat niemanden erkannt, ebenso wenig die Eltern. Obwohl es knapp einhundert Fotos waren. Einhundert Menschen, die das Falsche getan haben und dabei auffällig wurden. Manche fallen mehr auf, manche weniger.

Und einer, der, den sie suchen, gar nicht.

Ben denkt an Sarah, Jannis' Schwester, und der Gedanke zuckt auf: Ich werde ihn finden. Das hat er nicht nur der Schwester versprochen, es ist auch ein Versprechen, das ihm selbst gilt. Er muss ihn finden. Jannis. Aber vor allem den anderen. Den Entführer, den Täter. Der nicht zu sehen ist, der kommt und geht, ohne aufzufallen, ohne Interesse zu wecken.

Vielleicht ist es das, was seinen Widerwillen erregt. Vielleicht will er, dass der Mann im Dunkel bleibt, dass er dort verweilt. Obwohl er ihn finden muss. Aber er will in Ruhe suchen. Unter Ausschluss der Öffentlichkeit. Suchen und suchen. Weiter und weiter. Tag für Tag. Da sind nur sie beide, der andere und er.

»Ben?«

Er hebt den Blick. Findet Christians Augen.

»Die Besprechung ist zu Ende«, sagt Christian.

Sie sind allein im Raum.

»Du träumst«, sagt Christian. Er lächelt. Christian ist verändert. Ben ist sich sicher, dass es so ist, dass er gestern noch anders war. Er hat eine Frage auf der Zunge. Was ist über Nacht passiert, Christian? Aber er stellt sie nicht. Christians Gesicht ist halb im Schatten, halb in der Sonne.

»Alles okay?«, fragt Christian.

»Ja, bestens«, sagt Ben.

»Kommst du?«, fragt Christian.

»Ja«, sagt Ben. »Gleich.« Allein sein, denkt er.

Allein, allein, allein, mit dem anderen.

LEDERER

Mark Lederer lässt die Bilder vorüberfliegen. Ohne einzugreifen, ohne eines anzuhalten und näher hinzusehen. Er ist sich inzwischen sicher, dass der Mann, den sie suchen, nicht unter ihnen ist, obwohl alle, die ihren Aufenthalt nicht nachweisen konnten, ein weiteres Mal vernommen werden.

Gerade jetzt sitzen Ben und Christian in einem der Vernehmungsräume, mit einem Mann, der leicht übergewichtig ist und vor sechs Monaten wegen des Besitzes von kinderpornografischen Inhalten zu einer Haftstrafe auf Bewährung und zu einer Geldstrafe verurteilt wurde.

Lederer schaltet den Ton ein, aber er hört nichts. Der Mann schweigt, Ben und Christian schweigen.

»Sie können doch nicht den ganzen Tag lang geschlafen haben«, sagt Ben schließlich. »Irgendwann sind Sie aufgewacht. Wann? Und was haben Sie dann gemacht. Am Abend.«

»Hab meinen Jungs zugeschaut. Das Spiel.«

»Das heißt konkret …«

»Meine Jungs, meine Handballmannschaft. Ich habe die C-Jugend meines Heimatvereins betreut. Bis … ja … Sie wissen schon.«

»Sie betreuen die Mannschaft nicht mehr?«

»Natürlich nicht, Mann. Ich bin ein … was weiß ich, was. Ich wurde angerufen. Man hat mir mitgeteilt, dass die Leitung der Mannschaft neu besetzt wurde.«

Ben und Christian schweigen.

»Aber Sie haben sich das Spiel angesehen? Ein Spiel Ihrer ehemaligen Mannschaft.«

»Ja. Ich gehe eigentlich häufig hin. Setze mich ganz oben hin, es gibt einen separaten Eingang zur Tribüne, und da sitzt niemand. Also, die Eltern und Vereinsleute sitzen weiter unten …«

»Hat Sie denn jemand gesehen? Oder wollen Sie damit andeuten, dass auch das niemand bezeugen kann?«

»Weiß ich nicht. Ich will gar nichts andeuten. Ich bin einfach nur immer erleichtert, wenn mich niemand sieht. Meistens werde ich aber gesehen. Vor allem von den Jungs, die halt während des Spiels mal nach oben schauen und mich entdecken.«

»Aha«, sagt Christian.

»Deshalb gehe ich hin«, sagt der Mann. »Weil die Jungs mir meistens zulächeln. Ich war nämlich ein guter Trainer. Ich habe nie irgendwas ... Falsches vorgehabt, da ist nie irgendwas passiert, gar nichts.«

Christian nickt. Ben hat die Augen geschlossen.

Mark Lederer lehnt sich zurück, betrachtet den Bildschirm. Ben und Christian im Vernehmungsraum mit einem ehemaligen Handballtrainer ... er stellt sich den beleibten Mann als Coach einer Jugendmannschaft vor. Vielleicht war er mal irgendwann, in jüngeren Jahren, Kreisläufer, das würde passen. Oder Torhüter.

»Was ist das ... hier? What is it and why!?«

Lederer wendet sich um, sieht in die weit aufgerissenen Augen eines dunkelhäutigen Mannes.

»Entschuldigung?«

»Was ist das ... warum ... meine Frau ... my wife is so sad now!«

»Entschuldigung ... excuse me, but may I ask who you are and ...«

Und wie zum Teufel kommen Sie hier rein?

Sein Bürotelefon klingelt. Er hebt ab. »Ist der bei euch angekommen?«, fragt der Pförtner.

»Was?«

»Hier hat sich ein Herr Gebreselassie angemeldet. Der ist einfach weitergegangen, bevor die Unterlagen fertig waren. Wenn der nicht bei dir ist, müssen wir Alarm auslösen.«

Lederer schließt die Augen. »Er ist hier«, sagt er. »Alles gut.«

»Ah. Okay«, sagt der Pförtner.

Okay, okay, denkt Mark Lederer. »Es tut mir leid ... I am

sorry, something went wrong, when you were … checking in downstairs, I think that …«

»What is it with you? People came, telling about our son, my wife is sad. She wants to forget. We want to forget!«

»Yes …«

»Or do you know where he is? Where is Dawit? My son?!«

»I … ich … one second.«

Lederer läuft durch den Flur, der Mann folgt ihm. Er öffnet die Tür zum Vernehmungsraum. Der Handballtrainer hält im Satz inne.

»Kommt mal bitte, wir haben Besuch«, sagt Lederer.

Ben und Christian starren ihn an.

»Da ist der Vater … aus Rosenheim …«, sagt Lederer.

EYOB

Es ist nicht echt, nicht wirklich. Jetzt wird ihm bewusst, dass es schon lange so ist. Er lebt nicht mehr in der Wirklichkeit, sondern in einem Traum. Einem bösen Traum. Seit dem Tag, an dem Dawit verschwunden ist. Einfach so. Dawit war weg, und der Teddybär war da. Feven hat geschrien. Schon bevor die Polizei ankam. Sie hat geschrien, dass es mit dem Teddybären zu tun hat. Er hat nicht verstanden, was sie meinte. Er hat nichts verstanden.

Er ist einfach nur noch da, ohne irgendetwas zu verstehen. Er fährt Menschen von einem Ort an den anderen, Menschen, die Ziele haben. Vor einiger Zeit hat er gedacht, dass ihm nichts Besseres hätte passieren können. Dieser

Job ist gut, er beruhigt ihn. Schläfert ihn ein, obwohl er natürlich wach bleiben muss, am Steuer seines Wagens. Damit nichts passiert. Weder ihm noch den Fahrgästen.

Er versucht, sich vorzustellen, wohin sie so eilig unterwegs sind. Häufig fährt er sie zum Bahnhof oder zum Flughafen. Manchmal Familien. Vor wenigen Tagen erst. Die Ferien haben begonnen in Deutschland. Familien mit Söhnen.

»Mr Gebreselassie ...«

Er hebt den Blick. Sieht in das Gesicht des großen, schmalen Polizisten, der ihm jetzt geduckt gegenübersitzt.

»We ... are trying our best ... we will inform you as soon as we have something new for you ... and your wife ...«

Something new ... for me, denkt er. Vermutlich ist dieser Polizist ein netter Mann. Vermutlich alle drei. Zwei stehen an der Seite, betrachten ihn. Mitfühlend. Wie ein verletztes Tier.

»Yes, I know.« Er sucht nach Worten. Warum ist er losgefahren? Vage fragt er sich, ob er die Fahrt bezahlen muss. Die längste Strecke, die er bislang gefahren ist, von Nürnberg nach Wiesbaden. Der Fahrgast, den er befördert hat, war er selbst. Sicher und wohlbehalten sind sie angekommen. Er hatte zu keiner Zeit das Gefühl, dass etwas passieren könnte, obwohl er sich nicht daran erinnern kann, ob er schnell oder langsam gefahren ist.

»Yes ... I ... excuse me, I lost my mind«, sagt er. »Ich ... wegen Dawit ... meine Frau ... sagt, dass vielleicht ...«

»Wir ermitteln in einem Fall, der mit Dawits Verschwinden zu tun haben könnte«, sagt der andere Polizist. Der, den er als Ersten gesehen hat. Der dritte schweigt. Er sieht traurig aus. Fast als hätte er schlechte Nachrichten, die er verschweigt. Aber nein, das bildet Eyob sich ein. Was hat er sich dabei gedacht, hierherzufahren? Um mit Leuten zu sprechen, deren Sprache er nicht versteht?

»Can we offer you a cup of coffee?«, fragt der lange Schmale, der ihm gegenübersitzt.

»No ... thanks ...« Oder doch?

»Yes, good idea, just a moment«, sagt der andere, der bislang geschwiegen hat. Er verlässt den Raum.

Eyob schließt die Augen. Er ist nicht wirklich hier, nicht wirklich hierhergefahren, er ist kein Taxifahrer an einem fremden Ort, er ist kein Vater. Kein Vater zweier Söhne.

Der Polizist kehrt zurück, der sich mit einem kurzen Namen vorgestellt hatte. Ben ... Ben Irgendwas. Er reicht ihm einen Becher, heißer Dampf steigt auf, erreicht seine Augen, seine Wangen.

»Thanks.« Er hält die Tasse so, dass er die Wärme spüren kann, die von ihr ausgeht.

»Well ...«, sagt der Schmale.

»Do you think ...«, sagt er.

Drei Polizisten, schweigsame Männer. Er weiß, dass sie seine Frage nicht beantworten werden, aber dann stellt er sie doch, denn er begreift, dass er den langen Weg gefahren ist, um sie zu stellen.

»Do you think, my son is alive?«

Am Abend nimmt er dasselbe wahr wie am Abend zuvor. Dass er nach Hause kommt. Obwohl er allein ist, denn Svea ist noch bis morgen auf einem Flug und Marlene beim Handball.

Komme mit dem Bus zurück, musst mich nicht holen, hat sie geschrieben. Der Zettel klebt am Kühlschrank.

Zu Hause, denkt Ben. Allein.

Er macht sich ein Butterbrot, trinkt ein Glas Wasser. Geht mit dem Teller ins Wohnzimmer, schaltet den Fernseher ein. Er zuckt zusammen, denn das Erste, was er sieht, ist Dawits Gesicht. Er sieht ihm direkt in die Augen. Seine Gedanken machen einige Sprünge. Erstens, das sind die überregionalen Nachrichten, deutschlandweit. Zweitens, das ist Dawit, nicht Jannis. Demnach ist die Schwelle nun überschritten worden. Der Fall ist zum Ereignis geworden, zu einer Kette merkwürdiger, verstörender, trauriger Ereignisse.

Natürlich ist es so, er hat das bereits gewusst, denn er selbst hat, in Abstimmung mit Malvi, die Eckdaten der Ermittlung an die Presseabteilung weitergereicht. Jannis, Dawit. Um Mithilfe wird gebeten. Die Nummer, unter der Hinweise entgegengenommen werden, wird eingeblendet und von der Nachrichtensprecherin so verlesen, dass es gut klingt. Glasklar. So als sei es ein kurzer Weg, vom Hinweis zur Klärung des Rätsels, dank dieser Nummer, dank dieser Ziffernfolge. Der Gedanke an Sarah streift ihn, Jannis' Schwester.

Und der Gedanke daran, dass Marlene mit dem Bus nach Hause kommen wird. Unbehelligt, wohlbehalten. Oder?

Inzwischen wippt auf dem Bildschirm der Wetteransager auf und ab. Er ist hibbelig, wie in freudiger Erwartung, vielleicht weil die Temperaturen sommerlich bleiben und der Regen fernzubleiben verspricht.

Ben lehnt sich zurück. Leert das Wasserglas. Der Fahndungsaufruf lief am Ende der Nachrichtensendung, das ist so üblich. Er fragt sich, wie viele Eltern jetzt auf einem Sofa sitzen, mit dem Gedanken an den Jungen, den sie gesehen haben, mit der Frage, ob sie den Mann kennen könnten, den Unbekannten, die unkenntliche Silhouette auf dem grauen Bild.

Sein Handy vibriert. Die Melodie erklingt. Er betrachtet einige Sekunden lang die Nummer. Begreift nicht. Warum ruft Malvi an? Er spürt ein Stechen im Magen. Haben sie Jannis gefunden? Oder Dawit? *Is my son still alive?*

»Was?«, fragt er.

»Ben?«, fragt Malvi.

»Haben wir was?«, fragt er. »Jannis?«

»Nein«, sagt Malvi.

Dawit?, denkt Ben. Aber er fragt nicht, denn er spürt schon, dass es um etwas anderes geht. Niemand ist gefunden worden. Kein lebendiger Junge. Keine Leiche.

»Pass auf, wir haben eine Anfrage. Von der Redaktion Schiller.«

Was?, denkt Ben.

»Hörst du?«, fragt Malvi.

»Ja, ja«, sagt Ben.

»Also, die machen eine Sendung zu dem Thema«, sagt Malvi.

»Zu welchem Thema?«, fragt Ben.

»Na, zu dem. Zu unserem.«

»Was?«

»Also, du hast von der Sache mit dem Skifahrer gehört?«
Was …

»Dieser Skifahrer, gegen den ermittelt wird wegen des
Besitzes von Kinderpornografie.«

»Ah«, sagt Ben.

»Die machen eine Sendung zu dem Thema und wollen es
an unseren Fall anbinden«, sagt Malvi.

Unseren Fall, denkt Ben.

»Thema ist letztlich wohl … was weiß ich … Kindesmissbrauch und wie die Gesellschaft damit umgeht. Aufgehängt
eben an dem aktuellen Fall dieses Skifahrers und an unserer
Ermittlung, die seit heute ziemlich … ja … viel Aufmerksamkeit bekommt.«

»Ja«, sagt Ben.

»Sie wollen dich in der Sendung haben«, sagt Malvi.

Was?

»Also, sie haben angefragt, und ich denke, du bist unser
Mann für so was.«

Ich, denkt Ben. Er versucht, etwas herauszuhören. Irgendetwas, einen wie auch immer gearteten Unterton. Aber
da ist nichts, da ist nur Malvi, der spricht. Malvi, der natürlich nicht selbst in eine Talksendung gehen wird, weil er
weiß, dass er dazu neigt, im Scheinwerferlicht ins Schwitzen zu geraten und sich zu verhaspeln.

»Ja«, sagt Ben.

»Also, wir vertiefen das morgen«, sagt Malvi.

»Ja.«

»Bis dann«, sagt Malvi.

»Bis dann«, sagt Ben.

Er lässt das Handy sinken, sein Blick streift die Uhrzeit, die grünen Ziffern unter dem Fernseher. 21.38 Uhr. Ist es eigentlich in Ordnung, dass sie Feierabend haben? Malvi und er? Wo ist Jannis? Die Suche in Wiesbaden-Biebrich wird bald eingestellt werden, zunächst für diesen Tag und dann ganz. Die Helikopter kehren auf ihre Startplätze zurück. Marlenes Handballtraining endet ... wann? Wann kommt der Bus? Wie lange dauert die Fahrt?

»Da bin ich«, ruft Marlene.

Er dreht sich um, sieht sie an, sie steht in der Tür. Das blühende Leben.

MARKO

Am späten Abend blickt er aus dem Fenster und hinunter zum Campingplatz. Der Gedanke, der ihm schon die ganze Zeit durch den Kopf geht, will nicht verschwinden. Der Gedanke daran, was Holdner sagen wird. Obwohl Marko es bereits ahnt.

Er steht für eine Weile, dann strafft er sich, atmet durch. Geht hinunter. Die Wärme der anbrechenden Nacht umfängt ihn, hüllt ihn ein, während er zu Holdners Wohnwagen hinüberläuft. Er konzentriert sich darauf, seine Schritte behutsam zu setzen, federnd. Federleicht. Aber das passt nicht zusammen. Die Konzentration und das Leichte, das passt nicht. Er hält inne, einige Meter vor dem Wohnwagen, hinter dem schmalen Fenster brennt Licht.

Nein, denkt, er. Doch nicht. Eine schlechte Idee. Das Ganze stimmt nicht, passt nicht zusammen. Nichts passt. Die graue Sonne, der helle Tag, der Spielzeugladen, die Menschen, die grüne Wiese, Spielzeug auf Tischen, und dann dieser Junge. Der ihn direkt angesprochen hat. Was soll das? Es stimmt nicht, es darf nicht sein. Er muss zurück, muss … irgendwas …

»Marko?«

Er zuckt zusammen. Seine Beine knicken weg.

»Was ist denn mit dir los?«, fragt Holdner. Er steht im Schatten seines Wohnwagens.

»Alles klar bei dir?«, fragt Holdner.

Marko nickt. Bleibt stehen, obwohl er laufen will. Rennen. Holdner kommt näher, er läuft so, wie Marko laufen wollte. Federnd, federleicht.

»Was ist?«, fragt Holdner. Eine Spur schärfer als zuvor.

»Nichts.«

»Warum schleichst du hier nachts um den Wohnwagen rum?«

»Nichts«, sagt Marko noch einmal. »Nur so.«

Natürlich sind die nächsten Schritte vorgezeichnet. Die nächsten Sekunden schon vergangen. Er weiß das. Nichts, nichts, denkt er.

»Was?!«, fragt Holdner.

»Ja …«, sagt Marko.

Er liest die unausgesprochene Frage in Holdners Augen. Holdner starrt ihn an, mit geweiteten Augen.

»Ja … also, ich hab einen …«

»Nein«, sagt Holdner.

»Ich …«, sagt Marko, aber da trifft ihn schon der Schlag, er hört ein Knirschen, oberhalb der Wange, während er zu Boden gleitet.

HOLDNER

Nein, denkt Holdner. Nein, nein, nein. Dann fliegen die Gedanken, kreisen. *Du hättest dich nie mit diesem Typen einlassen dürfen.* Das ist der Satz, der immer wiederkehrt, während er auf anderen Ebenen schon nach einem Ausweg sucht. Obwohl er noch gar nicht weiß, was genau passiert ist. Was genau dieser … Idiot … *du hättest dich nie mit diesem Typen einlassen dürfen.*

»Mann«, murmelt Marko, der am Boden liegt. Er hält sich die Wange. »Mann, Mann«, sagt er. Versucht unbeholfen, sich aufzurichten.

Du hättest dich nie mit diesem Typen einlassen dürfen.

Du hättest dich nie mit diesem Typen einlassen dürfen.

»Okay, was heißt das genau?«, fragt er.

Marko sieht ihn an. Am Boden liegend. Verängstigt. Holdner liebt das. Spürt ein Ziehen zwischen den Oberschenkeln, auch wenn er mit Marko nichts anfangen kann. Er steht nicht auf Jungen. Und auch nicht auf Männer, die sich wie Kleinkinder aufführen, so wie Marko.

»Was?«, fragt Marko.

»Was genau hast du gemacht? Womit habe ich es nun zu tun? In dieser schönen Sommernacht?«

»Äh …«

»Mann, rede, du Sack!«

»Ich … war …«

»Unterwegs«, sagt Holdner. Unterwegs, unterwegs, Marko auf Reisen. Scheiße, scheiße, scheiße.

»Ich … hab einen …«

»Ja!« Holdner schreit. Obwohl er ruhig bleiben wollte. Niemanden wecken wollte. Ist aber ohnehin kaum einer da.

»Oben, bei mir, in der Wohnung … hab ich einen …«

»Ja?!«

»… einen Jungen.«

Holdner tritt zu, mit aller Kraft. Er genießt es, er genießt den rauen Schrei, den er ausstößt, ein Schrei, der einige der wenigen Dauercamper aus dem Schlaf reißen wird, aber das ist verdammt noch mal egal, verdammt noch mal vollkommen egal.

CHRISTIAN

Das Fast-Food-Restaurant sieht er schon von Weitem, es ist wie ein Leuchten in der Nacht. Christian lächelt, unwillkürlich. Selbe Zeit, selber Ort, das war die Vereinbarung, und er ist sich ganz sicher, dass sie da sein wird. Er weiß nicht, woraus sich diese Gewissheit speist, es ist einfach so. Sie ist da. Steht neben dem Parkscheinautomaten. Beäugt einen nervös wirkenden Mann, der vor dem Automaten steht und in seiner Jackentasche nach Kleingeld kramt.

»Hei«, ruft er. Sucht ihren Blick, schon aus einiger Entfernung. Sie wendet sich ihm zu, legt den Kopf schief. Kneift die Augen zusammen. Jetzt sieht er es, er steht vor ihr, neben dem Mann, der nach wie vor Kleingeld sucht.

»Bin gleich so weit«, murmelt der Mann.

»Keine Eile«, sagt Christian.

»Selbe Zeit, selber Ort«, sagt sie.

»Schön, dass du gekommen bist«, sagt Christian.

Sie lacht, prustend. »Das ist nicht weiter verwunderlich, ich bin meistens hier. Vor allem um diese Zeit.«

»Hm.«

»Ich musste also eigentlich gar nicht erst herkommen.«

»Trotzdem gut«, sagt Christian.

»Na dann«, sagt sie.

Sie gehen ins Restaurant. Sie bestellt dasselbe wie in der vergangenen Nacht. Er ebenfalls. Einen heißen Kaffee, obwohl es schwülwarm ist. Dunkler Sommer. Sie sieht auf eigenartige Weise zugleich krank und gesund aus. Müde. Gleichzeitig hellwach.

»Und?«, fragt sie.

Er sieht sie an.

»Du hast gestern vieles ausgelassen. Die Geschichte sehr abgekürzt.«

Er schweigt. Betrachtet sie. Fragt sich, welche Geschichte sie zu erzählen hätte, würde sie erzählen wollen. Irgendwie ist er sicher, dass sie das niemals tun würde. Im Gegensatz zu ihm, denn er hat begonnen zu erzählen, endlich, nach … wie vielen Jahren. Er war fünfzehn. Es ist eine Weile her, könnte gestern gewesen sein. Nein, nicht gestern, gestern hat er hier gesessen, gemeinsam mit Nadine. So nennt er sie, der Name steht ihm vor Augen, obwohl er nicht weiß, wie sie heißt.

»Was ist dazwischen gewesen?«, fragt sie. »In der Zwischenzeit. Ihr habt euch kennengelernt, Natalie und du, und dann ist sie gestorben. Und sonst?«

Er lässt sie nicht aus den Augen. Er findet Ironie, aber auch echtes Interesse. Und Mitempfinden. Zumindest glaubt er das. Sie lächelt. Es ist eher ein Grinsen.

»Ja …«, sagt er.

»Sag schon«, sagt sie.

Er wendet sich von ihren Augen ab und beginnt zu erzählen.

Fünf

Lebe
deinen
Traum

Früh am Morgen fährt er zu Landmann. Während der Fahrt telefoniert er mit Mark Lederer. Die Aufrufe der Polizei in überregionalen Medien haben die erwartete Wirkung gezeitigt. Über das Kontaktformular sind bereits bis zum Vormittag mehr als zweihundert Hinweise eingegangen. Viele betreffen die Identität des Mannes auf dem Videobild.

»Würden alle diese Hinweise stimmen, hätte der Mann Dutzende von Identitäten«, sagt Lederer.

Ben schweigt. *Dutzende von Identitäten.* Der Gedanke hallt nach.

»Wir werden dem jetzt zügig nachgehen, alles, was plausibel erscheint, wird geprüft.«

»Gut«, sagt Ben.

»Die Vorbestraften haben wir inzwischen durch. Bei keinem hat sich ein Verdacht erhärtet.«

»Ja«, sagt Ben. Das ist nicht überraschend. Allein schon deshalb, weil auch die DNA auf dem Fell des Stoffbären keine Entsprechung in der Datenbank gefunden hat.

»Ich arbeite mich da jetzt in den Bereich der eingestellten Verfahren vor«, sagt Lederer. »Also, widme mich noch mal Anzeigen, die dann als nicht stichhaltig galten und nicht weiterverfolgt wurden. Vielleicht findet sich da doch ... irgendwas.«

»Ja«, sagt Ben. Mark Lederer, denkt er, akribisch wie immer. Dieses Mal vielleicht sogar besonders akribisch. »Mach das. Bis bald«, sagt Ben.

Er hat Landmanns Haus fast erreicht, lässt den Wagen ausrollen. Die dunkelblaue Fläche des Sees erstreckt sich vor seinen Augen. Wieder dieser Gedanke. *Für mich, alles für mich.* Das ganze Leben ein Schauspiel, eigens für ihn, Ben Neven, auf die Bühne gebracht. Landmann ein Schauspieler, der seine Rolle so überzeugend verkörpert, als sei er echt.

Landmann steht lächelnd in der Tür, während Ben über den Kies zum Haus läuft.

»Guten Morgen«, ruft Landmann.

»Guten Morgen, Ludwig«, ruft Ben.

HOLDNER

Die Sonne bescheint sein Frühstück, Toast mit Ei und einer Menge Schinken. Es fällt ihm schwer, seinen Gedanken eine Richtung zu geben. Die Bilder flimmern vor seinen Augen, grau. Wie eine allzu konkrete Ahnung. Marko hat ihm den Mist gezeigt. In der Nacht. Sie sind in seine Wohnung gegangen, erst mit dem Aufzug nach oben, dann über den Flur, Marko hat die Tür aufgeschlossen und ihn mit einem treudoof unterwürfigen Blick direkt ins Bad geführt. Ein Junge, sediert, in der Badewanne.

Holdner hat sicherheitshalber seine Maske aufgesetzt, aber der Junge konnte ihn nicht sehen. Der Junge hat in einem Halbschlaf gedöst.

Was tun?

Sicher ist, dass er Marko loswerden muss. Er soll einfach abhauen. Woandershin. Der soll woanders sein Unwesen treiben, in jedem Fall weit weg, am liebsten auf einem anderen Planeten. Er hätte sich nie mit Marko einlassen dürfen, aber das ist eine müßige Erkenntnis. Bedeutungslos, weil zu spät.

Er hat Marko am Hals, hat den Mist am Hals, den Marko veranstaltet, jetzt muss er für ihn aufräumen. Ist nicht das erste Mal. Aber die Vorzeichen haben sich verändert. Mit einigem Schrecken hat er am Morgen die Sachlage recherchiert. Der Fall ist bereits heiß, der Junge in den Medien. Sogar ein Bild von Marko steht online. Allerdings eines, auf dem nur jemand ihn erkennen kann, der ihn wirklich kennt. Also einer wie er, Holdner. Wer kennt Marko ähnlich gut, wer hat den Blick, ihn auf diesem Foto zu identifizieren? Holdner fällt erst mal niemand ein, das ist gut. Immerhin.

Alles andere ist schlecht. Jahrelang hat er hier alles sauber gehalten. Hat die Sache im Griff gehabt. Mehr im Griff ging gar nicht, und dann musste dieser Marko auftauchen. Und dann hatte er diese Idee, dass Marko ihm helfen könnte. Dass er einen Kameramann gebrauchen könnte …

Er hebt den Blick. Auf dem Spielplatz des Campingplatzes spielen die Mädchen, Laura und Simona. Er winkt ihnen zu, als sie zu ihm hinüberblicken.

Nicht gut, nicht gut, denkt er. Das Ei schmeckt salzig, obwohl er vergessen hat zu salzen. Er nimmt den Salzstreuer, salzt ordentlich, obwohl es bereits salzig schmeckt, ohne salzig zu sein. Nicht gut, nicht gut. Er schließt die Augen. Konzentriert sich auf das Schwarz, das er sieht. Dann reißt er die Augen auf, weit, das hilft ihm, sich zu konzentrieren, er weiß aus Erfahrung, dass er auf diese Weise unmittelbar klarer sehen kann. Augen schließen, Augen weit aufreißen. Aber nicht heute. Heute sieht er verschwommen, Laura, Simona, auf dem Spielplatz.

»Was gibt's zu Mittag, Opa?«, ruft Laura.

»Pommes«, ruft er.

Laura nickt. Wendet sich ab. Aus einiger Ferne klingen die Rufe herüber, aus dem Freibad. Kreischen, Lachen. Er könnte rübergehen, reinspringen, ein wenig den Blick schweifen lassen, während er sich abkühlt. Es könnte ein feiner Sommermittag werden, wenn nicht … er hebt den Blick. Sucht das Fenster von Markos Wohnung, ein kleines Quadrat im grauen Hochhausklotz. Die Sonne schmettert mit Wucht ihr blendend weißes Licht darauf, lässt das Fenster wie einen Spiegel erscheinen, der alle Farben zugleich reflektiert.

BEN

Landmann betrachtet die Bilder, in aller Ruhe. So nachdenklich, wie Ben ihn häufig erlebt hat. So, als würde gleich eine Lösung über seine Lippen kommen, eine einfache Antwort. Aber dann schüttelt er den Kopf. Ohne den Blick von den Bildern zu nehmen. Der Teddybär, die beiden Jungen. Jannis und Dawit.

»Wir haben die öffentliche Fahndung inzwischen deutlich intensiviert«, sagt Ben.

Landmann nickt.

»Natürlich werden jetzt auch viele Hinweise eingehen, die in Sackgassen führen. Ich hoffe, dass die Ermittlergruppe dementsprechend aufgestockt werden wird.«

»Ja«, sagt Landmann.

Aber ich hoffe es nicht wirklich, denkt Ben. Er hat gelogen. Landmann angelogen. Ohne mit der Wimper zu zucken. Landmann hält die Bilder in den Händen, jetzt legt er sie vor sich auf der weißen Tischplatte ab, sie sitzen im Garten, mit Blick auf den See, in einem Postkartenbild. Ben fragt sich, warum das so ist. Warum er niemanden dabeihaben will. Am liebsten würde er allein ermitteln. Der Gedanke war schon einmal da, gestern. Er begreift ihn nicht, nicht ganz, nicht so, dass er ihn aus seinem Hirn herauslösen und zu den Akten legen könnte. So wie Lederer das vermutlich macht, mit seinen Gedanken, Tag für Tag.

»Ja, das ist wichtig. Ihr habt nicht viel Zeit«, sagt Landmann.

Ben schweigt.

Dann klingeln im Abstand weniger Sekunden zwei Telefone, erst Bens Handy, dann Landmanns Festnetztelefon, die Melodie klingt dumpf nach draußen, in die freie Fläche, vermengt sich mit dem lauen Wind.

»Moment«, sagt Landmann, und Ben nimmt sein Gespräch entgegen. Lederer.

»Ich noch mal«, sagt er.

»Mark«, sagt Ben.

»Hallo Ben. Malvi hat angekündigt, die Ermittlergruppe auf zehn auszuweiten. Besprechung ist um halb elf.«

»Okay. Ich komme gleich rein.«

»Bis dann«, sagt Mark Lederer.

»Bis dann.«

Ben steht auf. Lässt seinen Blick über die Wiese zum See wandern. Auf der anderen Seite, in der Ferne, ist ein Lachen zu hören, leise Schreie, Kinder springen ins Wasser. Landmann kehrt zurück.

»Ich hatte gedacht, dass es vielleicht Barbara ist, aber war nur die Bank, die mir mitteilte, dass es sie nicht mehr gibt.«

Ben runzelt die Stirn. Landmann lächelt. »Die fusionieren, alle Daten fürs Online-Banking müssen aktualisiert werden. Ich erhalte neue Zugänge per Post.«

»Ah. Okay«, sagt Ben. »Wie geht es Barbara?«

»Gut. Denke ich. Wir haben für eine Weile nicht gesprochen, manchmal ... braucht sie ihre Ruhe.«

»Verstehe«, sagt Ben.

»Die ich ihr als liebender, verständnisvoller Vater natürlich nicht vorenthalte«, sagt Landmann lächelnd.

»Ja«, sagt Ben.

»Marlene ist jetzt ... wie alt?«, fragt Landmann.

»Elf«, sagt Ben.

Landmann nickt. »Barbara siebenundzwanzig«, sagt er. »Sie studiert Schauspiel, war sich aber zuletzt nicht sicher, ob sie das fortsetzen möchte.«

Schauspiel, denkt Ben. Der Gedanke zuckt auf, dass er vielleicht vorhin alles so gesehen hat wie Christian. Als er ankam, als ihm alles wie inszeniert erschienen ist, wie ein

Schauspiel, das ihm, Ben Neven, gilt. Und Barbara, Landmanns Tochter, spielt die Rolle der Abwesenden, derjenigen, die ohne Worte auskommt.

»Ja«, sagt Landmann. »Es geht alles schnell. Wenn ich an Barbara denke, sind die Jahre wie ... auf einen Kern verdichtet, auf eine einzige Sekunde.«

Ben lässt die Worte einwirken. Nickt.

»Wie geht es Marlene?«, fragt Landmann.

»Gut, denke ich. Sehr gut sogar«, sagt Ben. »Ferien.«

Landmann lacht. »Stimmt.«

Ferien, denkt Ben. Piratenschiff. Jannis. Ein Junge, der andere an seiner Freude teilhaben lassen möchte. Wohin die Meiningers wohl verreisen wollten? In diesem heißen Sommer?

»Ich denke, dass ihr einen Mann sucht, der sehr für sich ist, der wenige Kontakte hat«, sagt Landmann. »Wenn überhaupt, kann ich ihn im Zusammenspiel mit Menschen sehen, die ihn entweder nicht beachten, also gewissermaßen übersehen.«

Ben wartet. Prägt sich unmittelbar jedes von Landmanns Worten ein.

»Oder, wenn er eine engere Bindung pflegt«, sagt Landmann, »müsste es eine Bindung an jemanden sein, der ihn erkennt und aus diesem Wissen heraus dominiert.«

Ben nickt.

»Der Mann, den wir suchen, derjenige, der Jannis und Dawit entführt hat, handelt vermutlich aus dem Gefühl heraus, zu tun, was getan werden muss. Verstehst du? Er wirkt auf mich nicht emotional dabei, er macht es einfach. Er folgt einem einfachen Plan, setzt ihn um. Niemand beachtet ihn, obwohl er Ungeheuerliches tut. Ungeheuerliches, das ihm selbst gar nicht in dieser Tragweite vor Augen steht. Weil er es … nicht in Gänze mitvollziehen kann.«

Landmann schweigt, scheint sich auf das Echo seiner eigenen Worte zu konzentrieren, scheint sie noch einmal, jedes einzelne, auf ihren Gehalt hin zu überprüfen.

»Das sind meine Gedanken dazu«, sagt er schließlich.

Ben nickt. Fragt sich plötzlich, wie es wäre, würde Landmann ihn erkennen, so wie er den Mann erkennt, den sie suchen, den Mann, der einem lieben Bären gleicht.

»Ich hoffe von Herzen, dass einer der neuen Hinweise eine Spur birgt«, sagt Landmann.

Ben nickt. »Ich melde mich, sobald ich etwas Neues habe«, sagt er. »Bis bald.«

Er geht über den Kies zu seinem Wagen, steigt ein. Landmann hebt den Arm zum Gruß, während Ben anfährt und sich entfernt, es ist, als würde er zum zweiten Mal an diesem Vormittag sein Zuhause verlassen, eine ungewisse Zukunft ansteuernd.

CHRISTIAN

Christian betrachtet die Fotos an der Wand. Fotos der Jungen, Jannis, Dawit und Lars. Lars May, der noch da ist, im Hier und Jetzt, bei seinen Eltern, nicht aus der Zeit gefallen, weil er den Tiger nicht angenommen hat, den der Unbekannte ihm kaufen wollte.

Das Licht der Sonne bricht sich Bahn, füllt den großen

Besprechungsraum ganz aus, lässt die Fotos an der Wand erstrahlen, als seien sie Teil eines nicht endenden Sommers.

Jannis Meininger.

Dawit Gebreselassie.

Lars May.

Und er selbst, Christian. An diesen Jungen denkt er, an den, der er selbst gewesen ist, vor einer Reihe von Jahren. Gemeinsam mit Natalie, die ein Mädchen gewesen ist, alles stand am Anfang, war erst dabei, zu beginnen.

Er hört seine eigene Stimme, lauscht, hört, was er erzählt hat, in der Nacht, eine lange Geschichte, Nadine hat geschwiegen, er hatte den Eindruck, dass sie zuhört, aufmerksam. Er hat erzählt, was er vergessen geglaubt hatte. Erinnerungen haben sich eingestellt, während er gesprochen hat, Bilder sind durchgedrungen, Bilder von Momenten, die wichtig gewesen sind, zu lange verschüttet. Während er gesprochen hat, hat er verstanden, wie wichtig es ist, darüber zu sprechen. Diese Geschichte zu erzählen. Von seinen Eltern, die von ihren beruflichen Reisen zurückkehrten und nicht begriffen haben, was passiert ist. Die ihn gefragt haben, was ihm eigentlich einfalle, wie er dazu komme, ein Mädchen übernachten zu lassen, unter der Woche. Wie das alles überhaupt möglich sei. So als könne er die Frage beantworten.

Was das denn bitte heißen solle, was sei das für eine Information, mit der sie da konfrontiert seien: Ein Mädchen sei verstorben, in ihrem Haus. Und jetzt seien Polizisten im Haus, in ihrem Haus. Was habe sich Christian dabei eigentlich gedacht?

An der Stelle hat er geschwiegen, hat eine Pause eingelegt,

und Nadine, das hat er gesehen, hat eine Frage auf den Lippen gehabt, aber keine gestellt. Und Christian hat sich erinnert, die Bilder waren plötzlich greifbar, nur Zentimeter entfernt. Polizisten im Haus, eine Untersuchung war notwendig, die Todesursache betreffend, die Todesumstände. Drogen? Alkohol? Sie waren gut befreundet? Sie und Natalie Stern? Tatsächlich haben die Polizisten ihn gesiezt, daran erinnert er sich jetzt sehr genau. Er fand es komisch, schief, wie das Ganze. Alles war falsch, schief, unecht. Gefälscht. Stimmte einfach nicht. Niemand schläft ein, zur Musik, die er mag, um nicht mehr aufzuwachen. Die Polizisten haben ihn gemustert. Skeptisch, fragend, streng, forschend, mitfühlend.

Erst einige Tage später lagen Fakten bereit, zwei Ärzte teilten sie ihm mit. Natalie, deine Freundin, verstorben, an einem Aneurysma. Die Ärzte haben ihn geduzt.

Natalies Eltern. Sprachlosigkeit. Nur einmal noch hat er sie getroffen, zufällig, auf der Straße. Hat sie eigentlich kaum gekannt, aber er glaubt, dass es liebe Menschen gewesen sind. Herzlich, wie Natalie.

Nadine hat geschwiegen und zugehört. Aufmerksam, das war sein Eindruck. Am Ende war das Ende nicht erreicht, es war die Erschöpfung, die Christian veranlasst hat, einen Punkt zu setzen. Hinter einen Satz, an den er sich nicht erinnern kann. Der Satz hat sich zurückgezogen, die Erinnerung ist in der Zeit zurückgereist, und Nadine hat ihre Limonade ausgetrunken.

»Vielleicht bin ich deshalb zur Polizei gegangen«, hat er gesagt.

»Du bist Polizist?«, hat sie gefragt.

Stimmt, das hatte er noch nicht erwähnt.

Vielleicht ist es so einfach. Er ist zur Polizei gegangen, um irgendwann weiterzuermitteln. Herauszufinden, was die Polizisten nicht herausgefunden haben. Warum jemand stirbt, einfach so, aus einem Grund, der so fremd klingt wie das Wort. *Aneurysma.*

Um ihn herum wabern Worte, Klänge. Er hebt den Blick. Die Kollegen haben den Raum betreten, stehen in kleinen Gruppen, Malvi redet auf Ben ein, der müde wirkt. Mark Lederer sitzt schon am Tisch, über Unterlagen gebeugt. Einige neue Ermittler sind hinzugekommen. Frauke Weiler, die Kriminaltechnikerin, steht am breiten Fenster, sie telefoniert.

»Okay, elf Uhr, setzen bitte«, ruft Malvi.

Elf Uhr, denkt Christian, während er an den Tisch läuft. Ein Moment nur, hier und jetzt, vorbei.

BEN

Er hört zu, aufmerksam, mit geschärften Sinnen. 367 Hinweise. Das ist die Zahl, die Lederer genannt hat. 367 Hinweise sind inzwischen eingegangen, infolge der breitflächigen medialen Positionierung der Ermittlung.

»Die meisten dieser Hinweise betreffen das Verschwinden von Jannis Meininger«, sagt Lederer. »Einige sind aber auch bei den Kollegen in Innsbruck eingegangen, Dawit Gebreselassie betreffend.«

»Okay«, sagt Malvi. Er nickt Lederer zu, fordert ihn auf,

fortzufahren. Forsch. Als könne Lederer schon im nächsten oder übernächsten Satz eine Antwort auf die offenen Fragen formulieren.

»Ich habe vorsortiert und allen die gesamte Liste, aber auch schon eine Auswahl bereitgelegt, sodass für jedes Team fünfzig bis sechzig Hinweise zur Bearbeitung verbleiben.«

Malvi nickt. Alle schweigen.

»Es ist, meiner Einschätzung nach, nichts dabei, was unmittelbar einen Durchbruch erhoffen lässt, aber natürlich können wir das zunächst nicht wissen.«

Lederer steht auf, beginnt die dunkelblauen Ordner zu verteilen, in denen er die eingegangenen Hinweise abgeheftet hat. Für Momente ist sich Ben ganz sicher, dass doch etwas darin enthalten ist, ein Ort, ein Name, irgendetwas, das sie zu einem Ermittlungserfolg führen wird. Allein deshalb, weil Lederer die Schriftstücke so akkurat zusammengefügt hat. Fast fein. Sauber. Rein. Lederer übergibt das Wort an Malvi, Malvi spricht. Jetzt verliert Ben den Fokus, die Gedanken verschmelzen miteinander, lösen sich auf.

»Ben?«

Das ist Malvis Stimme. Enervierend real, erst hallend, dann ganz trocken, in unmittelbarer Nähe. Er hebt den Blick.

»Also, wie gesagt, wir haben gestern die Anfrage der Redaktion des TV-Formats *Schiller* erhalten und zugesagt. Ben wird das machen«, sagt Malvi, an die Runde der Ermittler gewandt.

Ben spürt Blicke auf sich ruhen.

»Ich hoffe, dass wir auf diesem Wege dann noch einmal

erhebliche Aufmerksamkeit für die Ermittlung generieren werden«, sagt Malvi. »Um entsprechend auf weitere Impulse aus der Bevölkerung vorbereitet zu sein, haben wir die Ermittlergruppe, wie ihr unschwer erkennen könnt, auf zehn Personen ausgeweitet.« Malvi lässt seinen Blick gleiten, wirft jedem und jeder einen Blick zu, der vermutlich aufmunternd gemeint ist. »Um 17 Uhr treffen wir uns wieder hier, und ich gehe davon aus, dass dann zum Löwenanteil der bisherigen Hinweise bereits eine Begutachtung eurerseits vorliegt.«

Löwenanteil, generieren, denkt Ben. Hat Malvi immer so gesprochen? Alle erheben sich, die Gruppe zerfasert, Lederer kommt auf ihn zu, umweht von flimmerndem Sonnenlicht. Er reicht ihm eine Klarsichtfolie, Ben sticht das Logo des TV-Senders ins Auge und daneben auf einem Schwarz-Weiß-Foto das Lächeln der Moderatorin, Inge Schiller.

»Das ist der Ablaufplan, den die *Schiller*-Redaktion geschickt hat, dein Zug nach Berlin geht um viertel nach eins. Ticket anbei«, sagt Lederer.

Ben nickt. »Danke dir«, sagt er.

Brutal fail
Dashcam Car Crash compilation,
part 1

people falling from trees and so on …
(compilation)
part 7 :-)

LEDERER

Mittagshitze, denkt Mark Lederer. Zum ersten Mal wird ihm bewusst, dass das Wort wirklich zutrifft, dass es stimmt. Es gibt diese Hitze tatsächlich, eine Hitze, die nur der Mittag mit sich bringen kann.

Er läuft neben Christian, der gedankenverloren vor sich hin summt, eine Melodie. Das hat er noch nie gemacht, zumindest noch nie in Lederers Anwesenheit.

Ihre Blicke treffen sich, Christian lächelt. Offen, entspannt. Lederer spürt für Momente Freude darüber, dass Christian guter Dinge ist. Dann ist der Moment vergangen, auch Christian ist jetzt wieder konzentriert, betrachtet das parkähnliche Gelände, das vor ihnen ausgebreitet liegt, dahinter eine Reihe von Hochhäusern, Mark Lederer hört wieder ein Summen, aber es ist nicht Christian, es ist, als hätten die Sonne oder der weiche Wind die Melodie an sich genommen, in dem Moment, als Christian aufgehört hat zu singen.

Sie laufen weiter, passieren ein Schild, das schief in den Angeln hängt. *Am roten Strand Seeblickcamping.*

»Aha«, murmelt Christian.

Mark Lederer lässt seinen Blick schweifen, bleibt von Zeit zu Zeit an den vereinzelt stehenden Wohnwagen hängen. Aus der Ferne dringt Lachen herüber, das Platschen von Wasser. Irgendwo ist ein See, Kinder springen hinein, weder die Kinder noch der See sind zu sehen. Für Sekunden denkt Lederer, dass es nur Geräusche sind, die durch einen Lautsprecher dringen.

»Irgendwo hier ist ein See«, sagt er.

Christian nickt.

Dann stehen sie vor dem Haus. Die Fläche der Klingeln und Briefkästen nimmt mindestens zehn Quadratmeter ein, vermutlich leben hier mehrere Hundert Menschen. Lederer sieht hinauf, fokussiert das Klingelbrett. Vierzehn Stockwerke. Christian hat sich vorgebeugt, sucht den Namen der Frau, deren Hinweis sie verifizieren wollen.

»Im siebten Stock«, murmelt Lederer.

»Ah, okay«, sagt Christian. »Stimmt, hier ist sie.« Er klingelt. Die Stimme, die sich meldet, Sekunden später, klingt leise und brüchig. Christian nennt ihre Namen und den Grund ihres Besuchs, ein Surren, ein Klicken, Lederer schiebt die Tür nach vorn und dann stehen sie im Schatten des Hauses, in einem breiten Eingangsbereich, vor zwei Aufzügen.

Sie fahren nach oben, in den siebten. Die Frau steht schon auf dem Flur, als sie ankommen, winkt sie heran. »Kommen Sie, kommen Sie«, flüstert sie, als sei alles geheim, vertraulich.

»Mein Kollege, Mark Lederer. Ich bin Christian Sandner, von der Polizei in Wiesbaden«, sagt Christian. »Wir kommen wegen des Hinweises, den Sie …«

»Ja, kommen Sie, kommen Sie«, sagt die Frau. Sie ist schmal. Eher hager. Mark Lederer weiß, dass sie 68 Jahre alt ist, er hat sich vorbereitet. Kindergärtnerin in Rente. Margarethe Poulsen. Sie betreten die abgedunkelte Wohnung, ein schmaler Flur, ein kleines Wohnzimmer, rechts zweigt das Bad ab.

»Kommen Sie, setzen Sie sich«, sagt die Frau. Auf einem Tisch im Wohnbereich stehen Tassen und eine Kanne Kaffee bereit. Lederer fragt sich, woher der Nachname kommt, so weit hat seine Recherche nicht gereicht. War sie mit einem Dänen liiert? Wenn ja, wo ist er? Er schließt die Augen, versucht, sich zu erinnern. Sie ist geschieden, nicht verwitwet, geschieden.

»Setzen Sie sich«, sagt sie und meint ihn, Lederer, denn Christian hat sich schon auf das weinrote Sofa gesetzt.

»Frau Poulsen«, sagt er. »Wir kommen wegen des Hinweises, den Sie uns gegeben haben, es geht um den vermissten Jungen …«

»Jannis«, sagt sie.

Christian nickt.

»So nennen Sie ihn im Fernsehen. Jannis M.«

»Ja.«

»Meininger. Die Boulevardpresse hat den Namen ausgeschrieben.«

»Ja«, sagt Christian.

»Kaffee?«, fragt sie.

»Ja, gerne«, sagt Christian.

»Gerne«, sagt auch Mark Lederer.

Frau Poulsen lächelt. Schenkt ein.

»Ihr Hinweis galt einem Mann, der hier im Haus lebt«, sagt Mark Lederer. »Richtig?«

»Ja«, sagt sie. »Ja.« Sie hält inne, unschlüssig.

»Ja?«, fragt Christian.

»Ich … mir ging etwas durch den Kopf. Nachdem Sie mich kontaktiert hatten …«

»Ja?«, fragt Christian.

»Ich möchte niemanden zu Unrecht in Schwierigkeiten bringen.«

»Das heißt … Sie sind sich nicht ganz sicher …«

»Ja, das stimmt. Ich kann mir nicht sicher sein.«

»Erzählen Sie einfach«, sagt Christian.

»Ich kann mir nicht sicher sein, es war nur eine Ahnung, als ich das Bild gesehen habe, ein Standbild, wie von einem Video, in einer Parkgarage.«

»Ja, genau, darauf beziehen sich die meisten Hinweise.«

»Meine Ahnung war, dass es Marko sein könnte. Marko Gerhardt, er wohnt im zehnten.«

Christian nickt.

»Wir kennen uns kaum. Eigentlich nur vom Grüßen und weil er im Getränkemarkt arbeitet, er sitzt manchmal an der Kasse, dann kommt man kurz ins Gespräch.«

Stille füllt den Raum. Mark Lederer spürt den Worten nach. Getränkemarkt, Kasse, flüchtiger Gruß.

»Wie kommen Sie darauf, dass er der Gesuchte sein könnte?«, fragt er.

»Ja, das ist der Punkt«, sagt sie. »Es ist einfach nur dieser Umriss auf dem Foto. Eine Ahnung. Und wenn ich dann darüber nachdenke, glaube ich eigentlich gar nicht daran.«

Lederer spürt ein Seufzen, er schluckt es hinunter, hat

den Eindruck, dass Christian dasselbe tut, ihre Blicke begegnen sich.

»Ich kenne ihn nicht, aber er ist ein freundlicher, ruhiger Mann.«

»Alter?«

Sie denkt kurz nach. »Ich schätze, Mitte dreißig.«

»Gut.« Mark Lederer notiert sich alles. Buchstaben, aus denen Worte werden. *Marko Gerhardt, Mitte dreißig. Angestellt in einem Getränkemarkt. Zehnter Stock.*

»Vielleicht ist es einfach mein Wunsch, zu helfen. Ich würde es so gerne können. Ich bin in einer Kindertagesstätte tätig gewesen.«

»Ja, das wissen wir«, sagt Christian.

»37 Jahre lang«, sagt sie.

Christian nickt.

»Vielleicht will ich unbedingt dazu beitragen, dass Sie den Jungen finden.«

»Ich verstehe, was Sie meinen«, sagt Christian.

Sie schweigen. Mark Lederer führt die Tasse zum Mund, trinkt aus.

»Ist es möglich, dass niemand davon erfährt? Ich … es wäre mir wichtig, dass niemand weiß, dass ich irgendwelche … Verdächtigungen …«

»Ihr Hinweis wird vertraulich behandelt«, sagt Christian. Das stimmt auch, zumindest, solange sich bestätigt, was sich andeutet, nämlich dass dieser Hinweis einer von mehr als 300 anderen ist, die ins Leere laufen.

»Ja, wir sehen uns das einfach mal an«, sagt Christian.

Margarethe Poulsen sitzt in sich zusammengesunken. Lederer fragt sich, warum. Vielleicht aus mehreren Gründen. Weil sie traurig ist, dass sie gehen, dass sie allein zurückbleibt. Und vermutlich auch, weil sie schon bereut, die Polizei kontaktiert zu haben.

CHRISTIAN

Der Aufzug hebt sie weiter nach oben, in den zehnten Stock, und Christian hat das Gefühl, dass sie tatsächlich, Meter für Meter, immer weiter an Boden unter den Füßen verlieren.

Er sucht Lederers Blick, der ihn streift, und er ist sich sicher, dass Lederer dasselbe denkt. Oder immerhin etwas Ähnliches.

Im zehnten Stock ist niemand. Ein leerer Flur. Weiße Türen, dahinter Wohnungen, die vermutlich der von Frau Poulsen nahezu gleichen. Aber alle ein wenig anders eingerichtet. Während sie an der Tür von Marko Gerhardt stehen und warten, denkt Christian darüber nach, wie es drinnen aussehen könnte. Ohne ein Bild zu finden, das Kontur gewinnt.

»Scheint nicht da zu sein«, murmelt Lederer.

Christian nickt. »Im Getränkemarkt?«

Sie stehen noch für eine Weile, wartend, obwohl sicher niemand da ist. Christian legt seine Wange an die kühle Tür, lauscht. Nichts.

»Okay, lass uns …«

Er wendet sich ab, geht einige Schritte, Lederer folgt. Dann steht ihnen ein Mann gegenüber. Er war schnell unterwegs, schwungvoll, von den Aufzügen kommend.

Jetzt hält er inne. Lächelt. Ein hagerer Mann, mittelgroß, sportlich, aber das Gesicht verrät ein recht hohes Alter. Sicher jenseits der sechzig.

»Guten Tag«, sagt der Mann. »Kann ich Ihnen helfen?«

Die Stimme ist fest, das Lächeln weitet sich aus. Der Mann ist zu alt und zu schmal, das kann weder Marko Gerhardt sein noch der Mann, den sie suchen.

»Nein, danke ...«

»Suchen Sie Marko?«, fragt der Mann.

»Ja ... er scheint nicht da zu sein.«

»Sicher bei der Arbeit«, sagt der Mann. »Worum geht es denn?«

»Und Sie sind ...«

»Ich bin hier der Hausverwalter«, sagt der Mann. Reicht Christian seine rechte Hand. »Holdner.«

HOLDNER

Seine Gedanken treiben voran, er fängt sie ein. So geht das die ganze Zeit, während sie mit dem Aufzug nach unten fahren, während sie durch den schummrig schattigen Eingangsbereich laufen, während sie ins Freie treten, in die orange, gelbe, pinke, enervierend helle Sonne. So hell bescheint sie die Dinge, fast, als lege sie es darauf an, alles zu enthüllen, alles zu entblößen, was in Schichten abgedeckt, von Decken umhüllt ist.

Gedanken treiben voran, er fängt sie ein. Weg von der Wohnung, denkt er, Schritt für Schritt, er wirft einen flüchtigen Seitenblick nach oben, sucht die Fenster ab, findet Markos, da ist nur eine leere Fläche aus Glas, Licht prallt daran ab.

Er löst seinen Blick, sieht voraus, nimmt alles wahr, die Wohnwagen, das Lachen, das vom Baggersee herüberdringt, das Platschen, Kinder springen rein, tauchen unter, tauchen auf. Untertauchen, auftauchen …

»Da drüben, wir sind gleich da«, sagt er. Seine Stimme tut, was er will. Sie ist fest und freundlich, unverbindlich verbindlich. »Ich bin ziemlich sicher, dass ich Markos Nummer parat habe. Aber sagen Sie …«

Er hat die beiden nach ihrem Anliegen gefragt. Sie haben sich als Polizisten vorgestellt. Er muss aufpassen. Die Fragen stellen, die naheliegen, aber auch die vermeiden, die unangemessen erscheinen. Einer der beiden Polizisten, der Große, hat gesagt, dass sie leider mehr nicht sagen könnten, es handele sich aber um nichts Ernstes.

Nichts Ernstes …

»… sagen Sie, Marko hat doch … keine Probleme?«

Die beiden schweigen. Sie laufen, nähern sich dem Wohnwagen.

»Also, ich kenne ihn nicht gut, aber in meinen Augen ist das ein sehr anständiger Kerl«, sagt Holdner. Er lächelt. »Er hat mir manchmal sogar kürzlich bei kleineren Reparaturen geholfen, am Haus … mehr als einen Strafzettel für Falschparken kann ich mir bei dem gar nicht vorstellen …«

Der Polizist, Sandner, lächelt. Sandner, so hat er sich vorgestellt. Und Lederer. *Willkommen, Herr Sandner, willkommen, Herr Lederer, in meiner bescheidenen Hütte. So*zusagen. »Ja, hier wohne ich«, sagt er. »Im Sommer. Habe ansonsten, für die kühleren Monate, auch eine Wohnung im Haus.«

Sandner nickt.

»Ja, kommen Sie doch rein. Ich schaue mal in den Unterlagen. Setzen Sie sich.«

Er geht in den Verschlag, sein »Büro«. Lässt seinen Blick schweifen, alles ist penibel ordentlich, das ist gut. Er wusste ja nicht, dass Besuch kommen würde. Er zieht den Kasten heran und geht die Kartei durch, Gerhardt, denkt er, Marko Gerhardt, fast gelingt es ihm, daran zu glauben, dass er ihn kaum kennt, flüchtig wäre fast zu viel gesagt, manchmal werkeln sie gemeinsam, kleinere Reparaturen, ein Gedanke kristallisiert sich heraus. »Gerhardt, Gerhardt«, murmelt er, gerade so laut, dass die Polizisten es hören können. Sie sitzen im Wohnbereich, auf dem braunen Sofa. Er spürt ein Stechen im Magen. Aber er schwitzt nicht, keine Spur. Obwohl das nicht mal ein Problem wäre. Es ist so verdammt heiß. »Hab's gleich«, murmelt er.

»Schön«, sagt der Polizist. Sandner. Er steht plötzlich neben ihm. Holdner hat ihn nicht kommen hören. Er sieht ihn an, fragend, lächelnd.

»Schön, die Bilder«, sagt Sandner.

Holdner hebt den Blick. »Ach so, ja«, sagt er. »Da haben Sie recht.«

Lauras Bilder. Bunt. Bunter geht es nicht. Sie hängen an der Pinnwand, über seinem schmalen Schreibtisch. Seen, Wälder, Berge, ab und zu schmale Menschen, mit langen blonden oder kurzen dunklen Haaren. Die Farben so kräftig, als würden sie einen Hals fest umschließen und würgen können, bis …

»Ja, meine Enkeltochter. Sie malt gern«, sagt er.

Sandner, der Polizist, nickt.

»Ja, hier hab ich's. Festnetz und Handy, hier.« Er reicht dem Polizisten den gelben Zettel. Gerhardt, Marko, Nummer. »Wenn Sie wollen, kann ich es mal bei ihm versuchen«, sagt er. »Kann ihm ja sagen, dass er vergessen hat, die Rechnung für einen Strafzettel zu begleichen …« Holdner lacht. Offen, leichthin. Das ist zumindest sein Eindruck. Er lauscht seinem eigenen Lachen nach, während es verhallt.

»Fragen Sie ihn, ob er bald Mittagspause hat«, sagt Sandner. »Und dass wir dann vorbeikommen würden, nichts Ernstes.«

Holdner hält inne. »Okay«, sagt er dann. Wählt die Nummer. Während er wartet, hofft er, dass Marko nichts hört, dass er nicht rangeht. Marko nimmt das Gespräch entgegen. Seine Stimme klingt stumpf, wolkenverhangen. »Hallo? Ja?«

»Herr Gerhardt?«, fragt Holdner.

Marko schweigt. Perplex.

»Hallo, Herr Gerhardt? Marko? Hier ist Holdner, von der Hausverwaltung.«

Marko schweigt.

»Hier sind zwei Herren von der Polizei, die kurz mit Ihnen sprechen möchten. Nichts Ernstes. Haben Sie denn bald Mittagspause?«

Marko schweigt. Bekommt kein Wort heraus. Schafft es nicht, die Situation zuzuordnen, die Lücken zu füllen.

»Wunderbar«, sagt Holdner. »Okay, ja … Moment …« Er wendet sich Sander zu. »Möchten Sie rübergehen zum Getränkemarkt?«

Sandner nickt.

»Ja, Herr Gerhardt? Ja, die Polizisten kommen vorbei ... ich kann ihnen ja zeigen, wo es ist. Alles klar ... ja ... bis dann.«

Er beendet das Gespräch. Seine Gedanken treiben wieder, er fängt sie ein, mit harter Hand. Umschließt sie mit der Faust. »Ja, ich kann Ihnen zeigen, wo der Markt ist.«

»Bestens, danke«, sagt Sandner.

Dann laufen sie wieder, durch den Sommer. Das Logo des Getränkemarkts prangt in einiger Ferne knallrot im Himmelblau.

»Dahinten«, sagt Holdner.

Sandner nickt, läuft, stoisch. Beunruhigt oder irgendwie alarmiert wirkt er nicht, ebenso wenig Lederer.

Sommer, denkt Holdner. Rot. Er sieht Marko, er steht vor dem Markt, im Schatten, raucht. Hebt den Blick, während sie näher treten, die Straße überqueren, die weite Fläche betreten, den Parkplatz, Menschen mit Einkaufswagen gehen auf und ab. Marko sucht seine Augen, zwanzig Meter noch, fünfzehn, zehn ... Holdner versucht, ohne Worte auszukommen, lässt seinen Blick sprechen, weitet die Augen, lächelt, ganz ruhig, Marko, ich bin hier, alles unter Kontrolle, halt einfach die Fresse.

LEDERER

Der Mann ist eigentlich nicht korpulent, eher irgendwie so, als würde überall eine Spur zu viel an Fett lagern. Er wirkt aber gleichzeitig merkwürdig leicht, so als könne er diesen Körper mühelos in Bewegung bringen. Er schwankt ein wenig hin und her, während er an seiner Zigarette zieht. Sein Blick ist fragend.

»Ja, bitte?«, fragt er. Blickt von Lederer zu Christian und wieder zurück. Kurz streifen seine Augen auch den Hausverwalter, Holdner.

»Herr Gerhardt? Marko Gerhardt?«, fragt Christian.

»Ja, das bin ich«, sagt der Mann.

»Mein Name ist Sandner, das ist mein Kollege, Herr Lederer. Wir kommen von der Kriminalpolizei in Wiesbaden und werden Sie nur kurz stören.«

»Okay«, sagt der Mann. Marko Gerhardt. Er wirkt nach wie vor in erster Linie verwirrt. Lederer geht die Frage durch den Kopf, ob dieser Mann ihn an einen Teddybären erinnert. Eigentlich nicht. Vielleicht fehlt es ihm einfach an Fantasie.

»Was … ist denn los?«, fragt Gerhardt.

»Können Sie uns sagen, wo Sie am Freitag gewesen sind?«, fragt Christian. »Vergangenen Freitag, zwischen 11 und 13 Uhr.«

Gerhardt schweigt, scheint nachzudenken. »Also … ich hatte auf jeden Fall frei …«

Der Verwalter räuspert sich. »Also, ich müsste nachsehen, aber ich glaube, dass wir gegen zwölf bei den Döberts gewerkelt haben. Sicher etwa eine halbe Stunde lang.«

Gerhardt sieht den Verwalter an. Sein Blick ist leer. Überhaupt wirkt der Mann ein wenig so, als habe er Schwierigkeiten, sich zu konzentrieren. »Hm … ja …«, murmelt er.

»Wie gesagt, ich müsste selbst nachsehen, aber doch, ich

glaube, dass wir mittags bei den Döberts, einem alten Ehepaar, unter anderem die Leuchten ausgetauscht haben. Sie haben davor nämlich höllische Angst. Die beiden denken, dass Glühbirnen gefährlich sind.« Der Verwalter, Holdner, lächelt. »Und sie sind im Urlaub, deshalb war das ein guter Zeitpunkt. Frau Döbert hatte mir den Schlüssel dagelassen.«

»Ja … stimmt«, sagt Gerhardt.

»Das war also gegen Mittag?«, fragt Lederer.

»Ja, ich denke, zwischen halb zwölf und halb eins, so etwa. Danach habe ich mit Laura Mittag gegessen, also es war in jedem Fall davor.«

»Ja, okay … stimmt«, sagt Gerhardt.

»Wenn Sie möchten, sehe ich nach, ich habe für diese Tätigkeiten so eine Art Protokoll, für die Abrechnung mit meiner Firma«, sagt Holdner.

»Gut«, sagt Christian. Lederer betrachtet Gerhardt, der vor sich hin nickt. Er sieht müde aus.

»Ich müsste bald wieder rein. Habe palettenweise Prosecco zum Einsortieren dastehen.« Er deutet auf den Getränkemarkt. »Also, drinnen, im Lager.«

»Gut, Herr Gerhardt, einstweilen danke«, sagt Christian. Vermutlich geht ihm dasselbe durch den Kopf wie Lederer. Wenn sich die Angaben des Verwalters bestätigen, ist der Verdacht hinfällig. Zumal die Hinweisgeberin selbst im Vorgespräch schon davon abgerückt war. Einer von 367 Hinweisen, einer, der ins Leere führt. Wie möglicherweise alle 367. Wobei inzwischen sicher neue hinzugekommen sind.

»Worum … geht es denn eigentlich?«, fragt Gerhardt noch einmal.

»Das können wir Ihnen zurzeit nicht sagen, aber es hat sich voraussichtlich ohnehin erledigt«, sagt Christian.

»Ah. Okay«, sagt Gerhardt. »Kann ich dann … wieder loslegen?«

»Gerne. Auf Wiedersehen.«

»Ja. Wiedersehen«, sagt Gerhardt. Er nickt noch einmal, dann läuft er, schlendernd oder schlurfend, verschwindet im Schatten des Marktes.

HOLDNER

Holdner feiert ein kleines Fest, in Gedanken. Sie sind wieder beim Wohnwagen, er fühlt sich von der Hitze umhüllt wie von einem wohlig-weichen Mantel. Perfekt, denkt er.

»Momentchen«, sagt er. Er weiß, wo das Protokoll liegt, auf seinem Schreibtisch. Das ist das Gute, dieser Schrieb existiert tatsächlich. Freitag, 11.45. Da hat er bei den Döberts die Lampen gewechselt. Die Wahrheit. Abgesehen von der kleinen Abweichung, dass Marko nicht dabei war, aber das weiß niemand. Marko war einfach da, im sechsten Stock, in der leeren Wohnung der Döberts. Hat ihm die Lampen und die Glühbirnen angereicht. Das Lustige ist, dass Holdner sogar gerne Markos Hilfe in Anspruch genommen hätte, aber der war nun mal nicht da am Freitag um 11.45. Hatte anderes zu tun.

»Ja, hier ist es«, sagt er. Reicht dem einen der beiden Polizisten, Lederer, die Liste. Der andere, Sandner, steht über eines von Lauras bunten Bildern gebeugt.

Lederer nickt.

»Möchten Sie es haben?«, fragt er.

»Entschuldigung?«, sagt Sandner.

»Das Bild, das hat Laura gemalt, meine Enkeltochter. Ich schenke es Ihnen, sie wird sich freuen, wenn sie hört, dass es so gemocht wurde.«

Sandner lächelt. Scheint kurz nachzudenken.

»Kommen Sie, ich habe jede Menge davon, und sie malt andauernd neue.« Jetzt lacht Holdner sogar, spürt die Ausgelassenheit. Nur Vorsicht, nicht überziehen, nicht übertreiben. Er löst das Bild von der Pinnwand. Hält es kurz in seinen Händen, weich und glatt das weiße Papier, bunt die Wiese, der Sommer, den Laura gemalt hat. Er reicht Sandner das Bild, Sandner bedankt sich.

»Gerne«, sagt Holdner.

Durch das Fenster des Wohnwagens sieht er die Kinder, Laura und Simona. Sie spielen auf dem Spielplatz, ebenso ausgelassen wie er hier drinnen, mit diesen Polizisten.

Die beiden verabschieden sich. Er sieht ihnen nach, spürt, wie sie sich entfernen, Schritt für Schritt, spürt die Ahnung eines Durchatmens. Als sie am Spielplatz vorübergehen, hält Sandner kurz inne. Fragt er sich, ob eines der Mädchen das Bild gemalt hat? Dann gehen sie weiter, zum Parkplatz, steigen in einen dunklen Wagen. Fahren an, biegen auf die Landstraße ein und sind verschwunden.

Laura hat den Blick gehoben. Steht still. Simona spricht mit ihr, aber sie ist wie im Moment gefangen. Sie betrachtet die Stelle, den leeren Raum, in dem eben noch das dunkle Auto der beiden Polizisten gestanden hat.

Im Zug nach Berlin geht er alle Hinweise durch, so wie sie von den aufnehmenden Beamten protokolliert worden sind. 367 Notizen. Keine von ihnen verspricht, die Ermittlung an einen Wendepunkt heranzuführen.

Nachdem er zu Ende gelesen hat, spielt er für einige Minuten mit dem Gedanken, von vorne zu beginnen, aber dann öffnet sich vor seinem inneren Auge ein anderes Feld, gerade als sich der Zug weich und kaum merklich in eine Kurve legt und den Blick auf ein tatsächliches weites, tiefgrünes Feld eröffnet. Seine Gedanken beginnen zu kreisen, um die Talkshow am Abend. Die Sendung wird live ausgestrahlt werden. Er schließt die Augen, lauscht der inneren Stimme, die beginnt, Antworten zu formulieren, auf Fragen, die noch gar nicht gestellt worden sind. Marlene hat gefragt, ob sie mitschauen darf. Er hat geschwiegen. Svea hat gesagt, dass es zu spät am Abend sei und dass es auch um Themen gehen würde, die für Marlene nicht gut sind.

Nicht gut, denkt Ben.

Natürlich hat das Marlene nur weiter darin bestärkt, unbedingt am Abend mitschauen zu wollen. Wenn ihr Papa im Fernsehen ist. Eine Stimme kristallisiert sich heraus. Er hebt den Blick, sieht den Kellner des Bordrestaurants.

»… noch was sein?«, fragt er.

»Einen Kaffee, gerne«, sagt Ben.

Der Zug ist wieder auf gerader Strecke unterwegs, links und rechts fliegen dichte Bäume vorüber. Dickicht. Dann wieder freies Feld. Ortschaften, Häuser. Der Kellner bringt den Kaffee. Bens Blick streift den Ordner, die schmalen Blätter, mit den 367 Hinweisen. Sein Handy vibriert. Svea. Er hält inne. Dann tippt er eine Nachricht. *Bin im Zug, melde mich, sobald die Funklöcher Pause machen.* Er fügt einen Smiley hinzu, versendet den Text und verschließt für Sekunden die Augen vor der Welt.

DIRK

»Deinen Traumsommer gibt es jetzt zum günstigen Frühbucherpreis!«

»Okay.« Der Mann hinter der Scheibe hebt den Daumen an. Dirk Meininger wartet. Okay heißt nicht: Das war's.

»Wir müssen die Stimmen aber noch synchron bekommen. Also, die Frau und der Mann im Einklang.«

Dirk Meininger nickt.

»Da werden die Worte Musik, okay?«, sagt der Mann hinter der Scheibe. Dirk hat schon oft mit ihm gearbeitet, er kennt auch seinen Namen, aber heute kann er an ihn nur als den *Mann hinter der Scheibe* denken. Er nimmt sich vor, später darüber nachzudenken, warum das so ist.

»Die Worte werden Melodie, Frau und Mann singen das gewissermaßen, wie im Duett«, sagt der Mann hinter der Scheibe.

Dirk Meininger setzt den Kopfhörer ab. Atmet durch. Die Stimme des Mannes hört er jetzt dumpf. »Alles okay, Dirk?«

Jetzt ist er es, der den Daumen hebt. »Alles gut«, sagt er. Er setzt den Kopfhörer auf.

»Dann noch mal, ja?«, fragt der Mann hinter der Scheibe.

»Ja«, sagt Dirk.

»Und ... bitte«, sagt der Mann.

»Ihren Traumsommer ... gibt es jetzt ... zum günstigen ... Früh ... bucher ... preis.«

Stille.

Der Mann hinter der Scheibe gleicht die Aufnahme mit der bereits vorliegenden der Sprecherin ab. Dirk Meininger spürt einen Schwindel, der sich von der Stirn in hintere Regionen seines Kopfes ausbreitet. Er wandert weiter in den Nacken.

»Top!«, sagt der Mann. Hinter der Scheibe.

Dirk lächelt. Es kommt wie von selbst.

»Wir machen Mittagspause und danach noch ein, zwei *takes,* okay?«, sagt der Mann.

Zurückkehren, denkt Dirk. In den anderen Raum, den, der jenseits der Scheibe ist. »Okay«, sagt er.

HOLDNER

Er bleibt sitzen, eine Minute, zwei Minuten lang. Es ist ein Gebot der Stunde, das zu tun. Er betrachtet den leeren Raum, in dem der Dienstwagen der Kriminalpolizisten gestanden hat. Er betrachtet die Mädchen, die spielen. Schaukeln, rutschen, schaukeln. Klettern.

Dann steht er auf. Spürt unmittelbar die Energie. Er läuft

zügig, jetzt hat er das Gefühl, allein auf der Welt zu sein, allein in einem schmalen, eng anliegenden Fokus, einem Gang, der sich vor ihm auftut, einem von Sonnenlicht gefluteten Tunnel.

Er betritt das Hochhaus, Kühle umfängt ihn, er geht direkt runter, in sein Herbst- und Winterbüro. Er ist für eine Weile nicht hier drin gewesen, es gab keinen Anlass. Jetzt gibt es einen. Marko, denkt er. Die Polizisten haben ihm den Naivling abgenommen. Weil er einer ist. Wäre Holdner der Meinung, Marko habe eine Rolle gespielt, wäre er versucht, ihm einen Preis zu verleihen. Aber Marko hat keine Rolle gespielt. Marko war einfach er selbst.

Vielleicht hat Marko, als sie vor dem Getränkemarkt standen, unter der Hitze, die der Himmel abstrahlt, unter der Sommerglocke, einfach vergessen, dass in seiner Wohnung ein betäubter Junge liegt.

Holdner fährt den Computer hoch, schaltet die Überwachungskameras ein, orientiert sich. Ganz ruhig, denkt er.

Er lässt die Bilder ablaufen, rückwärts. Menschen in der Tiefgarage des Hochhauses, sie reisen in der Zeit zurück, es wird Morgen, es wird Nacht, Abend, Nachmittag, Mittag, Vormittag, früher Morgen … gelebtes Leben im Zeitraffer, Menschen kommen und gehen, gehen und kommen. Und dann Markos Auto.

Der mattgelbe Kleinwagen. Holdner atmet ein, hält die Luft an. Verlangsamt die Bilder, lässt Marko aus dem Wagen steigen. Kurz zögern. Zum Kofferraum gehen. Es sieht auf dem Videobild nicht weiter dramatisch aus, so grau und still. Marko öffnet den Kofferraum. Holdner sucht den weiten, verwinkelten Raum ab. Die Tiefgarage. Heller Tag. Holdner beugt sich vor, kneift die Augen zusammen, dann reißt er sie auf, sucht jeden Winkel des Bildes ab, während Marko den Kofferraum öffnet und mit Wucht einen großen Koffer anhebt. Heller Tag. In einem Koffer. Der Junge. Marko stolpert zu den Aufzügen. Schritt für Schritt. Das Bild verschwimmt vor Holdners Augen. Marko, auf dem grauen Bild, betritt den Aufzug. Niemand tritt ihm entgegen, niemand rennt, um den Aufzug noch zu erwischen, niemand kommt, um zu fragen, ob Marko verreist war und warum der Koffer so schwer ist.

Dann ist Marko weg, das Bild steht still.

Holdner lehnt sich zurück, den Blick immer noch scharf auf den Bildschirm gerichtet. Da ist niemand. Gut.

Gut, gut, gut.

Er löst sich. Tippt etwas in die Tastatur ein, sucht, zielstrebig. Öffnet ein anderes Bild. Flur, zehnter Stock. Wieder reisen Menschen in der Zeit zurück. Auch Marko ist dabei, er verlässt seine Wohnung, von Zeit zu Zeit, läuft, schlurfend, dem vergangenen Freitag entgegen, Tag für Tag, Holdner setzt sich aufrecht, versteift seinen Rücken, stößt ein leises Stöhnen oder Seufzen aus, während der Moment näher rückt, er weiß nicht, woher dieses Stöhnen kommt, kann es nicht zuordnen. Dann ist da Marko, er hievt den Koffer aus dem Lift, steht auf dem Flur. Beginnt zu laufen. Wie ein Betrunkener, torkelnd. Aber zielsicher. Heimlich getrieben. Von allen unbemerkt. Nur er, Holdner, weiß davon. Was ist es eigentlich, das Marko treibt? Das weiß Holdner nicht. Zumindest nicht genau.

Marko setzt den Koffer ab, sucht nach seinen Schlüsseln,

findet sie, öffnet enervierend langsam die Tür zu seiner Wohnung. Niemand.

Niemand läuft vorüber. Niemand kommt aus einer Wohnung, niemand verwickelt Marko in ein Gespräch. Über den heißen Sommer und das Gewicht von Koffern. Dann ist Marko verschwunden, hinter der Tür. In einem Raum, den keine Kamera einfängt.

Holdner lehnt sich zurück. Bleibt so. Spürt die Müdigkeit, die Schwere hinter der Stirn, die sich aufzulösen beginnt, die Schwere wird ganz leicht, binnen einiger Minuten. Er könnte schlafen. Das wird er auch machen. Nachdem er den Mist hier, diese Schmierenkomödie mit dem Titel *Marko und der Koffer*, beseitigt hat.

BEN

Als Ben ankommt, wartet bereits ein Fahrer mit einem Namensschild. Ben Neven, Kripo Wiesbaden, Gesprächsgast *Schiller*. Das steht auf dem Schild, das der groß gewachsene Mann in den Händen hält. Neven, das bin ich, denkt Ben vage, während er die letzten Schritte auf den Mann zumacht und ihm die Hand schüttelt. »Das bin ich«, sagt er. Der Mann nickt.

Dann laufen sie durch die Bahnhofshalle, durch das Gewusel, Gesprächsfetzen bleiben hängen, fallen ab, segeln zu Boden wie Notizzettel. Mit Notizen, die Ben nicht versteht.

»Ich stehe direkt draußen, bei den Taxis«, ruft der Mann über die Schulter.

»Gut«, ruft Ben. Er hat seine Reisetasche geschultert, läuft zügig, dem Tempo entsprechend, das der Mann vorgibt, dann sind sie draußen. In der Weite. Zwei Straßenmusiker spielen Flamenco, auf akustischen Gitarren, sie spielen gegen das Hupen der Taxis an, und gegen das Desinteresse der Menschen, die Blicke werfen, nach links und rechts, Ziele ansteuernd.

»Da hinten«, ruft der Mann, überquert den Vorplatz, öffnet schon im Gehen die Türen der schwarzen Limousine. Ben steigt ein. Sitzt auf dem Rücksitz. Es ist angenehm kühl, der Fahrer hat, vielleicht in weiser Voraussicht, die Klimaanlage vorarbeiten lassen, während er auf die wenige Minuten verspätete Ankunft des Zuges aus Wiesbaden gewartet hat.

Sie fahren durch die Stadt, entfernen sich, befahren flächigere Straßen, offenere Regionen. Ben schließt die Augen, gleitet ab. Betritt einen Traum, in dem er Vater von Drillingen ist. Svea lächelt ihn an, nennt die Namen der drei, die in blauen Kinderwagen liegen, neugeboren. Ben, Ben und Ben, sagt Svea ...

»Da sind wir, Herr Neven«; sagt der Fahrer. Für Momente sind die Worte Teil des Traums, den Ben träumt.

Dreimal Ben, denkt er, während er sich aus dem Traum herauswühlt. Zurück an die Oberfläche, in die Sonne. Nein, viermal, die Drillinge und er selbst. Vier.

»Wir sind da, Herr Neven.«

Ben öffnet die Augen, und der Fahrer lächelt Sveas Lächeln, das Lächeln, das Svea im Traum gelächelt hat.

Am frühen Abend sind sie wieder im Besprechungsraum, nur Ben fehlt, der nach Berlin gefahren ist. 312 der 367 Hinweise sind verifiziert worden, 135 neue sind hinzugekommen.

»Unter den 312 Hinweisen, denen bislang nachgegangen wurde, ist keiner dabei, der eine Tür geöffnet hat«, sagt Lederer.

Malvi nickt, schweigt. Christian denkt an den Tag, der vorübergeglitten ist, während sie Telefonate geführt, Internetrecherchen betrieben und einige Male auch rausgefahren sind zu den Menschen, denen ein Verdacht gekommen ist, und zu denen, denen der Verdacht gegolten hat.

Für eine Weile denkt er an den Mittag zurück, der weit weg zu sein scheint. Die pralle Sonne, der rote Getränkemarkt. Christian hat dem kargen *Social-Media*-Profil ein Foto entnommen und es der Akte beigefügt, die noch einmal dem Jungen vorgelegt werden wird, Lars May. Und der alten Dame, der Anwohnerin der Schule. Sechzehn Männer beinhaltet diese Akte, sechzehn Fotos, wobei gegen keinen ein Verdacht vorliegt, juristisch betrachtet nicht einmal ein Anfangsverdacht.

Die alte Dame hat den Mann nur im Vorübergehen gesehen, und auch Lars May hat gesagt, dass er vermutlich den Mann, der ihm vor zwei Jahren einen Tiger aus Stoff schenken wollte, nicht mehr erkennen wird. Es war nur ein Moment. Ein Unbekannter, der eine komische Frage stellt.

Ein Junge, der die richtige Antwort gibt. Die, die ihm möglicherweise das Leben gerettet hat.

Christian kehrt aus seinen Gedanken zurück, hört jetzt wieder Lederers ruhige Stimme, er ist noch immer damit beschäftigt, die Ermittlung des Tages zusammenzufassen. Er schließt mit den Worten, die Christian vor Sekunden gedacht hat.

»Letztlich hält bisher keiner der Hinweise der Überprüfung stand. Keiner der von extern Angeschuldigten ist aktenkundig, keiner zuvor in irgendeiner Weise auffällig geworden. Juristisch rechtfertigt keiner dieser Ansätze einen Anfangsverdacht.«

Malvi nickt.

»Wie gesagt, 135 neue Hinweise sind eingegangen, das war der Stand, als ich das Büro verlassen habe. Gut möglich, dass es bis morgen noch mal so viele sind. Einige Boulevardmedien haben begonnen, den Fall … tja … zu featuren.«

»Ja«, sagt Malvi.

»Die Suche im an die Schule angrenzenden Waldgebiet wurde unterbrochen, kann aber wieder aufgenommen werden. Etwa vier Kilometer entfernt ist ein See, morgen Nachmittag werden dort die Taucher zum Einsatz kommen.«

Malvi nickt.

»Allerdings ist das nur ein Versuch, die Suchhunde haben im Umfeld des Sees keine Signale gesetzt.«

Nur ein Versuch, denkt Christian. Malvi nickt und nickt, ohne etwas zu sagen.

»Dann wollen wir Sie mal fein machen«, sagt die blonde Frau, sie hat wirre Haare. Wirr, aber doch so, als stehe jedes in eine ganz bestimmte Richtung ab, als sei sie sich dessen bewusst. Durchdachtes Chaos.

Fein machen, denkt Ben. *Schön machen.*

Der Gedanke bleibt haften, ebenso wie die Ankündigung einer Redaktions-Assistentin haften geblieben ist, die ihm schon vor einer Viertelstunde mitgeteilt hatte, dass sie gleich in die Maske gehen würden. *Maske.*

Die blonde Frau spricht. Stellt Fragen, die er beantwortet. Er spricht über seine Arbeit als Polizist, die Worte kommen und gehen. Er muss gar nichts tun. Er spricht Worte, während ihm Worte vor Augen stehen. *Maske, schön, fein.* Wird er sich noch erkennen können, wenn sie mit ihm fertig ist?

»Das klingt spannend«, sagt sie. Lächelt.

»Vielleicht spannender, als es ist«, entgegnet er. Spannend? Was hat er eigentlich gesagt? Vielleicht hat sie es nur so dahingesagt, spannend. Um das Gespräch am Leben zu halten.

»Die kleine Entzündung hier würde ich abdecken«, sagt sie.

Er hebt den Blick. Sucht sein Gesicht im Spiegel nach einer Entzündung ab.

»Hier, an der Wange. Kleine Sache«, sagt sie.

Kleine Sache, denkt er.

»Ja?«, fragt sie.

»Entschuldigung?«

»Kann ich das abdecken?«

»Ach so, ja ... sicher«, sagt er.

Jetzt beginnen die Gedanken, auseinanderzutreiben. Kleine Sache. Eine Frau betritt den Raum, die er kennt. Die er nicht zuordnen kann. Sie nickt ihm zu, lächelt. Dann sitzt sie neben ihm, auch sie *in der Maske*. Sie schließt die Augen, während eine rothaarige Frau ihr das Gesicht pudert.

»So, jetzt sind Sie schön«, sagt die andere Frau, die blonde. Er hebt den Blick, begreift, dass er gehen kann. Und dass sie es vermutlich sogar ernst meint. Dass sie tatsächlich glaubt, er sei jetzt gut aussehend, dank ihr.

»Ja, danke«, murmelt er.

»Bestens«, sagt die Redakteurin, die schweigend gewartet hat.

Er erhebt sich, läuft. Im Gehen begreift er, wer die Frau ist, die vor dem Spiegel sitzt, es ist die Justizministerin. Er hat gar nicht daran gedacht, die Liste der anderen Talkgäste zu studieren. Er läuft, einen orangen Flur entlang. Folgt der Redakteurin. Er verliert sich, verliert den Faden. Die Redakteurin führt ihn zurück in den Raum, in dem er schon gewesen ist, an der Wand stehen Körbe mit Obst, Limonaden in allen Farben, ein kleines kaltes Büfett.

»Machen Sie es sich bequem«, sagt die Redakteurin. »Sie haben noch etwas Zeit.« Sie lächelt, wendet sich ab, geht. Noch etwas Zeit, denkt Ben.

Die Gedanken kreisen, bis ihm schwindlig ist. Er öffnet seinen Aktenkoffer, der neben dem Sofa steht. Neben Materialien der Polizei-Pressestelle enthält der Koffer auch die kleine Dose, in der seine Kopfschmerztabletten liegen. Er

nimmt eine Tablette, schluckt sie ohne Wasser. Dann setzt
er sich auf ein hellblaues Sofa. Schließt die Augen. Sieht Bilder, grau auf weiß. Konturen. Ahnungen. Er fragt sich, wo
Jannis ist, wo Dawit ist, hat das Gefühl, dass sie einfach weg
sind, körperlos, als wären sie nie da gewesen, nie wirklich,
schon immer Illusion.

LEA

Am Abend sitzt sie auf dem Sofa, der Fernseher flimmert.
Irgendwann rastet die Sekunde ein, weil sich ein Bild vor
ihre Augen legt. Jannis.

Die Worte hört sie nicht, sie sind eine klebrige Masse.
Der Mann, der sie ausspricht, der Moderator des Nachrich-
tenmagazins, scheint zu lächeln. Kaum merklich, unter-
schwellig. Dann öffnet sich sein Blick weiter, er scheint guter Laune zu sein, sagt den nächsten Beitrag an, es geht um
eine sehenswerte Filmkomödie. Jetzt hört Lea die Worte
überdeutlich. Jedes ist, wie in feinen Schnitten, vom anderen abgegrenzt.

Der Kinofilm wird sehr positiv besprochen. Sie stellt sich
vor, dass sie reingehen könnten, sie und Dirk. Vielleicht
kommt auch Sarah mit.

Die Sendung endet mit dem Wetter.

Es wird warm bleiben. Warm und trocken.

Der Moderator sagt das Folgende an, eine Talksendung
zum Thema »Kindesmissbrauch«. Noch immer ist jedes
Wort klar, kristallklar. Der Moderator sagt, dass neben der

Diskussion über einen Sportler auch ein aktueller Fall Teil der Diskussion sein werde. Das Verschwinden zweier Jungen.

Die vertraute Melodie erklingt, die Moderatorin der Gesprächsrunde begrüßt ihre Gäste und das Publikum. Dezent lächelnd. Inge Schiller. Lea erkennt eine Politikerin und einen Mann, den sie für Sekunden nicht zuordnen kann. Dann erkennt sie auch ihn, er ist ganz nah. Ein Mensch aus ihrem Leben. Es fühlt sich an, als würde er direkt hier neben ihr sitzen. Das ist der Polizist, der nach Jannis sucht. Ben Neven.

Die Moderatorin eröffnet das Gespräch. Da ist jetzt wirklich jemand neben ihr. Nicht der Polizist, Neven, der sitzt in einem Fernsehstudio. Es ist Sarah. Sie hat sich neben sie gesetzt. Schweigt.

Gemeinsam hören sie, was die Moderatorin sagt. Die Worte verschwimmen wieder, dann verkleben sie, trocknen in Sekundenschnelle, sind hart und undurchdringlich wie Beton.

BEN

Er hat gedacht, dass ihm schwindlig sein wird, dass er sich konzentrieren wird müssen, dass er ins Schwitzen geraten wird. Aber jetzt sieht er alles ganz klar, ist hellwach und ruhig.

Er hört zu. Die Moderatorin stellt Fragen, die Justizministerin antwortet. Ein Psychologe antwortet. Ein Kolumnist einer politischen Wochenzeitschrift antwortet. Er selbst war noch nicht dran. Er lehnt sich zurück, stellt sich vor, dass es einfach so bleiben wird. Er wird einfach die ganze Zeit nur zuhören, aufmerksam.

»Ich möchte nun auch den vierten Gast in unserer Runde begrüßen«, sagt die Moderatorin. Inge Schiller. Sie schenkt ihm ein Lächeln, als er den Blick hebt. »Ben Neven von der Kriminalpolizei in Wiesbaden. Er ist befasst mit einem Fall, der uns in diesen Tagen beschäftigt. Es geht um das Verschwinden eines Jungen in Wiesbaden und auch um das Verschwinden eines Jungen vor einigen Monaten in Innsbruck in Österreich. Guten Abend, Herr Neven.«

Er nickt.

»Herr Neven, haben Sie, aus Ihrer Ermittlerperspektive, einen Schlüssel? Ein Begreifen dafür, wie es zu einer solchen Gewalt kommen kann? Gewalt, die sich gegen Kinder richtet?«

Er schweigt. Nickt. Atmet ein und aus. »Letztlich … bin ich eben genau das, Ermittler«, sagt er dann. »Gemeinsam mit meinen Kollegen versuche ich, herauszufinden, was passiert ist. Und natürlich, in einem Fall wie dem aktuellen versuchen wir, herauszufinden, wo die gesuchten Jungen sind, wo sie sich befinden. Wir tun alles, um unsere Ermittlung voranzubringen, da bleibt letztlich gar nicht viel Zeit, um über andere Dinge nachzudenken.«

Die Justizministerin schaltet sich ein. Jetzt muss sich Ben ein wenig konzentrieren, er schließt die Augen, richtet den Fokus auf die Worte der Politikerin aus. Sie lobt ihn, hebt hervor, wie wichtig es ist, gute Polizisten zu haben. Gute Polizisten wie ihn.

Das Gespräch entfernt sich wieder, von ihm, von der Ermittlung. Es kreist um den Sportler, einen der populärsten des Landes, der seit etwa einer Woche in den Schlagzeilen ist wegen des Besitzes von Kinderpornografie. Der Journalist, der den Fall aufgedeckt hat, erzählt ein wenig davon, wie ihm das gelungen ist. Die Frage wird gestreift, ob es rechtens sei, denn das Verfahren bewegt sich noch in Vorstufen, offenbar wurden seitens der Staatsanwaltschaft vertrauliche Informationen an die Medien weitergetragen. Insbesondere an den Journalisten, der Ben gegenübersitzt.

»Wäre es Ihnen denn lieber gewesen, das Ganze wäre unter den Teppich gekehrt worden?«, fragt der Journalist. Wen fragt er eigentlich? Die Moderatorin vermutlich, sie hat eine Frage gestellt. Ben hat den Fall nur beiläufig verfolgt. Nein, eigentlich hat er davon gar nichts hören wollen. Die beiden, Journalist und Moderatorin, reden noch ein wenig hin und her, es ist, als würden sie sich Bälle zuwerfen.

»Natürlich ist es wichtig, dass ein solches Verfahren rechtsstaatlich ist, dazu gehört auch, dass sich Vorverurteilungen verbieten.«

Die Worte stehen im Raum. Für Momente ist Ben wirklich sicher, dass irgendjemand gesprochen hat. Ein anderer in der Runde oder vielleicht sogar ein Zuhörer, der aufgestanden ist und das Wort ergriffen hat, aber das ist Unsinn, denn er selbst ist es gewesen. Er hat gesprochen.

Der Journalist lacht kurz. Fühlt er sich angegriffen? Vermutlich.

»Grundsätzlich halte ich das für bedeutsam«, hört Ben sich sagen. »Es bringt uns allen nichts, im Vorfeld etwas wissen zu wollen, was Gerichte noch nicht mal in Augenschein genommen haben.« Wort für Wort, denkt Ben. Konzentrier dich. »Es steht für mich außer Zweifel, dass sich Menschen, die Kinderpornografie in ihren Besitz bringen, mit den Tätern gemein machen. Wir sind uns sicher einig, dass das unerträglich ist.«

Unerträglich, denkt er. Unerträglich, unerträglich, unerträglich. Er treibt voran, spricht schon weiter, denkt und spricht. »Die Staatsanwaltschaft muss ihre Arbeit machen. Nur wenn die Grundsätze des Rechtsstaates eingehalten werden, können wir mittelfristig etwas verbessern, etwas zum Positiven wenden, gerade wenn es um diese Tabuthemen in einer Gesellschaft geht.«

Er schweigt. Glaubt, verhaltenen Applaus zu hören. Vielleicht täuscht er sich. Unerträglich. Sich mit den Tätern gemein zu machen. Inakzeptabel. Die Ministerin spricht. Der Psychologe spricht. Der Journalist spricht. Ein Lächeln der Ministerin streift ihn. Die Moderatorin sagt einen Einspieler an, der noch einmal eine Chronologie der Ereignisse liefert, den Sportler betreffend. Ben lehnt sich zurück. Lauscht den Worten nach, die er gesprochen hat. Die Kopfschmerzen haben sich zurückgezogen. Haben sich ins Gegenteil verkehrt, sein Kopf fühlt sich ganz leicht an. Fast als könne er wegschweben, Ben stellt es sich vor. Illusionen, denkt er. Sein Torso bleibt sitzen, sein Kopf entschwebt.

Das Gespräch wabert voran, Ben hört nach wie vor die Worte, aber nicht mehr so deutlich, eher wie im Traum. Dann strafft er sich, wappnet sich, denn die Moderatorin schwenkt noch einmal auf seinen Fall um, den Fall der vermissten Jungen. Bilder von Jannis und Dawit werden gezeigt, auch die Nummer wird verlesen, unter der zu viele Hinweise eingehen. Die Moderatorin fragt etwas.

»Es ist schwer«, sagt er. »Das muss ich ehrlich eingestehen. Natürlich fühlen wir häufig auch … ja … Hass. Auf Menschen, die Kindern etwas antun. In erster Linie … geht es uns darum, unsere Arbeit zu leisten. In der Hoffnung, dass … alles wieder gut wird.«

Alles wieder gut.

Weitere Worte werden gesprochen, aber Ben entgleiten sie jetzt, auch seine eigenen. Dawit, Jannis. Ein Journalist mit kantigem Gesicht. Das Lächeln der Justizministerin ist weich. Der Psychologe spricht bedächtig, so leise, dass Ben ihn am schlechtesten hören kann. Oder will er ihn nicht hören? Weist er seine Worte ab? Dann passiert etwas, das er nicht begreift. Inge Schiller beginnt ihre Abmoderation. Sie verweist die Zuschauer auf die nachfolgende Sendung. Einen Spielfilm aus vergangenen Zeiten.

Das Publikum applaudiert. Lichter erlöschen. Ist die Zeit schon um? Die Diskutanten stehen auf, der Journalist entfernt sich schnell, die Ministerin spricht noch mit Frau Schiller. Ben erhebt sich, es fällt schwer. Sein Kopf ist leicht, aber sein Körper scheint eine Tonne zu wiegen. Er läuft, folgt der Ministerin. Hat das Gefühl, dass er irgendwo anknüpfen muss, irgendjemandem muss er sich anschließen, aber die Gruppe ist schon zerfasert, die Redakteurin streift ihn mit einem kurzen Dank, sie lächelt. Die Ministerin geht mit schnellen Schritten einen Gang entlang, Richtung Ausgang, in Begleitung von vier Personenschützern. Ben erreicht den Cateringraum, auf dem Sofa sitzt der Psychologe, er trinkt ein Glas Orangensaft.

Ben wählt einen Energydrink, eine pink schillernde Dose. Er öffnet sie, trinkt. Gierig.

Inge Schiller betritt den Raum. Sie wirkt aufgekratzt. »Danke Ihnen, das war gut, richtig gut«, sagt sie. Der Psychologe sagt etwas, Inge Schiller antwortet, die beiden lachen gemeinsam. Ben kann sie nicht hören. Es ist, als würde kein einziges weiteres Wort in sein Hirn hineinpassen.

Er nimmt seinen Aktenkoffer, verabschiedet sich von den beiden, mechanisch, aber die beiden lächeln ihn an, als sei alles in Ordnung.

Er läuft den Gang entlang, hinter breiten Glasfenstern sieht er schon die Lichter der Stadt, vor dem Studio stehen Fahrer bereit, einer wird ihn ins Hotel bringen. Sein Handy vibriert. Svea.

»Ja?«

»Ben?«

»Hallo, Svea«, sagt er.

»Ich wollte nur kurz sagen, dass es uns gefallen hat. Was du gesagt hast.«

Er schweigt.

»Marlene wollte unbedingt mitschauen. Ich glaube, sie war stolz auf ihren Papa.«

Er nickt.

»Ben?«

»Ja, das freut mich.«

»Du hast kluge Sachen gesagt. Wir waren ganz beeindruckt.«

»Okay.«

»Da ist sicher die Hölle los, also komm erst mal zur Ruhe und schlaf schön später.«

»Ja … ihr auch«, sagt Ben. »Schlaft gut, drück Marlene von mir.«

Er lässt das Handy sinken. Läuft die breite Treppe hinunter zu einer der schwarzen Limousinen, die mit laufenden Motoren warten. Er steigt ein. Nennt den Namen seines Hotels. »Weiß schon Bescheid«, sagt der Fahrer.

Weiß schon Bescheid.

Während der Fahrer anfährt, hat Ben das Gefühl, eins zu werden mit der Nacht.

LANDMANN

Der Anruf weckt ihn, er liegt auf dem Sofa, auf der Schwelle zwischen Nacht und Morgen. Aber die Sonne scheint schon.

Er ist eingeschlafen, nachdem die Talksendung zu Ende gegangen war. Mit einem Gedanken daran, dass er Ben etwas fragen muss. Er weiß nicht, was. Er muss noch herausfinden, wie die Frage lautet. Es war nur dieser Gedanke da, während Ben gesprochen hat. Etwas an seinen Worten, an der Art, wie er sie ausgesprochen hat, hat ihn beschäftigt. Vielleicht den Mathematiker in ihm. Als sei in Bens Worten eine verborgene Gleichung angelegt. Eine, die nicht aufgeht. Nicht ganz.

Während er zum Telefon läuft, denkt er, dass die Sonne schon scheint. Er denkt es mehr, als dass er es wahrnimmt, aber es stimmt. Die Sonne bricht durch die Fenster, sanft, auf leisen Sohlen. Er hält für Sekunden inne, als er sieht, dass er nichts sieht. Ein Anrufer ohne Rufnummernkennung. Dann nimmt er das Gespräch entgegen. Lauscht. Für eine Weile.

»Ja«, sagt er dann.

Der Raum verengt sich. Die Wände steuern auf ihn zu. Langsam. Behutsam, wie die Sonne draußen, die sich schleichend mit dem anbrechenden Tag vereint.

»Ja«, sagt er noch einmal.

Hört zu. Kneift die Augen zusammen. Schließt sie. Steht für eine Weile so da. Betrachtet den Teppich draußen, den See. Erinnerungen zucken auf, graue Bilder, grau auf gelb, auf dunkelblau.

Reisen, denkt er. In der Zeit. Der Gedanke weicht nicht, obwohl er vage bleibt. Reisen. Ankommen. Etwas Neues tun, etwas anderes. Eine Gleichung lösen, die nicht aufgeht, eine Aufgabe, deren Fragestellung einen Fehler enthält.

Einen Ort suchen, den es nie gab.

Sechs

take the leaves
let autumn live
another dream

LANDMANN

Es ist hell und klar und warm. Die Konturen der Dinge scharfkantig und zum Greifen nah.

Landmann fährt einige Minuten lang schmale Wege entlang, biegt mehrfach ab, spürt beiläufig einen Schmerz in den Armen, wenn er lenkt. Dann, nachdem er die Autobahnauffahrt hinter sich gelassen hat und auf die weite Fläche geglitten ist, muss er nicht mehr lenken. Immer geradeaus. Bunte Gefährte fahren, in unterschiedlichen Geschwindigkeiten, auf drei breiten grauen Spuren. Alle folgen derselben Richtung.

Es fühlt sich an, als würde es kein Zurück geben, aber das ist ein falsches Gefühl, denn links von ihm befindet sich eine dreispurige Autobahn, die zurück nach Wiesbaden führt. Würde er die nächste Ausfahrt nehmen, wäre er bald zurück. Wäre es die übernächste, würde es entsprechend länger dauern. Und so weiter.

Der Zweifel, den er empfindet, hat keinen Bestand. Natürlich nicht. Er denkt darüber nach, in Kreisen, in kreisrunden Bahnen, während er sich langsam annähert. Minute um Minute, Kilometer für Kilometer. Dann verschwimmen die Minuten, die Kilometer fransen aus. Alles wird beliebiger, weicher, während die Sonne müde am Himmel hängt.

Der Tag ist träge. Die Erschöpfung, die er empfindet, ist anders als die Erschöpfung, die er gekannt hat.

Mathematik, denkt er. Es hat eine Zeit gegeben, in der er die Mathematik für sich entdeckt hat. Als Mathematiker galt er auch den Kollegen. Es schmeichelte ihm. Er war der Klardenker. Der Analyst. Bei Tatort-Begehungen hat er irgendwann begonnen, diesen Mann, den Klarsichtigen, bewusst zu verkörpern. Er hat begonnen, sich selbst zu spielen. Den Menschen, der er tatsächlich ist, in einer Art Überhöhung zu interpretieren. Das war manchmal anstrengend, hat aber seinen Nimbus befördert, seinen Ruf gestärkt, fast einen kleinen Mythos begründet. Hat die Art und Weise geprägt, wie andere ihn sehen. Bis heute sehen, seit seiner Pensionierung eher noch mehr als in der Zeit seiner Tätigkeit. Landmann. Hauptkommissar a. D. Mathematik.

Als er ankommt, sind Stunden vergangen. Zeit hat sich aufgelöst. Ist verflossen, um nicht zurückzukehren. Für Momente stellt er sich vor, einen Würfel Zeit in der Hand zu halten, genau den Würfel Zeit, der vergangen ist, während er aus Wiesbaden hierhergefahren ist.

Dann hat er, für Sekunden, Barbara vor Augen. Auch sie materialisiert sich, wird Masse, gewinnt Gestalt. Steht ihm vor Augen, grau auf schwarz. Ihre Konturen, ihre Silhouette. Eine Ahnung von ihr. Einmal hat sie gesagt, dass er sie gar nicht kennt. Dass er keine Ahnung davon hat, wie sie wirklich ist. Das hat ihn überrascht.

Er hat geschwiegen und an ihr vorbei in den Himmel gesehen und dann auf den dunkelblauen See, in dem Barbara gerne geschwommen ist, vor allem als Kind. Die Sonne schien hell. Fast, als wolle sie ihn blenden.

Das Hotel ist orange. Das Logo der Kette prangt über dem breiten Eingang. Er parkt den Wagen in der grauen Fläche, auf einem der Parkplätze, die Hotelgästen vorbehalten sind. Es fühlt sich, für Momente, irgendwie angenehm an, befugt zu sein. Berechtigt. Legitimiert. Als sei er am richtigen Ort und in Sicherheit.

Er nimmt die Reisetasche aus dem Kofferraum, sie wiegt leicht, als er sie über die Schulter wirft. Er hat nur das Nötigste eingepackt. Er kann sich gar nicht daran erinnern, was in der Tasche ist, was er hineingelegt hat. Vielleicht ist sie leer. Vielleicht hat er nur eine Tasche mitgenommen, das Gepäck vergessen.

Die Türen öffnen sich wie von Geisterhand, als er näher tritt. Das Gebäude saugt ihn ein, die Lobby ist weitläufig und liegt im Schatten. Es ist angenehm kühl, sommerlich kühl. Eine Kühle, die von der Hitze erzählt, die unter der Sonne herrscht.

Die junge Frau an der Rezeption trägt eine Uniform. Orange. Sie lächelt. Ein wenig wie der Wettermann.

»Hallo«, sagt sie.

Er sieht sie an. Sucht ihren Blick.

»Landmann«, sagt er. »Es müsste reserviert sein. Ich habe angerufen, heute früh.«

»Ja, genau«, sagt sie. »Herr Landmann.«

Er nickt.

Sie betrachtet einen Bildschirm, reicht ihm eine weiße Karte.

»Zimmer 57«, sagt sie. »Fünfter Stock. Die Aufzüge sind hier gleich links, da finden Sie auch unser Restaurant. Frühstück von 6.30 bis 10 Uhr. Das WLAN ist kostenfrei.«

Er nickt. Irgendwie verwirrt es ihn, dass sie alle seine Fragen beantwortet hat, bevor er dazu kam, eine einzige zu stellen. Jetzt fehlen die Worte. Er bedankt sich.

»Gerne«, sagt sie.

Er läuft zum Aufzug, wartet, steigt ein, wird angehoben. Läuft durch den Flur im fünften Stock, sein Blick streift die Nummern der Zimmer. 51, 52, 53, 54.

Der Flur ist weinrot.

Rot wie der Wein, den er getrunken hat, mit Barbara.

Zimmer 57.

Irgendwann.

In einem Würfel, er war angefüllt mit Zeit.

BEN

Hauptbahnhof Berlin. Überall Menschen, die er nicht kennt, aber er hat das Gefühl, sie würden ihn erkennen. Starren ihn an, lächelnd, böse, beiläufig. Dann sieht er tatsächlich ein bekanntes Gesicht. Jetzt ist er es, der den anderen anstarrt. Er kann ihn nicht zuordnen. Kennt ihn, ohne ihn zu kennen.

Er begreift. Es fühlt sich nach Erleuchtung an. Erleuchtung, die kein Licht bringt. Eine Stimme, die ihr Gesicht nicht findet.

»Herr Meininger«, sagt Ben.

Der Mann wendet sich von den Gleisen ab. Betrachtet ihn, mit gerunzelter Stirn.

»Mein Name ist Neven«, sagt Ben. »Ich bin Polizist. Und

ermittle im Fall Ihres Sohnes. Sie hatten bislang mehr mit meinem Kollegen zu tun, Herrn Sandner.«

Der Mann, Dirk Meininger, nickt. Schweigt. *Im Fall Ihres Sohnes,* denkt Ben. Bilder zucken auf, aus der Nacht. Er hat im Hotel auf dem Bett gesessen. Der Laptop zugeklappt auf dem Tisch, der Fernseher stumm. Die Stille war mit Worten durchmischt. Worte, die gesprochen worden waren. In der Talksendung. Er hat noch einmal alles ablaufen lassen, wie von einem Tonband, aber leise, wie geflüstert.

»Ja«, sagt Dirk Meininger.

Ben streckt die Hand aus, reicht sie ihm. Meiningers Hand liegt weich in seiner. Entzieht sich, aber behutsam, so, als wolle Meininger in Wirklichkeit nicht loslassen. Nie mehr loslassen.

»Sie ... hatten auch zu tun, in Berlin?«, fragt Ben.

»Ja«, sagt Meininger. »Ja.«

Ben nickt. Dann begreift er, dass es keine weiteren Worte gibt. Nicht ein einziges. Meininger nickt. Der Zug fährt ein. Für Momente denkt Ben, dass der Lärm alles wegschwemmen wird. Einfach alles. Sobald sich der Lärm gelegt hat, werden sie gemeinsam im Nichts stehen, er und Dirk Meininger. Das Nichts ist ein weißer Raum. Oder blau, grün, gelb. Grau.

»Ja«, sagt Meininger dann, während die Türen sich öffnen und die ersten einsteigen. »Ich suche dann mal ...«

Ben nickt, und Meininger ist schon einige Meter weit gelaufen. Um seinen Platz zu suchen. Den er nicht finden kann. Weil die Worte fehlen. Weil nur noch eines da ist, das auszusprechen sich verbietet. Jannis.

Ein neuer Tag. Ein neuer Morgen, der dem Mittag weicht. Ein neuer Mittag, der vergeht. Pommes mit Ketchup. Menschen sitzen vor ihren Wohnwagen und grillen, Kinder springen ins giftgrüne Wasser des Sees.

Wenn er nicht aufpasst, wird auch der Nachmittag sich verabschieden, ohne dass eine verdammte Sache erledigt ist. Weil seine Gedanken stillstehen. Weil er sie einfach nicht in Bewegung bekommt. Also, die Sache ist die: Möge die verdammte Dreckssonne endlich untergehen. Aber nein, das wird sie nicht. Nicht so bald.

Er wendet den Blick dem Fenster zu. Dem kleinen Quadrat, das am Himmel zu kleben scheint, weil die helle Fassade des Hochhauses in der Sonne verblasst. Holdner stellt sich Folgendes vor: Er könnte dieses kleine Quadrat, dieses Fenster, in seine Hände nehmen, und mit ihm den ganzen Raum, der sich dahinter verbirgt, nämlich Markos Zweizimmerwohnung, und dann könnte er das ganze quadratische Paket hinübertragen zum grünen See, in dem vereinzelte Camper-Kinder baden, und in den Untiefen dieses Wassers würde er die ganze kleine Wohnung einfach versenken.

Auf Nimmerwiedersehen. Mitsamt ihrem einzigen Bewohner, Marko. Und allem, was sich sonst noch so darin befindet. An diesem schönen Sonnentag.

Der Gedanke kommt und geht, verblasst, trübt sich ein, wie die Fassade des Hochhauses.

»Kriegen wir Geld für Eis?«, ruft Laura vom Spielplatz.

»Klar«, ruft Holdner.

Laura kommt angerannt. Nimmt die Münzen, die Holdner ihr reicht. Für den Bruchteil einer Sekunde ihre Haut an seiner Hand.

»Danke!«, sagt sie und ist schon wieder weg.

Er sieht den beiden nach, Laura und Simona, sieht, wie sie um die Ecke rasen, zum See, zum Kiosk. Eis. Vermutlich Wassereis. Am Stil. Waldmeister, Zitrone. Himbeere. Das mag Laura am liebsten.

Holdner schließt die Augen. Spürt umso intensiver die Sonne auf seinem Gesicht. Er weiß, dass er eine kleine Fahrt unternehmen muss. Eine Spritztour ins Grüne. Vorkehrungen treffen.

Er ist lange nicht an diesem Ort gewesen, da, wo der Wald sich eröffnet, als wolle er sich von sich selbst befreien, vom Dickicht. Dort, wo der Wald einen freien Raum preisgibt, eine unerwartete Lichtung, einen hellen, lichten Moment, nur für ihn, Holdner.

LANDMANN

Er sitzt auf dem weißen Bett. Wartet auf einen Impuls. Worte bahnen sich einen Weg, klingen dumpf in ihm nach. Worte, die er gehört hat, am Morgen. Er hat wenig gesprochen, mehr zugehört, als der Polizist anrief. Der Polizist hat seinen Namen genannt, aber Landmann hat ihn vergessen. Das ist ihm selten passiert. Vielleicht nie. Er hat ein sehr gutes Gedächtnis. Nicht zuletzt für Namen.

»Herr Landmann?«, hat der Polizist am Telefon gesagt.

»Ja«, hat er entgegnet.

»Wir haben das Handy von Frau Haller ausgewertet. Barbara Haller. Ist es richtig, dass Sie der Vater sind?«

»Ja«, hat er entgegnet. Hat dem Wort nachgelauscht.

Dann hat der Polizist berichtet. Landmann hat zugehört. Worte, die im Raum schweben, ihren Platz finden, eine Aussage kristallisiert sich heraus, eine Nachricht.

Er hat geschwiegen.

»Herr Landmann?«

»Ja.«

Der Polizist, am anderen Ende der Leitung, hat gezögert.

»Ja, ich verstehe«, hat Landmann gesagt.

»Wir würden gerne, wenn das möglich ist, mit Ihnen …«

»Das ist möglich«, hat er gesagt. »Ich fahre gleich los. In zehn Minuten.«

Während er am Fenster gestanden hat, mit dem Telefon in der Hand, hat er darüber nachgedacht, warum er das gesagt hat. Warum zehn Minuten? Warum nicht zwanzig? Dreißig? Fünfzehn? Fünf?

Zehn Minuten, das ist wenig Zeit. Aber ausreichend. Er hat nicht auf die Uhr gesehen, aber wenn er jetzt zurückdenkt, wenn er versucht, einzuschätzen, wie viel Zeit er tatsächlich benötigt hat, dann vermutet er, dass es weniger war. Er hat für eine Weile am Fenster gestanden. Dann, nachdem er sich vom Fenster abgewendet hatte, mit einem Ruck, der durch seinen Körper ging, hat er vermutlich nur noch wenige Minuten gebraucht, bevor er in den Wagen gestiegen und losgefahren ist. Hat nur eine Tasche gepackt.

Ist losgefahren, mit der Tasche auf dem Beifahrersitz. Sein jüngster Gedanke hat stillgestanden, die Tasche war befüllt, mit nichts.

Jetzt steht er auf, tritt ans Fenster heran. Ein anderes Fenster, eine andere Tageszeit. Am Morgen hat er in Wiesbaden am Fenster gestanden. Jetzt steht er hier. Am Fenster seines Hotelzimmers, das funktional und sauber ist.

Ein Flachbildfernseher, ein Teekocher, eine Minibar. Gummibärchen auf weißen Kissen, zur Begrüßung. Für Momente schießt ihm durch den Kopf, dass er sie Barbara mitbringen könnte. Die Tüte mit den Gummibärchen. Barbara hat gerne Gummibärchen gegessen. In einer anderen Zeit, an einem anderen Tag. Aber wer einmal gerne Gummibärchen isst, isst immer gerne Gummibärchen. Würde er Barbara die Gummibärchen mitbringen und könnte Barbara sie entgegennehmen, würde sie sich vermutlich freuen. Würden sie ihr vermutlich schmecken.

Er betrachtet die bunten Gummibärchen, auf dem weißen Kissen. Bunt ungleich weiß.

Er wendet sich ab und läuft. Zur Tür. Öffnet sie, den Flur entlang zum Aufzug, in der Lobby streift sein Blick die junge Frau an der Rezeption. Er tritt ins Freie, läuft zu seinem Wagen. Barbaras Handy haben sie ausgewertet. Die Polizisten. Er versucht, sich die Polizisten vorzustellen. Die Szenerie. Ein Handy auswerten. Barbara hat ihre PIN immer auf die Rückseite ihrer Smartphones geklebt. Weil sie so vergesslich war.

Sie haben dann also seine Nummer gefunden. Vermutlich auch die letzte Nachricht, die er versendet hat. Eine Nachricht, die ihren Empfänger nicht fand. Er hat es bemerkt, und es hat ihn beschäftigt. Der Gedanke kam und ging. Kehrte zurück, verschwand.

Seine letzte Nachricht war ein Daumen, der nach oben deutete. Nachdem Barbara ihm geschrieben hatte, dass sie jetzt klarer sehe. Dass sie die Schauspielschule abbrechen werde, um etwas Neues zu beginnen. *Was denn?* Hat er gefragt. Habe ein paar Sachen vor Augen, hat sie geantwortet. Daraufhin hat er einen Daumen nach oben versendet. Barbara fand es lustig, dass er Emojis schickte. Keiner in ihrem Freundeskreis schicke so viele Emojis wie er. Und die seien alle jünger. Logischerweise.

Keine Sonne und keine Blume. Vielleicht wäre das besser gewesen, eine Sonne zu verschicken.

Eine Blume.

Ein lächelndes Gesicht.

BEN

Der Zug fährt zügig voran, durchstößt die Sekunden, lässt die Minuten zur Seite wegsacken, beiläufig, wie lästige Kieselsteine. Ben studiert die aktualisierte Fallakte im Intranet, die Verbindung ist schlecht, aber ausreichend. Von Zeit zu Zeit streift ihn der Gedanke, dass der Mann, für den dieser Fall ein ganzes Leben ist, nur wenige Meter entfernt in einem Waggon dieses Zuges sitzt. Dirk Meininger. Vielleicht macht er sich gerade auf den Weg, in den Speisewagen, um einen Kaffee zu trinken. Oder ein kühles Wasser.

Ben trinkt beides, einen Kaffee, ein Wasser. Er ordert

beides nach. Isst eine Portion Nudeln mit Fleischsoße. Einmal, als der Zug hält, versucht er, Landmann zu erreichen, aber er erreicht nur die Mailbox. Er spricht eine Nachricht auf, den Blick dem Fenster zugewandt und den Reisenden, die eilig vorübergehen. Eine Stimme vermeldet erhebliche Verspätung und den Ausfall eines Folgezuges. Menschen strömen herein, gehen vorüber. *Bis bald,* sagt Ben am Ende zum abwesenden Landmann, lässt das Telefon sinken.

Er widmet sich wieder der Akte, liest, dass inzwischen die konkreteren Hinweise gegengeprüft wurden. Weder der Junge, Lars May, noch die ältere Dame, die ausgesagt hat, Jannis Meininger und den Unbekannten in der Umgebung der Schule gesehen zu haben, konnten einen der Männer, die aus den Hinweisen herausgefiltert wurden, zweifelsfrei zuordnen. Natürlich nicht. Wie soll Lars May, konfrontiert mit einer Reihe von Fotos, den Mann wiedererkennen, dessen Blick ihn gestreift hat, vor Jahren? Den er als Teddybären abgespeichert hat, als Bären, der ihm einen Tiger schenken wollte. Inzwischen liegt eine Liste der Ketten vor, die die Teddys verkaufen. In Deutschland. In Österreich. Es sind recht viele, allein in Wiesbaden und Umgebung mehr als zwanzig.

Der Zug fährt träge an. Nimmt Fahrt auf. Dann rast er, als sei er auf der Flucht. Als Ben den Blick vom Display seines Handys abwendet, blickt er in die Augen von Dirk Meininger. Zum ersten Mal erkennt er unmittelbar die Ähnlichkeit. Vater und Sohn. Der Sohn hat Dirks Augen. Kein Kuckuckskind, denkt Ben. Als sei damit immerhin schon etwas geklärt, als sei er einen Schritt vorangekommen. Er weiß nicht, wer zuerst den Blick abwendet, Meininger oder

er selbst, aber als er den Kopf wieder anhebt, ist der Gang
leer, Dirk Meininger verschwunden, so wie Jannis.

JANNIS

Er ist in einem Zwischenraum. Zwischen der Sonne und
dem Schatten. Zwischen der Schule und dem, was danach
kam. Zwischen dem Tag und der Nacht. Die Schule ist grau,
der Rasen grün, die Tische weiß, die Leute sind hell, die
Sonne ist gelb.

Der Raum, in den er das Playmobilschiff gebracht hat, ist
dunkel. Aber nicht unangenehm dunkel. Eher angenehm
kühl, weil es draußen so heiß ist. Da sind Mama, Sarah und
eine Frau, die mit Mama redet. Sarah sieht sich die Sachen
an, die es zu kaufen gibt. Kaut einen Kaugummi. Ihr Lächeln streift ihn, dann rennt er nach draußen. Raus, in die
Hitze, ins Helle. Er läuft an den Tischen entlang, überall
bunt. Bunte Sachen. Bunt. Alles ist bunt. Die ganze Welt.
Der Teddy ist hell, hellgrau, fast weiß. Heller als alles andere. Jannis ist wie geblendet.

Er läuft, nimmt den Teddy, nimmt die Hand, denkt darüber nach, was er sagen wird, wie er allen sagen wird, dass
das sein Teddy ist, dass er ihn gewonnen hat, weil er bei
irgendetwas der Beste war, bei irgendeinem Wettbewerb.
Seine Gedanken verlieren sich, und dann denkt er noch,
dass er gar nicht hier laufen sollte, dass er sich entfernt von
den anderen, von den Tischen, von der Schule, von Mama,
Sarah, dann wird es komplett dunkel.

Alles ist weg. Er ist irgendwie in einem Spalt gelandet, zwischen der Sonne und dem Schatten. Ist er hingefallen? Ohnmächtig geworden? Er denkt an Sarahs Lächeln, das ihn gestreift hat, bevor alles so schnell ging, Teddy, Sonne, dunkel. Sarahs Lächeln, daran denkt er. Schließt die Augen, presst sie fest zusammen, bis er es sehen kann.

LANDMANN

Als er ankommt, erkennt er das Haus sofort wieder. Ein Mehrfamilienhaus, die WG ist im ersten Stock. Als er zuletzt hier gewesen ist, hat Barbara mit drei Mitstudentinnen aus der Schauspielschule hier gewohnt. Wie lange ist das her?

Er geht die Monate in Gedanken durch, reist in der Zeit zurück. Früh im Jahr, Schnee. Januar. Mitte Januar. Sie haben am Küchentisch gesessen und über Barbaras Pläne gesprochen. Sie hat ihm erzählt, dass sie im Mai in einem Theaterstück an der städtischen Bühne mitwirken werde. Er hat in Erwägung gezogen, zur Premiere zu kommen. Er weiß nicht mehr, warum er es nicht getan hat.

Hat sie ihn noch einmal daran erinnert?

Er fährt an dem Haus vorüber. Sieht, dass die Eingangstür offen steht, sieht Männer, die nur Polizisten sein können. Zwei kommen heraus, einer geht hinein. Sie nicken einander zu, wechseln Worte.

Worte, denkt er, während er den Parkplatz ansteuert. Was hat der Polizist gesagt, am Vormittag, am Telefon?

»Frau Barbara Haller ist demnach Ihre Tochter?«

»Ja«, hat er entgegnet.

»Der Nachname …«

»Sie trägt den Nachnamen ihrer Mutter. Wir waren nicht verheiratet. Was …«

»Ich muss Ihnen die traurige Mitteilung machen, dass wir Ihre Tochter tot aufgefunden haben. In ihrer Wohnung.«

Er hat geschwiegen. Nicht verstanden, obwohl die Aussage eindeutig war.

»In der Sandgasse 15«, hat der Polizist gesagt, am anderen Ende der Leitung.

»Ja«, hat er gesagt. Genau, da wohnt sie, hat er gedacht. Er hat den Namen der Straße immer irgendwie als eigenartig empfunden. Als sei ein Strand in der Nähe, aber die Straße ist mitten in der Stadt. Er hat geschwiegen, keine Worte gehabt.

»Wir wissen noch nicht, was genau passiert ist. Es gibt aber keine Hinweise auf Fremdverschulden.«

Er hat die Augen zusammengekniffen. Fremdverschulden? Was?

»Um ehrlich zu sein, wir wissen einfach noch nicht, was passiert ist. Wann hatten Sie zuletzt Kontakt zu Frau Haller?«

Er hat darüber nachgedacht. »Vor etwa einer Woche«, hat er gesagt.

»Haben Sie sie getroffen?«

»Nein. Nein. Wir haben Nachrichten gewechselt. Auf dem Handy.«

»Verstehe.«

Eine Woche, hat Landmann gedacht. Seit einer Woche

fragte er sich, warum Barbara nicht irgendwann online ging. Warum sie sich nicht zurückmeldet. Aber das kam ja immer wieder mal vor.

»Ich habe seit einigen Tagen versucht, Barbara zu erreichen. Das Handy war auch angeschaltet, aber … ja … sie ging nicht ran.«

»Das Handy hing am Strom«, hat der Polizist gesagt.

Der Satz hallt nach. Die Bedeutung dahinter. Wenn das Handy am Strom hängt, wird der Akku nicht entladen. Warum sagt der Polizist das? Wann … wann …

Wann …

»Ich muss Ihnen sagen, dass Ihre … Tochter für einige Zeit in der Wohnung gelegen hat«, sagt der Polizist.

Ein Gedanke ist eingerastet. Der Gedanke ist schwarz gewesen.

Landmann hat gewartet. Auf irgendein Wort.

»Herr Landmann?«, hat der Polizist gesagt.

Jetzt steigt er aus dem Wagen und fragt sich, ob er den Mann, mit dem er telefoniert hat, erkennen wird. Die Stimme klang jung, aber das muss nichts heißen.

Er geht auf das Haus zu. Es gewinnt an Größe, mit jedem Schritt, den er macht. Ein gelbes Haus, angestrahlt von einer hellen Sonne. Dann steht er davor. Unschlüssig. Fragend. Unfähig, den nächsten Schritt zu machen. Vage Erinnerungen zucken auf.

»Herr Landmann?«

Er dreht sich um. Sieht einen jungen Mann. Erkennt die Stimme.

»Ja«, sagt er.

»Wir haben telefoniert. Jens Brunner.«

Er nimmt seine Hand. Sekunden vergehen, er lässt die Hand los.

»Ist Barbara …«

»Sie ist bereits in der Gerichtsmedizin. Sie wird morgen obduziert. Eine Identifizierung auf Basis von Fotos in der Wohnung war möglich, aber wir würden Sie dennoch darum bitten wollen …«

»Natürlich«, sagt Landmann.

Natürlich. Natürlich. Natürlich. Er nickt. »Kann ich die Wohnung sehen?«

»Ja. Sicher«, sagt der junge Polizist. Brunner. Jens. Jetzt hat er den Namen vor Augen, um ihn nie wieder zu vergessen.

Er läuft. Er geht voran. Der junge Polizist folgt ihm, und Landmann kneift die Augen zusammen, ist plötzlich in seinem Element, ist der Leiter der Ermittlungen, nimmt zwei Stufen mit einem Schritt, betritt die Wohnung. Dann verpufft der Moment. Er hält inne, weicht zurück, steht auf der Schwelle. Er betrachtet die schweigenden Männer, die im Raum stehen. Augen sind auf ihn gerichtet.

»Das ist Herr Landmann«, sagt Jens Brunner, der jetzt neben ihm steht. »Der Vater der Toten.«

Etwas in ihm zerbricht.

Vater der Toten.

»Herr Landmann?«

Das ist Brunners Stimme. Sie wabert aus der Ferne auf ihn zu. Landmann kneift wieder die Augen zusammen, stellt seinen Fokus neu ein. Der Flur, rechts die Küche, links hinten das erste Schlafzimmer, daneben das zweite, daneben das dritte, rechts hinten das Badezimmer. Er spult Erinnerungen ab, sieht sich in der Küche sitzen, am Tisch, mit einem Glas Wein. Er spürt eine Hand unter seinem Arm. Eine stützende Hand, Brunners Hand.

»Es geht«, sagt er. »Danke.«

Er läuft. Ein Gedanke steht im Raum, eine Frage. Er geht in die Küche, hört Brunners Schritte in seinem Rücken.

In der Küche bleibt er stehen, betrachtet den schmalen Tisch. Am Kühlschrank kleben kleine quadratische Zettel in allen Farben. Mit krakeligen Notizen.

»Ihre Tochter war allein in der Wohnung«, sagt Brunner. »Wir haben zwei ihrer Mitbewohnerinnen im Urlaub erreicht. Sie sind gemeinsam in Italien.«

Landmann nickt.

»Die dritte, Frau Bahia, haben wir noch nicht erreicht, aber nach Aussage der beiden anderen ist sie bei Verwandten in Tunesien.«

»Ja«, sagt Landmann. Lea Bahia. Sie stammt aus Tunesien. Die beiden anderen? Lisa und Lara. L plus L plus L. Barbara hat darüber gelacht, als sie ihm vor einigen Monaten von ihren aktuellen Mitbewohnerinnen erzählt hat. Im Januar. Sie haben am Tisch in der Küche gesessen, roten Wein getrunken, draußen fiel weiß und flockig Schnee.

»Die beiden, die wir erreicht haben, wollen ihren Urlaub abbrechen. Sie waren … zutiefst schockiert«, sagt Brunner.

Landmann sieht ihn an. Er hat Fragen. Oder nicht? Eine steht im Raum. Nein, sie liegt. Liegt quer.

»Wo … wurde sie … aufgefunden?«

»Hier. In der Küche«, sagt Brunner.

Stille. Brunner schweigt und seine Kollegen, zwei in weißen Überwürfen der Kriminaltechnik, halten inne.

Landmann nickt. Kneift die Augen zusammen. Schon wieder. Als könne er dann klarer sehen, aber das kann er nicht. Er sieht sich um. Halbherzig, widerwillig. Plötzlich denkt er, dass er genug gesehen hat. Er will nichts mehr sehen.

»Hat Ihre Tochter, als Sie zuletzt mit ihr sprachen, irgendwas gesagt, das uns weiterhelfen könnte?«, fragt Brunner.

Die Worte klingen nach. Er gleicht sie mit seinen eigenen ab. Ähnlich hat er die Frage gestellt. Ungezählte Male. Er war Ermittler. Er hat Menschen befragt, denen Schlimmes widerfahren ist.

Was, denkt er.

Was. Ist. Passiert?

»Nein«, sagt er.

»Wir wissen, wie gesagt, noch nicht, wie genau Frau Haller ... Ihre Tochter ... aber können Sie uns sagen, ob sie irgendwann einmal in Behandlung war? Möglicherweise im Kontext einer klinischen Depression?«

Nein, denkt er. Aber er wartet. Horcht in sich hinein. Ist er sich sicher? Was weiß er eigentlich? »Nein. Meines Wissens nicht. Absolut nicht, sie war sehr fröhlich.«

Das stimmt. Er speichert den Gedanken ab, weil er stimmt. Hinterlegt ihn. Um ihn später weiterdenken zu können.

»Gibt es denn ...«

»Nein«, sagt Brunner.

Er versteht meine Fragen, bevor ich sie stelle. Wie die Frau an der Rezeption im Hotel.

»Nein, wir haben nichts gefunden. Keinen Abschiedsbrief«, sagt Brunner. »Es ist möglich, dass es ein Unfall war. Es ist im Moment unsere wahrscheinlichste Option.«

Option, denkt Landmann.

Kein Abschiedsbrief.

»Die Kohlenmonoxid-Konzentration in der Wohnung war zum Zeitpunkt des Auffindens leicht erhöht. Allerdings haben die Techniker bislang keinen Defekt an der Gastherme feststellen können.«

Des Auffindens, denkt Landmann. *Zeitpunkt.* Die Worte bleiben kleben, hinter der Stirn.

»Ich muss gestehen, dass ich mich damit nicht auskenne und hier auf die Expertise der Techniker angewiesen bin«, sagt Brunner. »Die Obduktion des Leichnams ist auf morgen Vormittag terminiert.«

Leichnams.

Terminiert.

Rätsel, denkt er. Rätsel. Er ist ja derjenige, der die Rätsel löst. Er ist Landmann, der Klardenker, der Mathematiker. Aber was, wenn …

Eine Angst keimt auf, noch nicht ganz greifbar. Dass er den Fall nie lösen wird. Ausgerechnet diesen. Diesen einen.

»Ich war auch Polizist«, murmelt er.

HOLDNER

Nachmittag. Bald wird die Erde schmelzen. Der blaue Himmel wird sich herabsenken, die grelle Sonne ihre Arme ausstrecken und diesen Planeten einfach zermalmen. Dann ist ohnehin alles egal.

Das Bild hängt schief in seinem Hirn, unvollendet. In jedem Fall ist es ein scheißheißer Tag. Plantschen, in kühlem Nass, das wäre es, was Holdner nun vorschweben würde, aber er hat anderes zu tun.

Er sitzt in seinem glühend heißen Wagen und sucht die Umgebung ab. Die weite Fläche, den schmalen Pfad, der direkt auf die akkurat stehenden Bäume zusteuert, auf den Rand des Waldes. Der Wald wird ihn verschlucken, wird ihn zerkauen und ausspeien. Wenn er jetzt losfährt, auf die Bäume zu, in den Wald hinein.

Er fragt sich, woher diese Bilder kommen. Übersteigerte Fantasien, überdosiert. Hysterisch? Ist er außer Kontrolle? Darüber sollte er in aller Ruhe nachdenken. In aller Ruhe in Betracht ziehen, dass er hysterisch ist, dass ihn die Angst gepackt hat, dass sie ihn am Wickel hat. Wie man so sagt.

Oder? Er lacht. Auch Lachen kann eine Folge von Hysterie sein. Man lacht, um die Panik zu überspielen. Man lacht oder man schweigt oder man steht einfach nur da und nickt, so wie Marko, dieser Volldepp.

Hat genickt und die Polizisten angestiert, als sei er nicht ganz bei Trost. Was er natürlich auch nicht ist. Wo ist Marko? Im Supermarkt. Holdner hat ihm noch nichts gesagt. Wird ihn später in seine Pläne einweihen. Wenn die Zeit reif ist. Er kann jetzt keinen Idioten an seiner Seite brauchen, der dumme Fragen stellt.

Marko ist im Supermarkt, Getränkekisten stapelnd. Das ist ganz in Ordnung so.

Dem Jungen hat er etwas zu trinken und zu essen gebracht. Er war halb wach. Benommen. Hat ihn kaum wahrgenommen. Holdner hat geschwiegen, seine Maske getragen. Gleich anschließend ist er in sein Büro gegangen und hat die Aufnahme der Überwachungskamera gelöscht, die ihn beim Betreten von Markos Wohnung zeigt. Er hat alles im Griff. Jeden seiner Schritte.

Sein nächster Schritt führt in den Wald hinein. Es ist eine fast gerade Strecke, er wird sie fahren, Schritt an Schritt reihen, in Schrittgeschwindigkeit. Er steigt aus, blickt sich noch einmal um. Eine weite Fläche, weit und breit niemand. Er steigt ein, fährt los. Die Bäume nähern sich an, still und schweigend, Verbündete. Als er in ihren Schatten eintaucht, ist das Gefühl plötzlich ein gutes, anderes. Er wird nicht verschluckt, um ausgespuckt zu werden, nein, er verschmilzt mit Schatten, die ihn willkommen heißen. Er fährt, in die Dunkelheit hinein, wohl wissend, was ihn am Ende des Weges erwartet. Er weiß es, sieht es vor Augen, Sekunden, bevor er ankommt, und er denkt, dass er zu lange nicht hier gewesen ist.

Die Lichtung.

Es ist wie Zauberei. Eine Zauberwiese. Etwas, das gar nicht da sein kann, aber es ist da. Sein Raum, eine Lichtung, die heller ist als der andere Raum, der, in dem er losgefahren ist. Es ist Jahrzehnte her, seitdem er diesen Ort entdeckt hat, zufällig, damals war er mit dem Fahrrad unterwegs, allein, als ihn seine Gedanken eingeengt haben und er das Gefühl hatte, rauszumüssen, weg. Und gefunden hat er diese, von Sonne angestrahlte, strahlend helle Lichtung in einem dunklen Wald, ein wenig außerhalb, eine knappe Stunde entfernt von allem anderen, ein Wald, den nur er zu kennen scheint.

Er steigt aus, bleibt für eine Weile stehen, betrachtet die Fläche, schließt die Augen, öffnet sie. Dann geht er zur

Rückfront des Wagens, öffnet den Kofferraum, nimmt die Schaufel heraus und denkt, dass er ins Schwitzen kommen wird. Gewaltig ins Schwitzen.

Der Gedanke fühlt sich merkwürdig angenehm an, bedeutend angenehmer, als er befürchtet hat.

LANDMANN

Sie fahren eine breite Straße entlang. Er sitzt auf dem Beifahrersitz. Brunner schweigt. Dann biegt er auf einen großen Parkplatz ab. Landmann betrachtet den flachen Bau, den er sofort zuordnen kann, obwohl er hier noch nie gewesen ist. Er sieht, dass in diesem Gebäude eine Gerichtsmedizin untergebracht ist.

Er folgt Brunner zum Eingang. Brunner telefoniert, er hört bruchstückhaft seinen Anteil am Dialog. *Ja, sind da. Nein. Ja. Morgen Vormittag, das ist schon ... ja ... gut. Bis gleich.*

Dann laufen sie einen Gang entlang, im kühlen Schatten. Vor einer Schwenktür hält Brunner inne. Landmann begreift etwas, aber es spielt keine Rolle mehr. Zu spät. Zu spät, um umzukehren.

Wohin würde er gehen, von hier aus?

Brunner wirft Landmann einen Blick zu, bevor er die Tür öffnet. Landmann läuft. Eine Frau kommt ihm entgegen. Mittleren Alters, klein, mit offenem Blick. Er gibt ihr die Hand. Sie spricht ihr Beileid aus.

»Ja. Danke«, sagt er. Vage geht ihm durch den Kopf, dass

es gut so ist. Gut, dass Barbara von einer Frau obduziert werden wird. Wenn diese Gerichtsmedizinerin denn diejenige sein wird, die die Obduktion durchführt.

Dann gleitet sein Blick ab. Senkt sich hinab auf ein neues Feld. So fühlt es sich an. Er müsste stehen, wo Brunner steht. Er kennt Brunners Gesichtsausdruck, hat ihn gespürt, auf seinem eigenen Gesicht, wenn er neben den Menschen in der Gerichtsmedizin stand. Mitfühlend, empathisch. Er hat sich diese Empfindung nie abringen müssen.

Jetzt ist es Brunner, der ihm zur Seite steht. Er, Landmann, steht am falschen Platz. Im falschen Moment. In der falschen Stadt.

Die Gerichtsmedizinerin hebt ein Tuch an.

Er verliert sich.

Findet sich wieder, für Momente, tritt näher heran, richtet seinen Fokus aus. Öffnet die Augen, schließt sie, öffnet sie.

Nein, denkt er.

Dann verliert er sich wieder.

Verschmilzt, wird eins mit dem leeren Raum, in den er hineingreift, mit beiden Händen, während er fällt.

CHRISTIAN

Am Nachmittag gehen die Taucher ins Wasser. Mit einem kleinen Boot fahren sie raus, schweigsam, konzentriert. Christian steht am Ufer des Sees, der größer ist, als er in Erinnerung hatte. Er ist hier schon einige Male gewesen, das ist lange her. Mit Natalie war er nie hier, den See haben sie entdeckt, er und seine neuen Schulfreunde, in der neuen Stadt, Wiesbaden, nachdem Natalie gestorben war.

Ein Naturschutzgebiet, eigentlich ist das Baden hier untersagt, aber er ist dennoch geschwommen, damals, mit seinen Freunden, nachdem sie hergezogen waren. Sein Vater hatte eine Stelle in Wiesbaden angetreten. Jetzt erinnert er sich. Er ist sogar von der schmalen Brücke gesprungen, die recht hoch über dem Wasser hängt, auf der anderen Seite, er kann die Brücke sehen, er sieht auch, dass jetzt, in diesem Moment, Kinder darauf balancieren, bereit zu springen. Sie haben gar nicht mitbekommen, dass hier, am anderen Ende des Sees, ein Polizeieinsatz stattfindet, und die polizeiliche Absperrung reicht bei Weitem nicht bis zu ihnen hinüber.

Zwei Welten, denkt Christian. In der einen springen Kinder lachend ins Wasser, in der anderen suchen Taucher nach einem toten Kind.

Er erinnert sich daran, an die Monate und Jahre nach Natalies Tod. Er ist mit Freunden hier gewesen. Ist eingetaucht. Er erinnert sich. Manchmal, nicht immer, aber manchmal hat er im Moment des Eintauchens an Natalie gedacht und daran, dass auch sie eingetaucht ist, in eine andere Welt, die er nicht kennt. Eingetaucht, um nicht zurückzukehren.

Dann ist er aufgetaucht, seine Freunde haben seinen Sprung kommentiert. A- und B-Note. Launiges Gerede, müßige Tage, kühles Wasser, später ein Eis essen.

»Schwimmen dahinten Kinder?«, fragt Malvi, der herangetreten ist, Christian hat ihn nicht kommen hören.

»Ja.«

»Das ist doch hier verboten. Wieso ist denn die Absperrung nicht auf das ganze Gelände ausgeweitet worden?«

Christian schweigt. Er sucht das Wasser nach den Tauchern ab, die unter der Oberfläche verschwunden sind. Ein Bild schiebt sich vor seine Augen, er stellt sich vor, dass die Taucher findig werden. Sie schieben einen Körper über das Wasser, zu zweit, behutsam, es ist nicht Jannis, es ist Natalie. So wie er sie in Erinnerung hat. Eine Silhouette, eine Ahnung. Die Taucher schweigen. Schweigend heben sie Natalie ins Boot. Christian möchte hinüberlaufen, aber er kann sich nicht bewegen.

»Tja«, sagt Malvi.

Das Bild vor Christians Augen zerplatzt. Malvi, denkt er. Malvi.

Fünf.

Er wendet sich Malvi zu. Folgt seinem Blick.

Einer der Taucher ist aufgetaucht. Schüttelt den Kopf, um zu signalisieren, dass er vorläufig nichts gefunden hat. Kein Kind, keinen Jungen, niemanden.

LANDMANN

Er liegt am Boden. Hebt den Blick. Sieht die Gerichtsmedizinerin, die ihm ein Glas anreicht. Ein Glas mit Wasser. Oder Wodka? Einmal kam Barbara sturzbetrunken nach Hause, zwischen Nacht und Morgen, er hatte sich Sorgen gemacht.

»Wodka«, hat sie gesagt, auf seine Frage, was sie getrunken habe.

Wie alt ist sie gewesen? An diesem Tag? Siebzehn, denkt er. Siebzehn oder sechzehn.

Er richtet sich auf. Findet Brunners Augen. Brunner sitzt in der Hocke. »Geht es?«, fragt er.

Landmann nickt, trinkt einen Schluck Wasser. Das Wasser schmeckt glasklar. So klar, dass er für Momente sicher ist, gleich zu begreifen. Alles. Klar zu sehen. Aber der Moment vergeht, und als er noch einen Schluck von dem Wasser trinkt, ist es einfach nur Wasser.

Eine Weile später sitzen sie in Brunners Büro. Die Sonne flutet in flachen Strahlen durch die Jalousien am Fenster. Landmann kann sich nicht daran erinnern, wie sie hierhergekommen sind.

»Herr Landmann, ich möchte einige Fragen stellen, zu Frau Haller«, sagt Brunner.

Landmann sieht ihn an. »Barbara«, sagt er.

»Ja. Barbara.«

Landmann nickt.

»Barbaras Mutter, Elise, ist kurz nach der Geburt verstorben. Ist das richtig?«

Landmann nickt. »Vor 26 Jahren.«

»Dann hat Barbara bei Ihnen gelebt.«

Aus a folgt b folgt c folgt d.

»Ja«, sagt Landmann.

Folgt e folgt f.

»Ging das denn? Sie als Polizist ...«

»Das ging tatsächlich«, sagt Landmann. »Alles andere ist Klischee.«

Klischee, denkt er.

»Ich hatte phasenweise eine Lebenspartnerin. Wir haben es ganz gut hinbekommen, denke ich.«

Phasenweise. Lebenspartnerin. Keines dieser Worte entspricht ihm, er drückt sich eigentlich anders aus. Weniger gestelzt. Aus seinem Mund spricht ein Fremder. Er fragt sich, ob Brunner das wahrnimmt. Ob er es erkennen kann. Ob Brunner ein guter Polizist ist. Ein Polizist, der in der Lage sein könnte, den Fall zu lösen. Aber welchen Fall?

Was. Ist. Passiert?

Eine Erinnerung zuckt auf. Elise. Der Moment, in dem er die Nachricht erhält, dass sie verstorben ist, wenige Tage nach der Geburt. Eine seltene Komplikation. Dieser Tag, die Tage danach. Der Tag, an dem er Barbara zum Auto trägt und nach Hause fährt, unter den Blicken der Krankenschwestern.

Die Jahre danach. Verschüttet. Er weiß nur noch, dass er irgendwann glücklich war. Glücklich, weil Barbara lebte.

Elises Tod, Barbaras Leben. X gleich y. An dem Tag, an dem Barbara gelernt hat zu lächeln, hat er gelernt zu weinen.

HOLDNER

Er arbeitet verbissen. So ist es immer gewesen. Wenn, dann richtig. Keine Kompromisse. Ganz oder gar nicht. Er rammt die Schaufel in die trockene Erde.

Es fühlt sich an, als sei die Aufgabe nicht zu bewältigen, in Zeiten der Dürre, der Hitze, in Zeiten eines unnatürlich anmutenden Sommers. Aber dieses Empfinden treibt ihn nur weiter an.

Er pusht sich, feuert sich an. Stöhnt, schreit. Aber leise, er fängt den Schrei ein, dämpft ihn ab, stellt sicher, dass er auf der Lichtung verweilt, so wie er selbst, nur sie beide, allein, er selbst und der Schrei.

Irgendwann richtet er sich auf, verlässt die Grube, steht am Rand, blickt hinab. Einen Meter und achtzig tief will er graben. Alles soll seine Ordnung haben. Er hebt den Blick, lässt ihn schweifen, lässt ihn wandern, über die Gräser, die kahlen Wege, bis hin zu den hohen grünen Bäumen, die still stehen.

Grillen zirpen. Laut. Merkwürdig, dass er es bislang nicht gehört hat. Grillen oder Insekten ähnlicher Herkunft. Jetzt richtet sich seine ganze Wahrnehmung darauf aus, während er den Blick weiter wandern lässt über die weite, trockene Fläche Boden. Dann betrachtet er wieder die Grube, fragt sich, wie es ihm gelungen ist, sie auszuheben. Er schwitzt kaum, ihm ist eher kalt. Vermutlich ist der Schweiß irgendwie eingetrocknet, bewirkt jetzt das Gegenteil von dem, was man erwarten sollte.

Alles ist anders als erwartet, das mag er nicht. Er mag es, wenn die Dinge einen geregelten Gang nehmen, im Rahmen seiner Wünsche und Vorstellungen. Nur nicht krank werden jetzt, denkt er. Keine Sommergrippe oder so einen Mist.

Er macht einen Sprung, zurück in die Grube. Für Momente denkt er, dass er umknickt, sich den Knöchel verstaucht, dass er nicht mehr rauskommen wird, aus der Grube. Aber alles gut. Er lockert die Beine, massiert kurz seine Waden, dann nimmt er die Schaufel und macht sich wieder an die Arbeit.

SARAH

Am Abend kommt Papa nach Hause, Mama sitzt auf dem Sofa, und sie geht, ohne sich zu verabschieden.

Sie läuft zur Bushaltestelle. Der Bus kommt nach wenigen Minuten. Sie steigt ein, setzt sich in die hinterste Reihe und bemerkt beiläufig, dass sie ihre Monatskarte nicht dabeihat. Die ist in ihrem Schulrucksack. Sie ist sich sofort sicher, dass heute die Fahrkarten kontrolliert werden, was eigentlich eher selten passiert, alle paar Wochen mal.

Sie lehnt sich zurück. Weiter vorne sitzt Lukas, ein Junge aus einer der Parallelklassen. Wirft er hastige Blicke? Wendet sich ab? Einige Minuten vergehen, dann steigt der Mann zu, der die Fahrkarten kontrolliert. Sie muss unwillkürlich lächeln. Dann nistet sich ein Gedanke ein, ganz unmittelbar. Dass sie das gewusst hat. Wenn sie das weiß, dann kann sie auch andere Sachen wissen. Dann kann sie wissen, wo Jannis ist. Sie muss sich nur anstrengen, sie muss endlich nachdenken. Der Mann trägt eine Art Uniform und ein Gerät, mit dem er Karten scannen kann. Er steht bei ihr. Schweigt. Sie wartet.

»Fahrkarte?«, sagt er.

»Brauche ich nicht«, sagt sie.

Er lächelt. Weder freundlich noch unfreundlich. Sie fragt sich, wie das geht. Er kann es jedenfalls.

»Fahrkarte bitte«, sagt er. Nicht freundlich, nicht unfreundlich. Aber freudlos, und das freudlose Lächeln ist auch schon wieder weg. Zum ersten Mal denkt sie darüber nach, wie dieser Mann eigentlich so lebt. Was er macht, wenn er nicht in diesem Bus die Fahrkarten kontrolliert. Wahrscheinlich Fahrkarten kontrollieren. In anderen Bussen.

»Mein Bruder ist verschwunden. Entführt. Vielleicht tot. Ich brauche keine Karte«, sagt sie.

Er steht einfach nur da. Nichts an ihm verändert sich, aber sie sieht, dass sich alles verändert. Eine Weile vergeht. Sie fängt einen Blick des Jungen auf, aus der Parallelklasse, Lukas. Der Junge wendet sich ab. Der Mann steht still. Ihr geht durch den Kopf, dass er so etwas noch nie gehört hat. Ausreden hat er vermutlich viele gehört, Erklärungen, vor allem von jüngeren Menschen, für die das sehr viel Geld ist, wenn sie Strafe zahlen müssen. Sarah hätte das Geld sowieso nicht. Beförderungserschleichung, so heißt das. So hat es der Mann mal genannt, als eine ihrer Freundinnen, Mia, schwarzgefahren war. Und es hat sechzig Euro gekostet. Hatte Mia eine Ausrede? Sarah weiß es gar nicht mehr genau, es ist eine Weile her, Jannis war noch da an diesem Tag, und es war früher Morgen, sie waren auf dem Weg zur Schule.

»Das …«, sagt der Mann.

»Es muss Ihnen nicht leidtun«, sagt Sarah. »Sie kennen meinen Bruder ja gar nicht.«

Der Mann steht regungslos. Es arbeitet in ihm. Der Bus

hält an, Fahrgäste steigen zu. Sarah nimmt Gemurmel wahr, ohne die Worte zu verstehen, es ist, als würden die Menschen eine fremde Sprache sprechen. Der Kontrolleur wendet sich ab, wortlos. Er hält kurz inne, ihr den Rücken zukehrend, dann läuft er den schmalen Gang entlang, entfernt sich von ihr. Spricht zwei Frauen an, die gerade eingestiegen sind. Nimmt ihre Fahrkarten entgegen. Der Junge aus der Parallelklasse, Lukas, wirft heimliche Blicke, von Zeit zu Zeit. Vielleicht versucht er, zu verstehen, was da vorgefallen ist, zwischen ihr und dem Kontrolleur.

Sarah sieht aus dem Fenster, die Stadt gleitet vorüber, die Vororte, dann die Innenstadt. Endstation. Der Kontrolleur steigt aus. Lukas steigt aus. Der Fahrer dreht sich geduldig eine Zigarette, dann steigt auch er aus, und sie geht als Letzte.

BEN

Am Abend fährt er bei Landmann vorbei und findet das Haus verlassen vor. Landmanns Wagen ist weg.

Ben steht lange in der Einfahrt, betrachtet den glatten blauen See. Versucht, ihn telefonisch zu erreichen, aber es ist wieder nur die Mailbox. Er spricht eine Nachricht auf. Fügt ein, dass die Suche in einem an die Schule angrenzenden See nichts erbracht habe. Wartet. Dann unterbricht er die Verbindung, lässt das Telefon sinken und geht um das Haus herum. Eigentlich ist es merkwürdig, dass das noch nie passiert ist. Wann immer Ben Landmann besucht, unangemeldet, ist Landmann da. Er ist einfach da, um diese Zeit, gegen Abend.

Er geht zur Terrasse, sucht die Fläche hinter den Fensterscheiben ab, obwohl klar ist, dass Landmann nicht da sein kann, denn sein Wagen ist auch weg. Auf dem Tisch im Wohnzimmer steht eine Tasse neben der aufgeschlagenen Tageszeitung. Ist er schon morgens losgefahren? Ohne die Tasse in die Küche zu bringen? Er wählt noch mal Landmanns Nummer, bricht ab. Setzt sich auf einen der Gartenstühle, mit Blick auf den See.

Für Momente zuckt der Gedanke auf, dass sie Jannis ja auch hier finden könnten, in diesem See. Dem schönsten See, den Ben kennt. Landmanns See. Obwohl es natürlich nicht Landmanns See ist, er grenzt nur unmittelbar an sein Grundstück an. Marlene hat hier vor einigen Jahren Schwimmen gelernt. Sie waren nicht oft alle zusammen bei Landmann zu Besuch, aber in diesem einen Sommer, vor einigen Jahren, kurz nachdem Landmann in Rente gegangen war, einige Male. Landmann hat Marlene erklärt, wie der Brustbeinschlag funktioniert. Marlene wollte lieber Freistil schwimmen, im wahren Wortsinn.

Ben lehnt sich zurück. Er wird noch eine Weile hier sitzen bleiben. Warten, obwohl er spürt, dass Landmann nicht kommen wird.

In der Nacht erwacht er mit dem Gedanken, dass es nicht gut ist, zu schlafen. Nicht richtig. Er richtet sich auf, unmittelbar hellwach. Die Nummer hat er in seinen Kontakten notiert, am späten Nachmittag, bevor er sich verabschiedet hat und mit dem Taxi zum Hotel gefahren ist. Brunner wollte ihn bringen, aber er hat abgelehnt.

Er tippt die Ziffern ein, wartet. Die Stimme am anderen Ende der Leitung ist leise und ein wenig belegt.

»Ja. Hallo?«

»Landmann hier. Es tut mir leid, um diese Zeit zu stören. Es geht um Barbara.«

Brunner schweigt.

»Ich habe versäumt, heute eine Reihe von Fragen zu stellen. Ich brauche einige Antworten.«

»Fragen Sie«, sagt Brunner.

»Unter welchen Umständen wurde meine Tochter aufgefunden? Wer hat die Polizei verständigt?«

Brunner schweigt. Zögert.

»Ein Nachbar hat einen merkwürdigen Geruch wahrgenommen«, sagt er schließlich.

Die Worte senken sich herab, rasten ein.

»Ja«, sagt Landmann. »Ich frage mich die ganze Zeit ...« Er hält inne. Er weiß nicht, was er sich fragt. Was, was, was.

WAS. IST. PASSIERT.

»Ich verstehe das«, sagt Brunner.

Landmann fragt sich, ob Brunner das wirklich tut. Vielleicht.

»Ich verstehe, dass Sie in verschiedene Richtungen denken. Und es tut mir leid, dass ich Ihnen zurzeit einfach nicht sagen kann, was genau …«, sagte Brunner.

WAS. IST. PASSIERT.

»Wir stehen am Anfang«, sagt Brunner.

Anfang. Ende.

»Was wurde in der Küche gefunden? Im Bad? Medikamente? Alkohol? Irgendein …« Landmann schweigt. Nichts stimmt, denkt er. Nichts davon stimmt.

»Irgendwas … irgendeine Notiz.«

»Nein. Wie gesagt, kein Abschiedsbrief … falls Sie in diese Richtung …«

»Ja. Genau.«

»Ich hoffe, dass die Obduktion morgen näheren Aufschluss erbringen wird.«

Aufschluss. Erbringen.

»Wissen Sie, ob Ihre Tochter Drogen konsumiert hat?«

Stille. Auf der Schwelle. Zwischen Nacht und Morgen.

»Ja«, sagt Landmann.

»Ja?«

»Ja, das weiß ich. Sie hat keine Drogen konsumiert.«

»Sie sagen das mit großer Bestimmtheit.«

»Ja, die habe ich.« Tatsächlich. Endlich etwas, das er mit Gewissheit sagen kann. Er braucht mehr davon. »Ja, sie hasst Drogen. Sie ist so eine Art militante Gegnerin. Das wussten alle, auch die Freundinnen. Sie ist da sehr … ich weiß gar nicht genau, warum. Ich habe sie eigentlich nie in dieser Richtung beeinflusst, es war einfach so.«

»Es ist eben eine Möglichkeit«, sagt Brunner. »Es ist ja recht häufig Drogenmissbrauch, der in solchen Fällen als Ursache nachgewiesen werden kann. Natürlich wird die Obduktion auch in diesem Punkt erste Aufschlüsse liefern.«

Natürlich. Erst jetzt wird ihm bewusst, wie haltlos Worte sind. Wie hinfällig. Jetzt begreift er es. Er mag Brunner. Intuitiv. Er glaubt an ihn. Ein guter Ermittler. Er hat ein Gespür dafür, er hat lange genug Ermittler ausgebildet. Hat ihnen gesagt, worum es geht.

Was Wahrheit ist.

Und wie sie einen Weg ans Licht finden kann.

Er stellt sich die Polizisten vor, die zuerst vor Ort waren. Uniformierte Polizisten, die nach dem Rechten sehen wollen, nachdem Nachbarn Alarm geschlagen haben. Die Polizisten betreten die Wohnung. Dann bleiben sie stehen, überrascht, auf der Schwelle zur Küche.

Landmann weiß nicht, warum, aber er stellt sich vor, dass es eine Frau und ein Mann waren. Eine Polizistin und ein Polizist. Beide haben nicht damit gerechnet. Haben vermutet, ein totes Tier zu finden. Dann hätte sich bald herausgestellt, dass die Bewohnerinnen der Wohngemeinschaft auf Reisen waren. Alle. Irgendwo. Am Meer. Mit Rucksäcken. Zelten am Strand.

Im Hintergrund steht ein Hausverwalter, der die Wohnungstür geöffnet hat. *Was ist denn?* Fragt er. Gehen Sie bitte, sagt die Polizistin. *Warum denn?* Fragt der Hausverwalter. Wir kommen auf Sie zu, sagt die Polizistin. Halten Sie sich bitte zur Verfügung. Ihr Kollege verständigt bereits die Kriminaltechnik. Ein Fundort. Potenzieller Tatort. Schauplatz eines tragischen Unfalls? Der Hausverwalter zieht sich zurück. Die Kriminaltechniker machen sich auf den Weg. Am Boden, in der Küche, liegt ein Mensch. Barbara.

Landmann öffnet die Augen. Er ist in seinem Hotelzimmer. Auf dem Bett. Weiß das Bett. Das Telefon in seiner Hand. Am anderen Ende der Leitung schweigt Brunner. Am Fenster steht Barbara. Wendet ihm den Rücken zu. Er sieht ihre Silhouette. Ihren Schatten. Gleich wird sie aus dem Schatten heraustreten, auf ihn zukommen. Lachend.

»Herr Landmann?«, fragt Brunner.

»Sie hat gerne gelacht«, sagt Landmann und unterbricht die Verbindung.

BEN

Allein zu Hause. Svea hat eine Nachricht hinterlassen, sie musste kurzfristig auf Langstrecke, Los Angeles. Marlene übernachtet bei einer Freundin. Sie hat zwei Nachrichten geschickt, lächelnde Emojis, hat berichtet, dass die Freundin eine eigene Wasserrutsche im Garten hat und dass sie die Nacht über wach bleiben werden. Er hat mit einem lächelnden Gesicht und einem angehobenen Daumen geantwortet.

Er hat vergeblich versucht, Landmann zu erreichen. Hat die Verbindung unterbunden, sobald sich die Mailbox eingeschaltet hat. Dann ist er auf dem Sofa eingeschlafen, um mitten in der Nacht zu erwachen. Er weiß sofort, dass an Schlaf nicht mehr zu denken ist.

Erst mit einigen Sekunden Verzögerung begreift er, dass

er nicht einfach erwacht ist, sondern dass ein Anruf ihn geweckt hat. Er greift nach dem Smartphone, stellt seinen Blick scharf. Svea, denkt er. Oder Landmann? Marlene?

Es ist Sarah Meininger.

Er wartet, bis die Melodie verstummt.

Sekunden vergehen, dann wird ihm die Ankunft einer Sprachnachricht angezeigt.

Er steht auf, geht nach unten, in sein Arbeitszimmer. Fährt den Laptop hoch, setzt den Speicherstick ein, lässt die Bilder laufen, lässt die Lust zu, schaltet seine Gedanken aus.

Später, als der Morgen schon dämmert, hört er Sarahs Nachricht ab. *Hallo, hier ist Sarah Meininger. Ich wollte hören, ob es was Neues gibt. Ich war in der Stadt, habe aber Jannis nicht gefunden. Ich bin zum ersten Mal schwarzgefahren, im Bus, und niemand hatte etwas dagegen. Ich versuche es dann morgen noch mal. Also, nicht das Schwarzfahren, sondern anzurufen.*

CHRISTIAN

Als er ankommt, ist Nadine nicht da. Er bleibt für eine Weile im Wagen sitzen, sieht den Taxis dabei zu, wie sie Fahrgäste aufnehmen oder freigeben, der Nacht ausliefern. Zwei ältere Frauen laufen mit Rollkoffern auf das Hotel neben dem Bahnhofsgebäude zu, dessen Fassade in den dunklen Himmel hineinragt.

Der Platz neben dem Parkscheinautomaten ist leer. Niemand da. Für Momente zuckt der Gedanke auf, dass es der richtige, der geeignete Moment wäre, um diesen Automaten zu sprengen und zu plündern.

Natürlich ist das ein Trugschluss, das Gelände ist videoüberwacht. Es würde vermutlich nur Minuten dauern, bis die Polizei eingreifen und ihn zur Strecke bringen würde. Er würde seine Marke zücken und darauf verweisen, dass er lediglich Beweismaterial habe sicherstellen wollen. Oder irgendetwas dergleichen. Vielleicht würde ihm sogar die Flucht gelingen, aber nur vorläufig, solange, bis die Bilder der Kameras ihn überführen würden. Es sei denn, sie wären so verwackelt und unbrauchbar wie die aus der Tiefgarage, von Jannis und dem Unbekannten. Der sein Gesicht abgewendet hat, im richtigen, falschen Moment.

Christian sucht die Fläche ab. Ein Parkscheinautomat, umgeben von Leere. Er lässt seinen Blick bis zu dem Fast-Food-Restaurant wandern, blickt durch die beleuchteten Fenster. Vereinzelte Silhouetten, aber Nadine ist nicht dabei. Sie ist nicht da, er weiß es.

Er muss nicht aussteigen und sich davon überzeugen, aber er steigt aus und läuft, betritt das Restaurant, blickt in gelangweilte Gesichter, die angehoben und sofort wieder abgesenkt werden. Der Geruch von Burgern und Pommes. Salz, Ketchup. Er verspürt plötzlichen Durst, aber er wendet sich ab und geht.

Läuft jetzt schneller, zurück zum Wagen, er steigt ein, fährt los. Sie ist nicht da, denkt er. Am Anfang, als er ankam, ist es nur ein Gedanke gewesen, aber jetzt beginnt er, sich auszugestalten, Form anzunehmen.

Er beschleunigt, hofft, dass der Gedanke zurückbleiben wird, dass er sich Meter für Meter von ihm entfernen wird. Weil er an Ort und Stelle gebunden ist, weil er dort verweilen wird, in dem leeren Raum neben dem Parkscheinautomaten, an der Stelle, an der Nadine zuletzt gestanden hat.

HOLDNER

Er sitzt vor seinem Wohnwagen, es ist schwülwarm, aber nicht mehr ganz so schlimm wie am Tag. Alles ist dunkel, alle schlafen. Das Quadrat, hinter dem sich Markos Wohnung verbirgt, ist schwarz.

Plötzlich hat Holdner vor Augen, dass sich hinter dem schwarzen Quadrat ein riesiger Raum eröffnet, ein Schloss mit weiten Gängen, großen Sälen und einem verzweigten unterirdischen Tunnelsystem, das nur Marko kennt, Marko, der in Wirklichkeit ein König ist, er trägt ein Zepter und eine Krone und lächelt wissend. Das ist natürlich alles Unsinn. Offenbar hat Holdner zu viel gearbeitet, zu viel und zu hart, auf der Lichtung, der zauberhaften Wiese, im vergessenen Wald.

Er hat Marko am Abend abgepasst, als er vom Getränkemarkt kam. Hat ihm in einfachen Sätzen skizziert, wie es weitergehen wird. Nicht im Detail, sondern so, dass Marko es verstehen kann, ohne überfordert zu werden.

Holdner schließt die Augen. Er spürt, dass der Morgen anbricht. Laura schläft bei ihrer Freundin, Simona, die Eltern haben eine Wohnung im Hochhaus. Fünfter Stock, ziemlich genau unter Markos Fensterquadrat. Auch da ist alles dunkel. Bald können die Mädchen mal wieder bei ihm nächtigen. Im Wohnwagen.

Wenn die Sache geklärt ist, wenn alles wieder seinen geregelten Gang nehmen wird, das Leben, alles, was er sich viele Jahre lang aufgebaut hat. Er wird nicht zulassen, dass ein Typ wie Marko kommt und alles kaputt macht.

Er denkt an den Jungen. Jannis. Hat sich den Namen, der durch die Nachrichten geistert, eingeprägt. Er hat diese Homo-Scheiße nie begriffen. Nicht ansatzweise. Hätte natürlich sofort hellhörig werden müssen, als Marko zu erkennen gab, dass er Jungen bevorzugt. Aber irgendwie war das auch okay, in Holdners Sinne. Arbeitsteilung gewissermaßen.

Lust keimt auf, er erstickt sie, indem er aufsteht und läuft. Um den Wohnwagen herum. Einmal, zweimal. Dreimal. Er murmelt vor sich hin. Dann weiß er nicht mehr, was er gemurmelt hat. Er setzt sich, schlägt das Boulevardblatt vom Vortag auf, ein Bierfleck auf Seite drei. Er betrachtet die Headline, ohne zu lesen.

Was er nicht vergessen darf: Heute unbedingt einen Mittagsschlaf machen, er muss fit sein und glasklar im Kopf, sobald die Nacht zurückkehrt.

NADINE

Sie wartet lange, bevor sie näher tritt. Setzt ihre Schritte behutsam. Hätte er sie gesehen, wäre sie vielleicht einfach herausgekommen, hätte so getan, als sei alles ein Scherz gewesen. Sie wollte sich nur mal verstecken und sehen, wie er reagiert. Irgendwann hat sie das mal gemocht, Verstecken spielen, aber dann kamen andere Sachen dazwischen.

Sie hat ihn beobachtet, verborgen in einem Winkel im ersten Stock des Bahnhofsgebäudes, von dem aus sie den Taxistand und den Parkplatz sehr gut einsehen kann. Während sie ihm dabei zugesehen hat, wie er sucht, nach ihr, hat sie ihn studiert. Jede seiner Bewegungen.

Er ist im Wagen geblieben, einige Minuten lang, dann ist er ausgestiegen, zum Restaurant gelaufen, den Blick fokussiert, sie hat darüber nachgedacht, dass dieser Blick tatsächlich der eines Polizisten sein könnte.

Eigenartig, dass er behauptet hat, Polizist zu sein. Alles ist eigenartig. Alles. Nur die Geschichte nicht, die er ihr erzählt hat. Von seiner Schulfreundin, Natalie. Die Geschichte ist das Einzige, woran sie wirklich glauben kann. Und auch das ist eigenartig. Dass sie zum ersten Mal seit langer Zeit an etwas glaubt. Das ist eigenartig und vielleicht schön, aber es ist bei Weitem nicht genug.

Als sie ganz sicher ist, dass er weg ist, setzt sie sich an ihren Platz. Die Nacht weicht schon dem Morgen. Sie wird sich einen neuen Platz suchen müssen, aber das hat noch ein wenig Zeit. Bald kommt der Tag, bald wird sie schlafen können.

Sieben

Neu, neu, neu
maximaler Grip
vollkommene Agilität
dynamische Kontrolle

LANDMANN

Er schläft nicht mehr. Sieht der Zeit dabei zu, wie sie vergeht. Hellgrüne Ziffern auf schwarzem Grund, auf der Uhr unter dem Fernseher.

Gegen sieben, als er gerade in Betracht zieht, frühstücken zu gehen, schläft er doch ein. Der Schlaf trifft ihn wie der Schlag eines Hammers. Es ist mehr Bewusstlosigkeit als Schlaf. Er hört Barbaras Stimme. Sie spricht mit ihm. Leise, ruhig, klar. Worte, die alles erklären. Schon im Traum spürt er, dass er sie versteht, aber nicht wird festhalten können. Er wird die Sprache, die Barbara spricht, eine andere, neue Sprache, nur beherrschen, solange der Traum andauert. Deshalb möchte er den Traum festhalten, wohl wissend, dass es ein Traum ist, der der Realität nicht standhalten wird. Wohl wissend, dass Erlösung nur in der Realität, im gelebten Leben, denkbar erscheint. Wenn überhaupt. Die einzige Alternative wäre, weiterzuträumen. Einen Traum, der nicht endet.

Erst als er die Augen öffnet, wird ihm bewusst, dass er längst erwacht ist.

SARAH

Als sie die Augen schließt, spürt sie, dass sie endlich wird
schlafen können. Sie liegt auf dem Bett, in ihrem Zimmer.
Der Polizist, Ben Neven, hat nicht zurückgerufen, aber es
ist ja noch früh am Morgen. Sehr früh.

LEDERER

Durch die Fenster im Großraumbüro bricht die Sonne,
kühl noch, so als würde sie eine Brise Wind hereintragen,
aber der Tag wird heiß, das weiß Lederer. Bis zu 38 Grad
lautete die Vorhersage, er ruft die Wetter-App auf, die aktuell sogar 39 Grad für den Mittag prognostiziert.

Für Momente rasten die Zahlen ein. 38 und 39. Der feine
Unterschied, der dazwischen liegt. Der Gedanke hat ihn
in der Nacht beschäftigt, hat ihn wach gehalten. Dass nur
eine feine Trennlinie ist zwischen dem Rätsel und der Lösung. Den Fall betreffend. Jannis. Dawit. Es ist ein Fall, eine
Ermittlung, die ihm sehr nahegeht. Er hat darüber nachgedacht, warum.

Er hat keine Kinder. Lebt allein. Obwohl er das eigentlich
ändern möchte, aber er weiß nicht, wie. Zumindest im Moment nicht. Beziehungen scheinen inzwischen vorwiegend
über Onlinebörsen angebahnt zu werden. Das ist nicht so
sein Ding. Um es vorsichtig zu formulieren.

Es geht ihm nah, obwohl er keine Kinder hat. Vielleicht deshalb? Er weiß es nicht. Wenn er Kinder erlebt, zum Beispiel die Töchter seiner Schwester, dann geht ihm das Herz auf. Genau so fühlt es sich an. Dann kristallisiert sich ein Wort heraus, das sich komisch anfühlt, aber er denkt es immer wieder, wenn er die Kinder im Garten seiner Schwester spielen sieht. Unschuld.

Er heftet seinen Blick auf den Bildschirm des PCs, der aus dem Ruhemodus hochgefahren ist, die Fallakte *Jannis* ist noch geöffnet. Lederer ist extra früh gekommen, weil er gestern am späten Abend nicht mehr alles hat aktualisieren können. Er war einfach zu müde. Und ein Gedanke hatte sich eingeschlichen, den er abstreifen wollte, aber es gelang ihm nicht, nicht ganz. Dass alles keinen Sinn hat. Dass sie Jannis nicht finden werden. Dawit auch nicht.

Was ist dann eigentlich?, denkt Lederer. Was bedeutet es, was genau, wenn die Unschuld ermordet wird?

LANDMANN

Er geht frühstücken. Setzt sich an einen Tisch am Fenster, mit Blick auf den Saal. Eine junge Frau bringt eine Kanne Kaffee. Er gießt sich eine Tasse ein, trinkt.

Draußen ein sonniger Morgen. Jahrhundertsommer. Er sieht Gesichter, die er kennt. Vage, von irgendwoher. Er spürt einen Stich im Magen, ein Brennen hinter den Augen. Die beiden kommen auf ihn zu, mit schnellen Schritten. Zielstrebig, als sei da ein Ziel.

»Herr Landmann«, sagt die eine der beiden. Dann stehen sie vor ihm. Plötzlich unschlüssig. Ratlos. Das Ziel war offenbar, ihn zu finden. Aber was ist das nächste Ziel, nachdem sie es nun erreicht haben?

»Wir haben uns erkundigt, wo Sie sind. Der Polizist nannte uns das Hotel.«

Landmann nickt. Lisa und Lara. L plus L. Zwei von Barbaras Mitbewohnerinnen. Sind zurückgekehrt, vorzeitig, aus dem Urlaub. In Italien.

»Wir … können es nicht glauben«, sagt eine der beiden. Landmann versucht, sie zuzuordnen. Sie sehen sich eigenartigerweise sogar ähnlich. Lisa, denkt er. Das war Lisa.

Er schweigt. Hat für Momente das Gefühl, die beiden trösten zu müssen. Den Impuls, ihnen gut zuzureden, sie zu beruhigen. Er schweigt.

»Als wir losgefahren sind, war eigentlich alles gut«, sagt Lara. »Barbara war guter Dinge. Sie hatte sogar überlegt, mit uns zu kommen, aber sie war ein bisschen knapp bei Kasse.«

Ja, denkt Landmann. Einmal, vor einigen Wochen, hatte sie ihn gefragt. Wegen Geld. Er hat gesagt, dass sie irgendwann lernen müsse, mit dem zurechtzukommen, was sie habe. Dass sie lernen müsse, anzusparen. Das hat er wirklich gesagt. Hat er das? Er schüttelt den Kopf, um den Gedanken abzustreifen.

»Aber irgendwie wollte sie auch nicht richtig mit. Sie wollte sich ja zum Lehramtsstudium einschreiben und ein paar Sachen recherchieren.«

»Wann habt ihr denn zuletzt von ihr gehört?«, fragt Landmann. Erst jetzt, als er die Frage gestellt hat, wird ihm bewusst, wie sehr sie ihn beschäftigt.

»Vor etwa einer Woche«, sagt Lisa. »Wir hatten Fotos aus dem Urlaub geschickt, und Barbara hat geantwortet.«

»Darf ich sehen?«, fragt Landmann. Gleich, denkt er. Gleich werde ich alles besser verstehen können.

»Ja, sicher. Moment.« Lisa zieht ihr Handy aus der Tasche ihrer Shorts. Sie tippt, scrollt, hält inne. »Hier«, sagt sie. »Das war die letzte Nachricht.«

Letzte Nachricht, denkt Landmann.

Er starrt das Display an. Kneift die Augen zusammen. Öffnet sie weit. Konzentriert sich.

Barbara hat einen Daumen nach oben gesendet. Um zu signalisieren, dass sie die Fotos, die Lisa geschickt hat, mag. Fotos aus Italien. 16.35 Uhr, vor einer Woche. Am Abend desselben Tages hat Landmann seine letzte Nachricht an sie gesendet. Einen Daumen.

Da sind noch mehr Fotos. Lisa hat noch mal welche gesendet, einige Tage später. Lisa und Lara, lachend am Strand. Aber sie haben ihre Empfängerin nicht mehr gefunden.

Er gibt Lisa ihr Handy zurück. Legt es in ihre geöffnete Hand.

»Danke«, sagt er.

Sie stehen sich gegenüber. Landmann möchte sich setzen. Ausruhen.

»Setzt euch doch«, sagt er.

Die beiden bleiben stehen, unschlüssig. Wechseln Blicke. Wie traurig sie sind, denkt Landmann. Sie haben Barbara gemocht. Natürlich. Wer hätte Barbara nicht mögen können?

»Wussten Sie ...«, sagt Lisa.

Lara nickt.

»Ja?«, fragt Landmann.

Er sieht sie an. Etwas passiert. Da ist eine Tür. Er steht davor. Sobald er den Raum betritt, werden sich die Wände auflösen.

»Wir wissen nicht, ob es wichtig ist, aber Barbara hatte vor einigen Monaten ein paar Probleme ... Angststörungen. Sie hatte zwei oder drei Gespräche mit einer Ärztin.«

»Sie hat gesagt, dass ihr Kopf platzt«, ergänzt Lara.

Probleme, denkt Landmann. Würfel. Zeit.

»Uns fiel das ein, als wir nach Hause fuhren. Im Zug. Gestern Nacht. Wir wissen nicht, ob es vielleicht doch wichtig sein könnte.«

Landmann nickt. Nickt und nickt und nickt.

»Wussten Sie ...«

»Nein«, sagt er. »Nein, das ...«

Nein. Nein.

»Nein, das hat sie mir nicht gesagt«, sagt er.

Sie lacht gern. Lacht gern, lacht gern. Liebt es, fröhlich zu sein. Er spürt ein Brennen hinter den Augen. Ein Lächeln auf seinem Gesicht. Ein fremdes Lächeln.

»Der Polizist hatte uns nach so was gefragt, aber uns fiel irgendwie erst auf der Rückreise ein, dass Barbara diese Termine hatte. Sie hat das dann gleich wieder abgebrochen und gesagt, dass alles wieder gut sei.«

Das sagt Lisa. Und Lara nickt.

»Ja«, sagt Landmann.

»Das wollten wir Ihnen sagen«, sagt Lisa. »Falls es vielleicht doch wichtig ist.«

»Ja«, sagt er. »Danke.«

»Ja ... wir ... müssen dann los.«

»Ja, sicher. Bis bald. Und danke«, sagt Landmann.

Sein Kopf will platzen. Jetzt. In diesem Moment.

»Wann«, fragt er, die beiden haben sich schon abgewendet. »Wann genau war das?«

Sie wenden sich noch einmal ihm zu.

»Wann hatte Barbara diese Termine?«, fragt er.

»Im Frühling. Vor zwei, drei Monaten«, sagt Lisa.

»Gut, danke.« In seinem Hirn überschlagen sich Gedanken. Plötzlich ist alles beschleunigt. Alles anders.

»Die Ärztin ... also ... diese ...«, sagt Lara.

»Psychotherapeutin«, sagt Landmann.

»Ja, genau, die heißt Vogel. Frau Dr. Vogel. In der Steinstraße. Ich hatte Barbara einmal hingefahren.«

»Ah. Ja. Danke.«

Die beiden nicken, lächeln. Tieftraurig.

»Danke. Bis bald«, sagt Landmann.

Dann gehen sie. Zwei Frauen, beide in Barbaras Alter, von ähnlicher Statur, sie durchqueren den sonnenbeschienenen Frühstückssaal. Landmann sieht ihnen nach.

Irgendwann, vor langer Zeit, hat Barbara mal gesagt, dass er die Fähigkeit besitze, alles gutzumachen. Und das sei schön.

Er hat geschwiegen. Gelächelt. Hat sich darüber gefreut, dass seine Tochter so etwas sagt.

So etwas Liebes, Kluges, Dummes.

Am Morgen versucht er, Sarah Meininger zu erreichen. Nachdem es dreimal geklingelt hat, unterbricht er die Verbindung, erleichtert. Er hofft, dass er sie nicht mit diesem idiotischen Anruf geweckt hat.

Nein. Sie schläft, er ist sich plötzlich ganz sicher, dass es so ist. Sie schläft und schläft und schläft, und er hat noch ein wenig Zeit, die Sache zu klären. Jannis zu finden, bevor Sarah aufwacht.

Als er ankommt, ist Lederer schon da. Murmelt einen Morgengruß. »Um zwölf gehen die Taucher noch mal in den See, auf der anderen Uferseite«, sagt er.

Ben nickt.

»Die Kollegen aus Österreich haben den Standbesitzer ermittelt. Also den, der im Frühjahr diese Teddys verkauft hat, auf dem Tivoli in Innsbruck.«

Ben hebt den Blick. »Und?«

»Sie haben ein Protokoll der Befragung gesendet. Der Mann hat Mühe, überhaupt zu begreifen, was Sie von ihm wollen.«

Ben nickt.

»Er hat den Stand mit seiner Frau betrieben. Beide können sich nicht erinnern, an wen die Riesenteddys gingen. Man konnte sie gewinnen oder erwerben. Also, die Teddys waren sowohl Gewinne bei einer Verlosung als auch standen sie einfach zum Verkauf.«

Gewinnen oder erwerben, denkt Ben.

»Und es gingen insgesamt sieben von denen raus, an dem Tag, an dem Dawit verschwand.«

»Okay.«

»Das bringt uns alles nichts.«

Ben schweigt.

»Der Innsbrucker Kollege hat am Ende noch was gesagt, hat mich überrascht.«

»Ja?«

»Er hat sich entschuldigt. Hat gesagt, dass sie es nicht gut gemacht haben, dass sie schlecht ermittelt haben, in den Wochen nach Dawits Verschwinden.«

Die Wochen nach Dawits Verschwinden, denkt Ben. Wie lange ist es her? Im Fall von Jannis. Bald eine Woche? Entschuldigung, denkt er. Entschuldigung, Entschuldigung, Entschuldigung. Dann denkt er an Svea. Die bald zurückkehren wird, aus L. A. Aber es wird ein wenig dauern, allein der Flug beansprucht die wachen Stunden eines ganzen Tages. Wann fliegt sie? Er weiß es nicht.

Er denkt an Marlene. Ferien. Durchlebte Nächte, verschlafene Tage. Sie hat Spaß, ist unbeschwert, guter Dinge, voller Zuversicht.

CHRISTIAN

Gegen Mittag gehen die Taucher ins Wasser. Alles ist spiegelverkehrt. Alles neu, alles anderes, alles so, wie es war. Taucher, Wasser, See. Das andere Ufer, da, wo gestern die Kinder ins Wasser gesprungen sind, von der Brücke.

Die Brücke ist gesperrt, der schmale Streifen Sandstrand ist gesperrt. Auf der anderen Seite, recht weit entfernt, stehen vereinzelt Menschen, klein wie Strichmännchen. Sie recken die Köpfe, wollen sehen, was passiert, wollen verstehen.

Das möchte Christian auch. Aber er versucht es gar nicht. Der Gedanke an Nadine ist übergroß geworden, so groß, dass er einfach nicht mehr reinpasst ins Hirn. Deshalb konzentriert er sich auf das, was er sieht. Auf das, was wirklich da ist, wirklich vorhanden. Das Boot der Taucher zum Beispiel, und die Taucher selbst. Der erste springt ins Wasser, der zweite, der dritte.

»Wenn ich den Jungen mit mir nehme, mit ihm laufe, in den Wald, ins Gebüsch. Und wenn ich dann durchdrehe, den Jungen töte, damit alles nicht stattgefunden hat, damit alles so weitergehen kann wie bisher, dann … dann denke ich, würde ich den toten Jungen hier in diesem See versenken«, sagt Malvi, der herangetreten ist, wie gestern. Alles gleich, alles anders. Christian wendet sich Malvi zu, sucht seinen Blick, aber Malvi betrachtet den See. Christian lässt seinen Blick auf Malvis Gesicht ruhen. Er sieht, was er vorher nie gesehen hat. Zweifel. Trauer? Wehmut? Genau kann er es nicht benennen.

»Möglich ist es«, sagt Christian. Sein Blick wandert über die Brücke. Gestern sind hier die Jungen ins Wasser gesprungen. Wo sind sie jetzt? Stehen sie irgendwo in der Nähe, neugierig beobachtend, was da vor sich geht, an ihrem Strand, an ihrem See?

Er läuft, zur Brücke. Geht die Stufen nach oben, steht auf der Plattform, es ist genau wie damals, sein letzter Sprung, an den er sich nicht erinnern kann, könnte nur einen Moment zurückliegen.

Er betrachtet Malvi, der unten am Wasser steht, die Taucher beobachtend. Entweder hat er nicht bemerkt, dass Christian zur Brücke gelaufen ist oder er misst dem keine Bedeutung bei. Malvi beobachtet konzentriert die Wasserfläche. Hofft er darauf, dass sie einen toten Jungen bergen? Einfach, um eine Antwort zu erhalten?

Das ist es, denkt Christian, das ist es, was anders war, damals. Was ihn schon damals von den anderen unterschieden hat. Die feine Trennlinie. Vielleicht hat er deshalb nie einen besten Freund gehabt. Vielleicht hat er sich deshalb immer hier, am schönen See, besonders fremd gefühlt, ohne das zu Ende denken, ohne sich das eingestehen zu können.

Wenn die anderen abgesprungen sind, wenn sie die Augen geschlossen haben und ins Wasser eingetaucht sind, dann standen für sie, senkrecht, unausgesprochen, den Himmel teilend, Antworten im Raum. Das war der Unterschied, die anderen hatten Antworten. Er hatte nur eine Frage.

LANDMANN

Den Mittag verbringt er auf dem Balkon seines Hotelzimmers. Einen Anruf erwartend. Obwohl er weiß, dass dieser Anruf erst später kommen kann. Frühestens am Nachmittag. Er betrachtet das Schwimmbad. Das Wasser glitzert unter der Sonne. Kinder springen vom Rand rein, werfen einen roten Ball, lachend.

Der Anruf kommt um 16.14 Uhr. Er speichert intuitiv die Zeit ab. Er weiß schon im Voraus, was Brunner sagen, was er entgegnen wird.

»Ich wollte mich ja melden«, sagt Brunner.

Landmann wartet.

»Die Obduktion hat ein erstes Ergebnis erbracht«, sagt er.

Ergebnis. Erstes.

»Es gibt Hinweise auf Medikamenteneinnahme. Eine Art ...«

»Cocktail«, sagt Landmann. Da ist ein Summen. Hinter seiner Stirn, hinter den Augen.

Brunner schweigt, einige Sekunden lang. »Ja. Kein Drogenmissbrauch, sondern, dem ersten Anschein nach ...«

»Suizid«, sagt Landmann.

Eine alte Dame schwimmt Bahnen. Langsam, mit der Geduld eines Engels.

»Wobei wir in der Wohnung nichts gefunden haben«, sagt Brunner. »Sie hat die Medikamente möglicherweise vorher an einem anderen Ort eingenommen.«

In einem Café?, denkt Landmann. Vielleicht in dem, in dem wir manchmal zusammen waren? Barbara? Wir? Roten Wein trinkend?

»Ja«, sagt Landmann.

Er erinnert sich an die Angst, die aufkeimte, am Tag zuvor. Als er ankam. Als er in der Wohnung stand. In der Schwebe. Dass er den Fall nie wird lösen können.

»Ich gebe Ihnen Bescheid, sobald der ausführliche Bericht vorliegt. Wollte aber schon mal eine erste Rückmeldung geben.«

»Ja. Danke dafür«, sagt Landmann. Brunner, denkt er.

Guter Mann. Guter Polizist. Wie leicht ist es, Mathematik an ihre natürliche Grenze heranzuführen?

Barbara lacht.

Dein Kopf platzt? Barbara?

Barbara, sie sitzt am Tisch in der Küche. Vor einigen Monaten. Im Winter.

Gut, sagt sie, als er sie fragt, wie es ihr gehe.

Eine Gleichung geht auf, immer vorausgesetzt, dass die Anzahl der Variablen nicht ihren engen Rahmen sprengt.

Eine Variable ist ein Name für eine Leerstelle
in einem logischen oder mathematischen
Ausdruck. Der Begriff leitet sich vom lateinischen
Adjektiv *variabilis* (veränderlich) ab.
Gleichwertig finden auch die Begriffe Platzhalter
oder Veränderliche Anwendung. Variable
einer Gleichung nannte man in Schulbüchern
bis in die 1960er-Jahre auch Unbekannte
oder Unbestimmte.

HOLDNER

Holdner genießt die Hitze. Weil sie einfach unerträglich ist. Er hat ein Lachen auf seinen Lippen, das nicht kommt. Wie ein Orgasmus, den er erfolgreich hinauszögert. Er ist kein schlechter Mensch, sondern ein guter. Hat Dinge durchschaut, die anderen verborgen bleiben. Zum Beispiel das Wesen des Menschen.

Fürs Erste muss es reichen, dass er vorhersieht, was Marko tun wird. Wie er reagieren wird, wenn er ihn ins Bild setzt. Er hat ihn kommen sehen, hat gewartet, bis er im Haus verschwunden war, und dann noch mal einige Minuten.

Jetzt läuft er schon den schattigen Flur entlang, der Schweiß trocknet ein, während er läuft, er klopft an.

Marko öffnet nach einer Weile. »Ja?«, fragt er.

Holdner schiebt sich an ihm vorbei, im schmalen Flur der Wohnung bleibt er stehen. »Bist du für heute fertig im Supermarkt?«

»Äh … ja.«

»Gut. Wir haben einen Abendtermin.«

Marko starrt ihn an.

»Genauer gesagt, einen Nachttermin.«

»Okay.«

»Was ist mit dem Jungen?«

»Ja … weiß nicht.«

»Was soll das bitte heißen?«

»Also, hab kurz reingeschaut, er ist wach.«

Holdner wartet.

»Also, wach, aber nicht laut, ist irgendwie erledigt. Hab ihm noch was gegeben. Damit er ruhig bleibt.«

Holdner nickt. Er denkt an den hellen Raum im Wald, die riesige Lichtung, den geheimen Ort des Lichts. Er ist unendlich froh darüber, dass alles vorbereitet ist, dass dieser Spuk hier demnächst ein Ende haben wird. Noch bevor diese Nacht endet, bevor der Morgen kommt.

»Halt dich bereit«, sagt Holdner und geht.

BEN

Am Abend im Besprechungsraum fällt weinrotes Licht durch die geklappten Fenster. Ben denkt beiläufig an etwas, das in den Nachrichten lief, eine Finsternis, Mond oder Sonne, nein, Mond. Etwas Besonderes. Ist das heute? Ist das rote Licht ein Vorbote dessen, was kommen wird?

Als Malvi den Raum betritt, setzen sich alle an ihre Plätze, Lederer beginnt, über den Stand der Dinge zu berichten, und während Ben ihm zuhört, wird ihm klar, dass Lederer den Glauben verloren hat. Er zuckt zusammen.

Christian, der neben ihm sitzt, wirft ihm einen schnellen Blick zu. Ben lächelt kurz, um Christian zu signalisieren, dass alles gut ist, alles bestens. Warum eigentlich? Nichts ist gut. Wenn Lederer den Glauben verliert … er hört weiter zu, sucht Lederers Augen.

Das darf nicht sein, denkt er.

Lederer ist müde. Erst jetzt wird ihm bewusst, wie wichtig ihm dieser Kollege ist, Mark Lederer. Von dem er nichts weiß, nicht das Geringste. Nur, dass er für etwas steht, für die Gewissheit, dass eine Ermittlung einen Weg findet. Lederer ist derjenige, der den Kompass hat, der die Lampe trägt, wenn es dunkel wird. Lederer glaubt nicht mehr daran. Dass sie Jannis finden. Dawit.

Ben steht auf, läuft.

»Ben?«

Das ist Malvis Stimme, in seinem Rücken, Ben ist schon an der Tür, öffnet sie, murmelt eine Entschuldigung. Läuft weiter, den Gang entlang, zur Toilette. Er stützt sich an einem der drei schneeweißen Waschbecken ab, findet sein Gesicht im Spiegel, senkt den Blick.

LANDMANN

Der Abend schleicht sich an. Ist irgendwann einfach da. Landmann geht ins Bad, wäscht sich die Hände, bespritzt sein Gesicht mit Wasser. Die plötzliche Kühle auf seinen

Wangen verursacht eine Gänsehaut, die weiterwandert, über die Arme, bis sie sich verliert.

Als er zurückkehrt ins Zimmer, sieht er Barbara. Sie steht draußen auf dem Balkon. Wendet ihm den Rücken zu. Betrachtet das Wasser des Schwimmbads. Sie dreht sich um, sieht ihn an. Ihre Blicke treffen sich, getrennt nur durch die Fensterscheibe.

»Schönes Schwimmbad«, ruft Landmann.

Barbara nickt. Sie mag Schwimmbäder in Hotels. Sie ist gerne Bahnen geschwommen, ruhig, geduldig.

»Lass uns essen gehen«, ruft Landmann.

Barbara nickt. Er streift sein Jackett über. Greift nach der Zimmerkarte, während Barbara vom Balkon in den Raum tritt. Jetzt ist sie nur noch ein Schemen, eine Ahnung. Dann nur noch ein Element, auf das seine Vorstellungskraft zugreift. Sie fahren im Aufzug nach unten.

Nebeneinander durchqueren sie die Lobby, betreten den großen Speisesaal. Gedämpfte Musik. Ein vielstimmiges Gewirr aus Stimmen. Am Rand ist ein Tisch für zwei gedeckt, Landmann steuert darauf zu.

Während der Tisch an Größe gewinnt, löst sich Barbara, löst sich seine Vorstellung von ihr auf, wie in zwei Bildern, die überblendet werden. Eines mit ihr, eines ohne sie. Als er sich an den Tisch setzt, ist sie nicht mehr da, er bestellt dennoch Wein für zwei.

Marko sitzt im Wohnraum neben seinem Handy, das auf dem Tisch liegt. Er hält sich bereit. So wie Holdner es verlangt hat. Ihm ist durchaus bewusst, dass die Lage ernst ist. Es ist wieder so eine Zeit, in der nur eines gilt. Das, was Holdner sagt. Er weiß das, und es beruhigt ihn ein wenig, es vereinfacht die Sache. Aber es bleibt ein mulmiges Gefühl, unangenehm. Er hat Bilder im Kopf, wie Vorahnungen. Der Wald, die Lichtung. Holdner, mit hochrotem Kopf, schreit ihn an. Wie lange ist das her?

Dann kommt der Anruf. Einfach so. Das Handy summt, keine Rufnummernkennung, das ist Holdner. Er nimmt ab.

»Pack den Jungen ein«, sagt Holdner.

Marko schweigt. Ihm ist schwindlig. Das Zimmer hat wirklich begonnen, sich zu drehen, vielleicht weil er so lange still gesessen hat, er hat das Handy angestarrt, hatte Angst davor, sich zu bewegen.

»Kapiert?«, fragt Holdner.

Marko schweigt.

»Junge in den Koffer, okay?«, sagt Holdner.

Woher weiß er das eigentlich?, denkt Marko. Dass er den Jungen in einem Koffer getragen hat. Aber Holdner weiß alles. Alles, was er will. »Ja, okay«, sagt er.

»Gut. Dann fährst du runter. In die Tiefgarage. Der Junge muss schlafen. Du verstehst.«

»Ja«, sagt Marko.

»Brav«, sagt Holdner.

»Ja, okay«, sagt Marko. Richtet sich auf. Lässt sich wieder auf den Stuhl absinken, weil sich der Raum immer noch um ihn herumdreht. Wie in einem Film, einem Film, von dem Holdner sagen würde, es sei ein schlechter Film.

»In zwanzig Minuten in der Tiefgarage. Bis dann«, sagt Holdner und unterbricht die Verbindung.

LANDMANN

Gegen 23 Uhr kehrt er auf sein Zimmer zurück. Er hat nicht gegessen, nur getrunken. Nebel hat ihn eingehüllt, er tastet sich voran, schwankend. Öffnet die Tür zum Balkon, tritt hinaus, umfangen von lauem Wind.

Er setzt sich auf den weißen Stuhl. Erst jetzt fällt ihm auf, dass auf dem weißen Tisch ein weißer Aschenbecher liegt. Ein wenig Asche darin. Fast als wäre Barbara wirklich hier gewesen, vorhin. Er raucht nicht. Barbara raucht. Sie ist gegen alles, was ungesund ist, abgesehen von Nikotin. Auch Nikotin mag sie nicht, aber sie kam nie davon weg.

Barbara hier, auf dem Balkon. Das ist Spinnerei, Trugschluss, im besten Fall halluzinatorisch, er glaubt nicht mehr daran. Irgendwann ist es ganz dunkel, aber immer noch warm. Im Schwindel seines sanften, samtigen Rausches ist ihm etwas bewusst geworden. Er muss Menschen kontaktieren. Gespräche führen. Eine Mitteilung machen. Barbaras Mutter ist lange tot, aber es gibt einige Verwandte. Elises Bruder. Barbaras Cousinen. Freundinnen, aus der Schulzeit. Menschen, die sie gemocht haben. Die sie vermissen werden.

Er hebt den Blick und sieht den Mond. Er steht am Himmel, weit oben. Oranger Mond.

Sein Handy vibriert. Barbara, denkt er, aber nur eine Sekunde lang. Er geht ins Zimmer, nimmt das Telefon, liest den Namen des Anrufers, Ben. Er wartet. Dann, als sich die Pause zwischen den Signalen in die Länge zu ziehen scheint, nimmt er doch noch ab.

»Ben?«

Er denkt, dass Ben schon weg ist. Lässt das Handy sinken.

»Hallo? Ludwig?«

Die Stimme ist leise und blechern. Wie aus einer anderen Welt, von irgendwoher. Er hebt das Handy ans Ohr. »Ben«, sagt er.

»Wie schön, dass ich dich erreiche. Du bist … auf Reisen?«

»Ben …«

Ben schweigt.

»… du kennst ja Barbara«, sagt Landmann.

Ben schweigt, verwirrt. »Ja, sicher. Deine Tochter.«

»Sie ist tot«, sagt Landmann.

Ben schweigt.

»Ich bin hier, wo sie zuletzt gelebt hat. Werde hier eine Weile bleiben.«

Er hört Ben nicht mehr. Ben atmet nicht.

»Ich werde hier eine Weile bleiben müssen«, sagt Landmann. »Werde euch erst mal nicht dabei helfen können … die Jungen zu finden.«

Jetzt hört er, dass Ben atmet. Brüchig. »Was ist denn passiert?«

Landmann hält inne. Bringt die Worte nicht über die

Lippen. Hat sie noch nicht sortiert. Noch ist es unaussprechlich. »Später«, sagt er. »Ich melde mich, ja?«

»Ja«, sagt Ben.

Landmann unterbricht das Gespräch, legt das Handy auf dem Tisch ab, geht wieder nach draußen, auf den Balkon.

Er sucht den Himmel ab, denkt an die Nachricht, die an ihm vorübergeglitten ist, die Sprecherin hat sie verlesen, ein Astronom hat erläutert, warum diese Mondfinsternis, diese heutige, eine besonders seltene, sehenswerte sei.

Unten, im Garten des Hotels, am Schwimmbad, stehen Menschen. Landmann hört sie leise sprechen, rufen, flüstern. Über den Mond, der heute anders ist als sonst, anders als an allen anderen Tagen.

HOLDNER

Er fährt, weder schnell noch langsam. Die Dunkelheit hat eingesetzt, hat die Nacht im Griff, hat die Kontrolle übernommen.

Kontrolliert ist auch er selbst. Jetzt, endlich. Davor war es auf einem schmalen Grat, das hat er jederzeit gespürt, aber jetzt ist die Sache klar, er hat verstanden. Manchmal laufen die Dinge so, manchmal anders. Hauptsache, die Straße führt geradeaus. Marko neben ihm ist entweder schweigsam oder eingepennt, egal. Hauptsache, er hält die Schnauze.

Als sie ankommen, kehren mit Wucht Erinnerungen zurück. Er war am Tag hier, am Abend, aber jetzt ist es zum ersten Mal seit einiger Zeit wieder Nacht. Spät genug, um sogar den Sommer auszutricksen, die Dunkelheit kommt Schwarz recht nahe.

Er stoppt den Wagen, schaltet den Motor aus, sitzt in der Stille. Betrachtet die Bäume, die sich vage in leisem Wind wiegen. Etwa hundert Meter bis zum Waldrand, dann auf gerader Strecke, über einen schmalen Pfad, bis zur Lichtung. Zum hellen Ort, der jetzt im Dunkel liegt.

»Hier?«, sagt Marko.

Für Momente hat er fast vergessen, dass Marko da ist, dass er neben ihm sitzt.

Er schweigt.

»Was machen wir hier?«, fragt Marko.

Dumme Frage, dumme Antwort, denkt Holdner. Aber er hat keine Lust zu antworten. Keine Kraft. Keine Zeit. Er dreht den Zündschlüssel um, ruckartig, fährt an, mit dröhnendem Motor. Marko, neben ihm, schreit. Bildet er sich das ein? Nein, Marko schreit wirklich. Und er, Holdner, ist gar nicht so kontrolliert, wie er dachte. Da war der Wunsch Vater des Gedankens. Er beschleunigt, fährt auf den Wald zu, auf die Bäume, denkt, dass es irgendwie witzig wäre, wenn sie an einem der Baumstämme zerschellen würden, einfach so. Er drückt das Gaspedal durch.

Nein, Kontrolle ist was anderes. Sie zerschellen nicht, Marko schreit nicht mehr. Sie tauchen unter zwischen den Bäumen, es ist, als würden sie sich wegducken, als würden sie mit dem Dickicht verschmelzen, Holdner verlangsamt, bis sie fast stillstehen, aber nur fast. Schrittgeschwindigkeit. Meter für Meter, auf dem schmalen Weg, der zur Lichtung führt. Man will es nicht glauben, dass sie da ist, umschlossen von Bäumen, aber es ist wirklich so.

Holdner assoziiert die Lichtung, kurz bevor sie sich eröffnet, sie tut sich auf wie ein weiter dunkelblauer Raum, der kein Ende kennt, immer so weitermachen, immer so weiter, denkt Holdner, jetzt, morgen, übermorgen und so weiter, wo kein Anfang, da kein Ende.

CHRISTIAN

Er sieht Nadine schon von Weitem, und dann sieht er, dass sie sich entfernt. Sie läuft. Er steigt aus, folgt ihr, rennt, passiert den Parkscheinautomaten, das Fast-Food-Restaurant. Sie ist weg. Er sucht die Straßen ab. Ein Verkehrsknotenpunkt, nicht stark befahren, jetzt, in der beginnenden Nacht, aber es sind dennoch zu viele Straßen, zu viele Kreuzungen, Ampeln, zu viele Taxis, ein paar Betrunkene, die ihm die Sicht nehmen.

Dann sieht er sie doch. Sie steht. Etwa dreißig Meter entfernt, auf der anderen Seite eines Fußgängerüberwegs. Er geht auf sie zu. Rechnet damit, dass sie sich umdrehen und laufen wird, aber das macht sie nicht. Sie wartet, bis er bei ihr ist.

»Du warst etwas früher dran«, sagt sie.

»Ja?«

»Ja. Spät ist es, aber beim letzten Mal war es später.«

»Und du wolltest ... mich nicht sehen?«

»Nein. Wollte ich nicht.«

»Warum? Warum bist du weggelaufen?«

Sie schweigt. Er zittert. Seine Beine zittern, seine Arme auch, er begreift es nicht. Es ist schwülwarm.

»Du zitterst«, sagt sie.

»Ja. Komisch. Bin nicht mehr daran gewöhnt zu rennen. Anscheinend.«

»Ich hätte gedacht, du rennst viel als Polizist. Hinter irgendwelchen Dieben her.«

Er lacht, es fühlt sich kurz befreiend an. »Das eher selten.«

Sie nickt.

»Wollen wir was trinken gehen? Oder Burger, Pommes?«

»Vielleicht«, sagt sie.

»Hm.«

Er läuft, hofft, dass sie ihm folgen wird.

Sie folgt ihm.

HOLDNER

Dann kommt der Moment, mit dem er nicht gerechnet hat. Marko weigert sich, auszusteigen.

»Was ist, Mann?!«, fragt Holdner. Er steht draußen, vor dem geöffneten Kofferraum.

»Nein«, sagt Marko.

Nein, nein, nein.

»Komm jetzt«, sagt Holdner.

Marko schweigt.

Holdner läuft, zur Beifahrerseite, öffnet ruckartig die Tür. »Raus!«

»Nein«, sagt Marko.

»Was ist!?«

»Nichts.«

»Was heißt das? Nichts?«

Stille. Holdner wartet. Auf Erlösung, denkt er. Darauf wartet er. Er hat das alles nicht verdient, räumt auf, was Marko in Unordnung gebracht hat. Marko wendet sich ihm zu, sucht seine Augen. Sieht ihn an wie ein Hund es tun würde, ein gut abgerichteter Hund, der den Aufstand probt. Geprobt hat.

»Kommst du?«, fragt Holdner. »Komm schon. Bitte.« Ist er das wirklich, mit dieser säuselnden Stimme?

Marko steigt aus dem Wagen, eine unausgesprochene Frage auf seinen Lippen, die Holdner beantwortet, ohne zu sprechen.

CHRISTIAN

Dann sitzen sie im Restaurant. Es ist wie beim ersten Mal. Nadine hat Burger und Pommes gewählt, dazu Limonade. Christian einen Kaffee.

»Was war denn los?«, fragt er, nachdem sie lange geschwiegen haben.

»Nicht wichtig«, sagt sie.

»Du kannst …«

»Erzähl einfach weiter«, sagt sie.

Er lehnt sich zurück. Sie wartet.

»Wo waren wir denn stehen geblieben?«, fragt er, und sie überrascht ihn. Sie weiß es genau, kennt sogar das letzte Wort, das er gesprochen hat, nachts, vor einigen Tagen, den

Satz, der am Ende gestanden hat, den er nicht mehr vollendet hat, weil er zu müde gewesen ist.

»Ja«, sagt er und beginnt zu erzählen. Worte finden ihren Weg, kristallisieren sich heraus, es ist tatsächlich so, als würden sich zunächst die Buchstaben formen, dann die Worte, dann die Sätze und mit ihnen der Sinn. Der Wortsinn immerhin, noch nicht das Begreifen, das dem, was damals geschehen ist, einen Sinn verleihen könnte. Damals, denkt er. In Wirklichkeit ist keine Sekunde vergangen, obwohl so viele dazwischenliegen, zwischen dem Abend, an dem Natalie eingeschlafen ist und diesem späten Abend hier heute, diesem Moment, den er mit Nadine teilt. Teilen darf. Er erzählt, von einem Treffen, das er hatte, mit Natalies Eltern, die er kaum gekannt und später nie kennengelernt hat. Davon, wie er für Momente mit ihnen die Trauer hat teilen können, aber nur für Momente.

Irgendwann schweigt er, und sie sagt:

»Hast du eigentlich so eine Marke?«

Er hebt den Blick.

»So ein Teil, das du vorzeigst, wenn du mit Verdächtigen sprichst.«

Er lacht. Fragt sich, wie sie plötzlich darauf kommt. »Ja, habe ich tatsächlich.«

»Zeig mal her.«

»Hm.«

»Hopp, hopp«, sagt sie. »Beeilung.«

Er lächelt. Nimmt seine Brieftasche, sucht den Dienstausweis, der eigentlich in einer der Seitenklappen … merkwürdig … er entnimmt alles, legt es auf dem Tisch ab, aber da ist kein … doch, da ist er … er zuckt zusammen. Für

Momente denkt er, dass irgendwas passiert ist. Eine Explosion.

Nein, es war ein Stuhl, der krachend zu Boden gefallen ist. Der Stuhl, auf dem Nadine gerade eben noch gesessen hat. Entspannt zurückgelehnt. Sie ist weg. Sie läuft, rennt. Er kramt die Sachen zusammen, steckt das Portemonnaie in die Hosentasche, folgt ihr. Sie ist in der weiten Bahnhofshalle, rennt, wie in Panik. Was zum ... was soll das?!

»Nadine!«, ruft er im Laufen. »Hey!« Seine Beine knicken weg, er rappelt sich auf. Die Bahnhofshalle ist weit, das ist gut, er hat sie noch im Blick, aber sie hat den Seitenausgang fast erreicht. Wenn sie da durch ist, wird er sie nicht mehr sehen können.

»Waaaarrrrttteee, verdammt!!! Nadine!!!«

Er rennt, rennt, rennt ... und dann bleibt sie stehen. Neben dem Gebäude der Bahnhofsmission. Neben einem Werbeplakat, das ein neues Smartphone anpreist. Kommunikation sei alles, sagt der Slogan. Sie steht still, etwa zwanzig Meter entfernt. Da ist etwas in ihren Augen, ein neuer Blick, der ihn unmittelbar an ein verwundetes Tier erinnert. Ein Tier, eine Katze vielleicht, die schwer verletzt worden ist, aus dem Nichts heraus, vollkommen unerwartet. Von Menschenhand, denkt Christian vage. Eine Katze, die völlig unvorbereitet war, als sie lebensbedrohlich verwundet worden ist, von Menschenhand. Er begreift das Bild nicht, aber es ist sehr gegenwärtig, füllt seine Gedanken ganz aus.

»Nadine«, sagt er.

»Das bin ich nicht«, sagt sie.

»Was?«

»Ich bin nicht Nadine. Das bedeutet, du kennst mich nicht. Du weißt nichts.«

»Wie bitte?«

»Warum nennst du mich Nadine?«

»Ach so. Entschuldige. Das stimmt, den Namen habe ich dir ... ja ... verliehen, weil er mir durch den Kopf ging. Vielleicht wegen Natalie. Natalie, Nadine. Du hattest deinen wirklichen Namen nicht genannt.«

»Das heißt, du weißt nichts. Du weißt nicht, wer ich bin. Weißt nichts über mich. Kennst meine ... Geschichte ... nicht.«

Sie betont jeden Buchstaben, wie in Versalien. Meine GESCHICHTE.

»Nein. Natürlich nicht.«

»Du bist mir zufällig begegnet. Hast irgendwie gedacht, dass du mir gerne etwas erzählen willst. Über dich. Und Natalie.«

»Ja. Genau.«

Sie schweigt. Irgendwo fährt ein Zug ein. Vielleicht der letzte diese Nacht. Ihre Stimme ist hart wie Stahl, als sie fortfährt: »Dann sag mir bitte, woher du das Bild hast.«

Er begreift nicht.

»Das Bild.«

Etwas nähert sich an. Eine Ahnung, sie entspringt in einem dunklen, fernen Raum. Ergibt keinen Sinn. Noch nicht. Ebenso wenig wie alles, was er erzählt hat. Über Natalie. Nichts ergibt Sinn. Er nimmt sein Portemonnaie, sucht, wird fündig. Faltet das Blatt jetzt ganz auseinander. Es hat auf dem Tisch gelegen, während er nach seinem Dienstausweis gesucht hat. »Das hier?«, fragt er.

»Woher hast du dieses Bild?«

Er betrachtet das Bild. Da ist Sommer, denkt er, Spielplatz, Wohnwagen. Die Zeichnung, das bunte Bild von der Enkeltochter dieses Hausverwalters. Er sieht Nadine an, sucht in ihren Augen nach einer Antwort, obwohl sie es ist, die ihm eine Frage gestellt hat.

Er sucht eine Antwort, auf tausend Fragen, auf alle Fragen, in ihren Augen.

»Das ist der Ort«, sagt sie. »Der Ort, an dem ich kaputt gemacht wurde.«

Acht

Lost in time
she travelled overseas
undone
the music dying
for a while

CHRISTIAN

Die Zeit hat sich verdichtet. Hat sich reduziert. Im Bruchteil einer Sekunde. Ein weiter Raum ist geschrumpft. Auf ein kleinstmögliches Maß. Auf ein buntes Gemälde, eine Zeichnung, die aus der Zeit gefallen zu sein scheint.

Die Worte des Hausverwalters spuken in seinem Kopf herum, während er fährt und versucht, Ben zu erreichen. Nadine sitzt auf dem Beifahrersitz. Er will sie etwas fragen, aber keine Zeit jetzt.

Nehmen Sie, hat der Hausverwalter gesagt. *Hat meine Enkeltochter gemalt. Schön, nicht wahr?* Wie war der Name? Holdner.

Ben nimmt das Gespräch entgegen.

»Christian hier«, sagt er. »Wir haben was. Einen Durchbruch.«

Ben, am anderen Ende, scheint aus tiefem Schlaf zu kommen. So als hätte er lange nicht geschlafen, als wäre er endlich zur Ruhe gekommen. Aber dann wirkt er schon hellwach. Alarmiert. »Was?«, sagt er.

»Durchbruch. Wir waren gestern bei einem Mann, sind einem Hinweis nachgegangen. Nein, vorgestern. Gegen

Mittag. Gerhardt, wenn ich mich richtig erinnere. Marko Gerhardt. Wir sind einem anderen Mann begegnet. Hausverwalter. Der lebt in einem Wohnwagen, vor dem Hochhaus, in dem Gerhardt eine Wohnung hat.«

»Ja. Okay«, sagt Ben.

»Ich bin auf dem Weg dahin. Mit dem Mann …« Er hält inne, denkt an Nadine. Oder wie immer sie heißt. Sie sitzt neben ihm, schweigend. »Mit dem Mann, diesem Hausverwalter, stimmt was nicht.«

»Was genau meinst du?«

»Kindesmissbrauch«, sagt Christian.

Ben schweigt.

»Hörst du?«

»Ja«, sagt Ben.

»Also, es führt jetzt zu weit, dass alles im Detail zu erklären, aber dieser Hausverwalter, ein Herr Holdner, ist dringend verdächtig, Kinder missbraucht zu haben«, sagt Christian. Er denkt an das, was Nadine gesagt hat. Wenige Sätze nur. Der Ort, an dem sie kaputt gemacht wurde. Von Holdner. Und anderen. Und nicht nur Nadine. Auch andere Kinder.

»Okay«, sagt Ben. »Wo ist das?«

Christian nennt die Adresse, die er der Intranet-Akte entnommen hat. Er weiß noch den Weg. Lederer informieren, denkt er. Sofort. Und endlich ankommen. »Wir sind bald da«, sagt er.

»Warte auf mich«, sagt Ben. »Ist Malvi informiert?«

»Noch nicht.«

»Warte auf mich. Ich bin unterwegs. Bis gleich.«

»Du bleibst dann im Wagen«, sagt er. »Ja?«

Nadine nickt.

In einiger Entfernung tut sich schon das Schild auf, gewinnt an Größe, dämmrig beleuchtet von Straßenlaternen. *Am roten Strand Seeblickcamping.*

BEN

Ben durchquert die Nacht. Auf einer geraden Linie. Als er ankommt, ist der Wohnwagen dunkel. Das Hochhaus dahinter schemenhaft beleuchtet, das Treppenhaus. Als er aussteigt, sieht er Christians Wagen und nimmt wahr, dass jemand auf dem Beifahrersitz sitzt. Eine Frau.

Er läuft weiter, nähert sich an, dem Hochhaus, dem Wohnwagen, dann löst sich Christian aus dem Dunkel heraus, kommt ihm entgegen, vom Hochhaus aus. »Keiner da«, sagt er. »Weder der Verwalter noch der Jüngere, zu dem der Hinweis eingegangen war.«

Ben schweigt. Er wundert sich selbst darüber, wie ruhig er ist. Auch wenn er noch nicht alles versteht, bei Weitem nicht alles, hat sich ein zentraler Gedanke längst herausgebildet. Dass sie hier richtig sind. An einem Ort, an dem er nie zuvor gewesen ist. *Am roten Strand Seeblickcamping.*

»Also, ich war oben, bei der Wohnung, ich denke, da ist keiner. Der Wohnwagen steht in jedem Fall leer. Wir brauchen jetzt schnell staatsanwaltliche Beschlüsse, Lederer leitet das in die Wege.«

»Okay«, sagt Ben. Lederer, denkt er, vermutlich war er sofort hellwach, als Christian ihn informiert hat.

»Lederer ist auf dem Weg ins Büro, um alles auf den Weg zu bringen. Aber vielleicht ... kommt ja einer von denen ...«

Dann hält Christian inne. Duckt sich weg.

»Weg, weg«, murmelt er.

Ben folgt ihm, Christian rennt geduckt in Richtung des Wohnwagens. Schatten, denkt Ben. Alles ist verschattet, das ganze Areal, die weite Fläche, verschattet, weil fein und blau die Dämmerung anbricht. Er folgt Bens Blick, zum Parkplatz. Da ist ein dritter Wagen hinzugekommen. Christians, Bens und ein weiterer.

»Das ist der Hausverwalter«, sagt Christian tonlos.

Ja, denkt Ben.

Er sieht die Silhouette eines Menschen, eines Mannes. Mit festen, zugleich trägen, müden Schritten bewegt er sich auf sie zu. Über die Wiese, den Spielplatz, ein Bild kristallisiert sich heraus, ein Bild dieses Mannes, den er nicht kennt, der ihm fremd ist, fremder als fremd.

»Das ist er«, murmelt Christian.

NADINE

Als der Wagen neben ihr ausgerollt und zum Stillstand gekommen ist, hat sie einen Blick durch den Rückspiegel geworfen. Hat vermutet, es seien Kollegen von Christian. Vielleicht ein Streifenwagen. Aber nein. Nein.

Nein.

Sie hat unwillkürlich begonnen zu weinen und sich im

Sitz vergraben, sie hat gehofft, unsichtbar zu sein, so, als wäre sie gar nicht mehr da. Sie hat alles gehört, hat gehört, wie Holdner ausgestiegen ist, hat gespürt, wie er vorüberlief, einige Meter entfernt. Sie hat seinen Hinterkopf gesehen, dann den ganzen Mann, er ist zum Wohnwagen gelaufen. Erschöpft, hat sie gedacht.

Jetzt sucht sie die Fläche ab. Holdner ist nur noch ein Schemen, das an Größe verliert, Schritt für Schritt. Wo ist Christian? Wo ist der andere Mann, der angekommen ist? Ein Kollege? Sie weint, lautlos, beiläufig, sie merkt es kaum. Vielleicht, denkt sie, ist einfach niemand da. Sie ist allein auf der Welt.

HOLDNER

Plötzlich geht alles sehr schnell. Er bleibt stehen, begreift, dass es zu still ist, zu blau, zu dunkel der Raum hinter den Fenstern des Wohnwagens. Von allem eine Spur zu viel.

Dann streift ihn ein Schlag, streckt ihn nieder, er liegt am Boden. Für Momente denkt er, dass er das nur träumt, er ist eingeschlafen, auf halber Strecke, steht auf irgendeinem Parkplatz zwischen hier und dort, und bildet sich ein, was passieren könnte. Das Allerschlimmste. Dass er seine Freiheit verliert. Nichts ist so schrecklich wie dieser Gedanke, diese Angst.

Fragen prasseln auf ihn ein. Wie Gewehrsalven. Der Mann, der ihn hochzerrt, ist in Aufregung. Er kennt den Mann. Das ist einer der Polizisten, die kürzlich hier waren.

Um nach Marko zu fragen. Nichts Wichtiges. Kleine Sache. Wir wollen nur was überprüfen.

Sandner, so heißt er. Das ist der Polizist, dem er das Bild geschenkt hat. Lauras Zeichnung. Wo ist Laura? Übernachtet. Bei Simona. Jetzt beginnt er zu kämpfen, für seine Freiheit. Ein hohes Gut. Alles, was er hat. Wie soll das enden, wenn er nicht mehr tun darf, was er will? Was er muss?

Wie gut, dass er Marko zurückgelassen hat, an der Lichtung. Es war also mehr als eine Strafe, die er ihm auferlegt hat, es war weise Voraussicht.

»Wo ist Herr Gerhardt? Marko Gerhardt?«, fragt der Polizist. Neben ihm steht noch einer. Ein anderer, nicht der, der vor wenigen Tagen hier war. Er betrachtet den anderen. Etwas an ihm verwirrt ihn. Seine Gedanken rasen, aber jetzt, wenn er den anderen ansieht, den schweigsamen Kollegen, dann stehen sie plötzlich still. Warum sieht dieser Kollege ... so verdammt traurig aus? Warum schweigt er so ... still?

»Wo ist Gerhardt?!«, schreit der andere Polizist. Der, den er kennt. Sandner. Genau. Christian Sandner.

»Bedaure«, sagt Holdner.

»Was?«

»Ich vermute, dass Herr Gerhardt schläft, es ist noch sehr früh. Weiß gar nicht ... fünf ...?«

»Wo kommen Sie her. Zu dieser frühen Stunde?«, fragt Sandner. Es ist mehr ein Schrei als eine Frage. Ja, doch, Sandner ist wirklich wütend.

Holdner schweigt. Sowieso egal, was er antwortet. Außerdem geht ihm etwas anderes durch den Kopf. Eine Frage von erheblicher Bedeutung? Wie zum Teufel sind die darauf gekommen? Also … warum steht Marko wieder im Verdacht, aber vor allem, viel wichtiger, viel merkwürdiger, warum ist dieser Polizist so böse, so unfreundlich, warum ist er so wütend … auf ihn, Holdner? Wie kommen sie darauf, dass er … irgendwas … mit diesem ganzen Mist … zu tun hat?! Bedaure, bedaure, denkt er, vielleicht sagt er es auch.

»Was genau bedauerst du?«

Er hebt den Blick. Sieht die Frau, sie verschmilzt mit dem heimlich herannahenden Morgen. Ein Morgen, der sich angeschlichen hat, jetzt ist er da. Groß ist sie geworden, denkt er unwillkürlich. Groß, schön, anders schön.

»Ich hatte doch gesagt, du sollst im Wagen warten«, sagt der Polizist.

BEN

Die Zusammenhänge zerfasern, lösen sich voneinander ab, bis sie in Fetzen herabhängen. Alles wird beliebig, beiläufig, weil sich etwas festgebissen hat, etwas, das er noch nicht benennen kann. Uniformierte Kollegen und zwei Mitarbeiter der Kriminaltechnik sind eingetroffen. Legen behutsam ihr Arsenal an technischem Gerät bereit. Christian durchwühlt den Schreibtisch und die Regale, im Wohnwagen des Mannes. Der Mann heißt Holdner. Er hat etwas mit der Sache zu tun. Aber er ist nicht der Entführer. Er ist nicht der Teddybär.

Holdner sitzt draußen, vor seinem Wohnwagen, flankiert von zwei uniformierten Kollegen. Holdner schweigt. Hat mitgeteilt, nichts zu sagen zu haben. Er verstehe nicht, was das alles solle, hat er gesagt.

»Hab was«, sagt Christian.

Ben läuft zu ihm hinüber, Christian wedelt mit einem Zettel. »Die Nummer von Gerhardt. Wir brauchen die Ortung.«

Ben nickt. Er tippt schon Lederers Nummer ein. Lederer geht ran, Ben skizziert knapp die Sachlage.

»Bestens, ich schicke eine stille SMS«, sagt Lederer.

Ben nickt.

»Lass uns beten, dass der sein Handy angeschaltet hat«, sagt Christian.

Beten? Denkt Ben. Wie lange ist das her? Wann hat er zuletzt gebetet? Dann weiß er es plötzlich. Es war an dem Tag, an dem Marlene zur Welt kam. Ben hat ein Gebet gesprochen, in einem kleinen Warteraum, im Krankenhaus, alles war weiß.

Er hat darum gebetet, dass Marlene zur Welt kommen wird, unversehrt, glücklich. Können Säuglinge, Neugeborene eigentlich glücklich sein? In jedem Fall hat er darum gebetet, zu einem Gott, an den er gar nicht glaubt.

Christian telefoniert. Hektisch. Die Kriminaltechniker betreten den Wohnwagen, beginnen zu arbeiten. Oben, in dem Hochhaus, wird vermutlich gerade die Wohnung des zweiten Verdächtigen aufgebrochen. Falls alle dafür notwendigen Unterlagen eingetroffen sind. Der Morgen bricht an, jetzt wirklich.

Und Ben hat wirklich den Faden verloren, aber nur deshalb, weil sich ein Gedanke so massiv festgesetzt hat in seinem Hirn, dass alles andere verblasst. Alles ist nur noch wie Treibgut, das diesen einen, alles beherrschenden Gedanken umspielt, Treibgut, das belanglos herumplätschert. Bei Gelegenheit, wenn er wieder bei sich ist, wird er Christian fragen, wie das hier alles zusammenhängt. Wer die Frau ist, die in Christians Wagen saß, die zum Wohnwagen gekommen ist, die dem Verwalter, Holdner, durch ihr Erscheinen und eine einzige Frage einen heftigen Schlag versetzt hat. Wo ist die Frau? Christian hat mit ihr gesprochen. Dann ist sie mit einer uniformierten Kollegin losgefahren. Wohin?

Später. Später wird er danach fragen.

Zeit vergeht, Ben weiß nicht, wie lange.

Christian spricht mit ihm, er stellt seine Sinne scharf, dann hört er, was er sagt.

»Wir haben ihn. Lederer hat den Standort. Kommst du?«

Ben folgt Christian. Ins Freie. Die Morgenkühle verschleiert halbherzig den heißen Tag. Marlene, denkt er. Wie schön, dass es dich gibt. Er folgt Christian über die karge gelbe Wiese, vage nimmt er den Verwalter wahr, Holdner, der ohne Regung auf einem Stuhl vor seinem Wohnwagen sitzt.

Sie passieren den kleinen Spielplatz, die Schaukeln. Dann sind sie auf dem Parkplatz, beim Wagen, Ben steigt ein, auf der Beifahrerseite.

Christian fährt ruckartig an, schaltet Lederers Stimme über Bluetooth zu, Lederer hat einen Standort, eingegrenzt auf einen überschaubaren Raum. »Sind unterwegs«, sagt Christian.

Ben schließt die Augen, jetzt ganz umschlossen von dem einen Gedanken, dem, den er nicht mehr zu Ende denken wird.

Er hört Lederer sprechen, ganz real, sieht Nadine schweigen, vor dem geistigen Auge. Kein Wort hat sie gesagt, nachdem sie den einen Satz ausgesprochen hatte. Die eine Frage, an Holdner, diesen Hausverwalter, gerichtet.

Die Intensität des Wiedererkennens. Holdners Augen geweitet, der Mund stand offen. Für Sekunden nur, dann hat Holdner sich in sich zurückgezogen. Hat sich abgeschlossen. Hat begonnen zu zittern, und Christian hat gedacht, dass dieser Mann soeben innerhalb einer Sekunde um Jahrzehnte gealtert ist.

Christian fragt sich, was Nadine in diesem Moment wachgerufen hat, mit ihrer Frage. *Was genau bedauerst du?*

Sie hat keine Antwort erhalten und sicher auch keine erwartet. Hat die Frage gestellt. Die Frage, die sie seit langer Zeit stellen wollte. Hat sich, nach langen Sekunden, abgewendet. Ist zurück zum Parkplatz gegangen. Christian ist ihr gefolgt, hat sie gebeten, mit einer Kollegin ins Präsidium zu fahren. Auf ihn zu warten.

»Mal sehen«, hat sie gesagt.

»Du musst warten«, hat er gesagt. »Wir müssen diese Sache hier klären.«

Ihr Blick hat auf ihm geruht. »Klären?«, hat sie gesagt.

»Ja.«

Sie hat gelacht. Nicht böse, nicht verächtlich. Er weiß nicht, wie. Vor allem traurig vielleicht. Er fragt sich, ob sie noch da sein wird, später. Mal sehen. Nadine nicht verlieren, denkt er. Nadine nicht verlieren. Und Jannis finden.

Lederers Stimme vermengt sich mit seinen Gedanken.

»Ja, sind da«, sagt Christian. Ben, neben ihm, auf dem Beifahrersitz, schweigt. »Hier … ist einfach eine weite Fläche«, sagt Christian. Wir stehen etwa hundert Meter vor einem Waldrand.«

»Dann fahrt rein«, sagt Lederer.

»In den Wald?«

»Ja.«

»Okay.«

Christian beschleunigt. Sie passieren die ersten Bäume. Licht und Schatten spielen eine Art Spiel. Wechseln einander ab, scheinen sich das Licht wie einen Ball zuzuwerfen, zwei Spielpartner mit unterschiedlichen Interessen. Der eine lässt das Licht scheinen, der andere lässt es erlöschen. Für Sekunden nur. Und immer so weiter.

Hinter der Windschutzscheibe tut sich ein heller Raum auf. Eine weite Wiese, umgeben von höherem Gras. Eine Lichtung. Etwa fünfzig Meter entfernt sitzt ein Mann am Wegesrand. Mit einem Koffer. Als wolle er hier, im Nichts, auf einen Reisebus warten. Christian bremst ab. Ben zuckt zusammen. Warum? Ben starrt den Mann an.

»Scheiße«, sagt Christian. Er fragt sich, was zu tun ist. Versucht, nachzudenken. Aber Ben nimmt ihm die Antwort ab.

»Ben? Hey!«

Ben ist ausgestiegen. Lautlos. Wie ein Schatten. Er läuft.

»Ben! He, stopp!« Christian öffnet die Fahrertür, folgt ihm. Was ist mit Ben los? Der läuft einfach, ohne Deckung.

»Ben! Deckung!«

Christian zieht seine Dienstwaffe. Die er noch nie verwendet hat, nicht ein einziges Mal. Ben, denkt er. Ben, Ben.

Ben läuft, aufrecht. Etwa fünfzig Meter entfernt der Mann. Gerhardt. Marko Gerhardt. Jetzt, wenn er ihn da so hocken sieht, erkennt Christian überdeutlich, auch auf die Entfernung, den Teddybären in ihm. Es ist ja nicht zu übersehen.

Gerhardt hebt den Blick, sieht Ben fragend an.

Ein Teddybär, der eine Frage stellen will. Obwohl er ja nicht sprechen kann. Oder? Doch, sie haben ja mit ihm gesprochen, vor wenigen Tagen erst, vor dem Getränkemarkt, da …

Ben hebt seine Waffe an und schießt den Mann, den Bären, nieder. Ein Schuss, zwei, drei. Vier. Der Mann, Gerhardt, liegt flach ausgestreckt am Boden, im hellen, verblühten Gras.

Ben … denkt Christian.

Ben macht einige schnelle Schritte und tritt zu, mit Wucht, in das Gesicht eines Toten.

BEN

Alles ist ganz klar, überdeutlich. Evident. Das ist das Wort, das Ben durch den Kopf geht, ein Wort, das er nie zuvor auf den Lippen gehabt hat, zumindest nicht bewusst.

Evident. Der Mann liegt am Boden, regungslos. Neben ihm ein Koffer. Blau. Blauer Koffer, blauer Himmel. Reißverschluss. Er zieht daran, seine Hände zittern. Hinter ihm, das spürt er, ist Christian. Er atmet schwer.

»Ben.«

Christians Stimme, in seinem Rücken, leise, dann ist Christian neben ihm. Gemeinsam öffnen sie den Koffer. Darin, zusammengekauert, ein Junge. Er atmet, denkt Ben. Atmet, atmet. Nicht schwer, wie Christian. Nicht leicht. Kaum merklich. Er hat die Augen geöffnet. Dinosaurier-Gruppe, denkt Ben. Als der Fotograf das Foto gemacht hat, hat Jannis versucht zu lächeln. Hinter dem gestellten hat sich ein echtes, offenes Lächeln verborgen. Hat darauf gewartet, Raum zu finden. Das ehrliche Lächeln kann erst Raum greifen, sobald das gestellte sich zurückziehen darf.

Nicht lächeln, denkt Ben. Ihm ist schwindlig. Nicht lächeln jetzt, du musst nicht lächeln.

Christian neben ihm steht auf, beugt sich hinunter, hebt den Jungen aus dem Koffer.

Er geht ein paar Schritte, legt den Jungen auf der Wiese ab. Was für ein wunderbarer Ort, denkt Ben. Eine Wiese, die anders aussieht, als wären sie auf einem anderen Planeten gelandet. Neben dem Jungen, der im Gras liegt, neben Christian, der bei dem Jungen sitzt, seine Hand haltend, ist eine Grube. Ben betrachtet die Grube, die er schon früher gesehen hat, seine Augen haben sie gestreift, während er auf das Gesicht des Mannes eingetreten hat. Es dauert einige Sekunden, bis sich der Zusammenhang herauskristallisiert, bis die Worte kommen, evident, überdeutlich, aber es sind nur Worte. Grube, Junge, Grab.

Ein Grab, in dem niemand jemals liegen wird. Kein Junge.
Nicht Jannis. Niemand.

Christian sieht hinein, die Grube ist tief, sicher einen
Meter achtzig, so wie es vorgeschrieben ist, er hat vor Augen, was passiert ist, sieht es bildlich. Nicht der tote Mann,
der am Wegesrand liegt, hat diese Grube ausgehoben, sondern Holdner. Der Verwalter. Der ihm ein Bild geschenkt
und der Nadine kaputt gemacht hat. Christian hat Holdner vor Augen. Wie er hier gestanden hat, schweißnass, ein
Grab aushebend. Er hält den Gedanken fest. Den Gedanken, dass das Grab leer bleiben wird, ein leerer Raum, in
dem nichts ist, gar nichts.

Er hat bereits eine Entscheidung getroffen. Wohl wissend, dass es die falsche ist. Sehenden Auges.

Der Junge atmet, hat die Augen geschlossen.

»Alles gut«, sagt Christian.

Alles gut, alles gut, alles gut.

»Ben«, sagt er.

Ben, der einige Meter entfernt bei dem blauen Koffer
hockt, hebt den Blick.

»Gerhardt hat dich angegriffen. Wir haben den Koffer
gesehen, das Grab, Gerhardt wollte dich daran hindern,
den Jungen aus dem Koffer zu befreien.«

Ben sieht ihn an.

»Er stand zwischen dir und dem Koffer, hat einen Schritt
auf dich zu gemacht, hat die rechte Hand an die rechte Ho-

sentasche gelegt, wir mussten davon ausgehen, dass er bewaffnet ist.«

Ben schweigt.

»Dann hast du geschossen. Wir sind zu dem Koffer gerannt, über das Gesicht des am Boden Liegenden, haben den Koffer geöffnet, den Jungen befreit.«

Ben schweigt. Dann sagt er: »Ja.« Ben hält Christians Blick stand.

Ja.

Es klingt, aus Bens Mund, als sei es so gewesen.

HOLDNER

Wiese, Spielplatz, Parkplatz, in seinem Rücken der Wohnwagen, das Hochhaus. Alles beginnt zu erstrahlen, beschienen von Sonne, der Morgen bricht an, bricht sich Bahn.

Er hört ein Gespräch. Worte werden gewechselt. Er hört nur die des Mannes, der neu dazugekommen ist. Ein Wichtigtuer, im feineren Zwirn. Er hat einen merkwürdigen Namen. Mawi oder Malwi oder ähnlich. Er telefoniert. Vielleicht mit Sandner.

Holdner hört nur Fetzen des Gesprächs, aber sie reichen vollkommen aus. Natürlich hatte Marko sein Handy eingeschaltet. Natürlich haben sie ihn gefunden. Natürlich hat er die Aufgabe nicht erledigt, hat nicht getan, was Holdner ihm auferlegt hatte. Den Jungen zu erledigen und in das Grab zu legen, das er, Holdner, ausgehoben hat, in schweißtreibenden Stunden.

Den Jungen hineinlegen, das Grab zuschütten. Und Ende. Aus und vorbei. So einfach.

Aber zu schwer für Marko. Wie hat er sich so in ihm täuschen können? Ein Fehler. Kardinalfehler. Vor Jahren begangen, jetzt zahlt er den Preis.

Malvi spricht, Sandner, am anderen Ende, spricht auch. Holdner lauscht angestrengt. Versucht, etwas herauszuhören, das er verwenden kann. Etwas, irgendetwas, das ihm einen Ausweg eröffnen könnte. Etwas, das er für sich in Anspruch nehmen könnte. *Gerhardt? Marko? Nie gehört. Ach so, doch, klar, wohnt im Hochhaus. Ja. Zehnter Stock. Ja, ja, ich bin hier Verwalter. Gerhardt, ja, der hilft mir manchmal bei kleineren Reparaturen. Wo er ist? Das fragen Sie mich?*

Malvi oder wie immer er heißt, beendet das Gespräch, und Holdner streift für Sekunden die Erinnerung an die Begegnung, am frühesten Morgen, als der Spielplatz noch blass blau war, als die Nacht noch … ja … gestrahlt hat, in Blau. Dann hat er sie gesehen. Urplötzlich. Wirklich wie aus dem Nichts.

Sie ist erwachsen geworden. Als er sie gesehen hat, als sie plötzlich vor ihm gestanden hat, hat er zwei Dinge begriffen.

Erstens, dass sie immer etwas ganz Besonderes gewesen ist. Damals, als sie hier in der Gegend gewohnt hat, mit einer überforderten Mutter und einem abwesenden Vater.

Zweitens, dass er verloren hat. Dass das Spiel zu seinen Ungunsten enden wird. Erst in diesem Moment fiel ihm auch auf, dass es tatsächlich ein Spiel war. Immer ein Spiel. Die Lust am Spiel.

Er sucht die Fläche ab, Wiese, Spielplatz, Parkplatz. In der Ferne Wasserplätschern, vielleicht das ältere Ehepaar, das seit einigen Tagen am See campt und jeden Morgen schwimmt. Beide. Jeden Morgen zur selben frühen Stunde. Zwei Menschen, die gemeinsam alt geworden sind. Gemeinsam schwimmend blicken sie dem Tod entgegen. Er blickt hinüber zum Parkplatz und denkt, dass gleich ein Streifenwagen vorfahren wird. Aussteigen werden Sandner und Marko. Marko wird geduckt laufen, zutiefst betroffen. Es wird ihm sicher leidtun, dass er alles verbockt hat. Dass er alles kaputt gemacht hat.

Oder wird Marko gar nicht kommen? Hat er einen der Gesprächsfetzen richtig begriffen? War da von einem Toten die Rede?

In jedem Fall bleibt der Parkplatz leer, vielleicht bringen sie Marko einfach direkt zum Verhör, wie auch ihn, Holdner, in Kürze. Er wendet den Blick ab, zur Seite, und sieht, dass jemand anderes angekommen ist, nicht Marko.

Die beiden stehen in einiger Entfernung vor dem sonnenbleichen Hochhaus. Halten inne, werfen Blicke. Fragend, verunsichert. Simona. Und Laura. Ein Gedanke schießt ihm durch den Kopf, eine Art Erleuchtung. Es hat irgendwie mit dem Bild zu tun. Lauras Bild, ihre Zeichnung, die er dem Polizisten, Sandner, geschenkt hat.

Das alles hier hat irgendwie mit diesem Bild zu tun, das Laura gemalt hat, er weiß gar nicht mehr, was darauf zu sehen war.

Er hat es dem Polizisten geschenkt.

Fehler, denkt er. Fehler. Er weiß nicht, warum, er weiß es nur.

Er betrachtet Laura, die vor dem Hochhaus steht, unter der Sonne, dem weiten Himmel, und dann denkt er etwas, das ihn überrascht.

Dass Laura frei ist, endlich. Erlöst. Von ihm.

LANDMANN

Am späten Vormittag regnet es in Strömen. Der Sommer wird weggewischt. Im Handstreich. Zumindest hier, in dieser fremden Stadt.

Landmann sitzt wieder im Speisesaal, zum Frühstück. Wieder isst er nichts. Trinkt Kaffee. Der Gedanke, etwas zu essen, fühlt sich fremd an. Nicht unangenehm, einfach fremd. Fern.

Er sieht für eine Weile den Kindern zu, die guter Laune sind. Sie essen Brote mit Nougatcreme. Sind hibbelig, wedeln mit den Beinen hin und her, stehen auf, rennen zum Büfett, ignorieren die humorlosen Kommentare ihrer Mutter, die einen Obstsalat isst. Der Vater spricht wenig, scheint in Gedanken versunken zu sein. Woran er wohl denkt? An diesem Morgen? An dem seine Jungs am Büfett randalieren und seine Frau Obstsalat isst und Barbara nicht mehr lebt?

Er geht auf sein Zimmer. Steht lange auf dem Balkon, das Schwimmbad betrachtend, auf das der Regen fällt. Wasser auf Wasser. Die Regentropfen treffen mit Wucht auf die Oberfläche, wie kleine Steine.

Er wendet sich ab, packt seine Sachen. Er kann gehen, wann er will. Weil es in Wirklichkeit kein Entrinnen gibt.

Er befüllt die leere Reisetasche, mit Nichts. Einem anderen Nichts.

Er sieht sich noch einmal im Zimmer um.

Dann, intuitiv, nimmt er sein Handy und macht ein Foto, ein Bild des leeren Raums, bevor er geht.

SARAH

Dann wird der leere Raum befüllt, mit Farben. Ein Mann, den sie nicht kennt, bringt sie zurück, alle Farben, den ganzen Regenbogen, ein ruhiger, nett wirkender Mann, der sich mit dem Namen Lederer vorstellt.

Sarah steht ein wenig im Hintergrund, während Lederer, an der Tür, mit Mama spricht. Papa kommt dazu, sagt etwas. Aber Sarah hört nur die Worte, die Lederer spricht. Beiläufig nimmt sie wahr, dass Mama in sich zusammensackt, dass Papa versucht, sie zu stützen, auch der Polizist streckt die Hände aus, fängt Mama auf.

Mama verliert alle Kraft, aber das ist nicht schlimm, es passiert, weil sie glücklich ist. Sie zittert, lässt sich zu Boden sinken. Papa nickt, will sprechen, kann nicht. Lederer erklärt, wie es weitergeht. Sarah hört jedes seiner Worte. Papa hört zu. Irgendwie mag sie diesen Papa, der anders ist, weil er mehr zuhört und weniger spricht. Früher hat Papa andauernd geredet, alles gewusst, alles besser gewusst. Jetzt hört er dem Polizisten, Lederer, schweigend zu.

»Ja«, sagt Papa am Ende. »Gut, wir sind gleich so weit.«

Dann, Minuten später, sitzen sie im Wagen des Polizisten, Papa auf dem Beifahrersitz, Mama und sie hinten. Das sei besser so, hat Lederer gesagt, es sei nicht gut, in der Aufregung zu fahren, er werde sie hin- und wieder zurückbringen. Hin. Und zurück. Aber erst mal dahin, wo … wo …

Sie kann es noch nicht zu Ende denken. Wagt es nicht.

Sie kommen an, steigen aus, gehen auf das Krankenhaus zu, Lederer führt sie durch die Gänge. Sie erreichen einen Flügel, in dem hell die Sonne scheint, Kinderzeichnungen an den Wänden, Gesichter streifen Sarahs Blick, lächelnde Gesichter, besorgte Gesichter, aufmunternde Gesichter.

Irgendwann bleibt Lederer stehen. Mama bleibt stehen. Papa bleibt stehen. Sind sie jetzt wirklich angekommen? Sind sie da, wo …

Sarah hört ein Geräusch. Einen langen Ton, wie ein Summen. Ein Singen. Sie konzentriert sich darauf, dann begreift sie, dass es Mama ist, die den Ton ausstößt, einen Ton, in dem Verzweiflung und Hoffnung und Angst und Liebe zueinanderfinden. Papa schweigt, das ist gut. Das hilft ihr dabei, seine Stimme zuzuordnen. Er hat Mamas Hand genommen, und Sarah wagt jetzt, den Gedanken zu Ende zu denken. Sie sind da, wo … Jannis ist.

Er liegt in einem weißen Bett, die Sonne flutet sein Zimmer, er scheint zu schlafen. Eine Frau in Weiß, vermutlich eine Ärztin, steht lächelnd neben dem Bett. Jannis. Er schläft. Atmet.

Kürzlich, in der Woche vor den Ferien, haben sie in der Schule mit der Klassenlehrerin über die Zukunft gesprochen. Wer was machen will, später mal. Beruflich und so. Es gehe ja darum, einen Platz im Leben zu finden, hat die Lehrerin gesagt. Sarah hat das nicht ganz verstanden. Was soll das heißen?, hat sie gedacht. Aber jetzt, denkt sie. Verstanden. Sie wird es der Lehrerin sagen. Und den anderen, der ganzen Klasse. Vielleicht werden sie überrascht sein, wenn sie ihnen den Ort nennt, denn er hat ja nichts mit Beruf oder Karriere oder diesen Sachen zu tun.

Hier, genau hier, auf der Schwelle zu Jannis' Zimmer.

Sie hat ihren Platz im Leben gefunden.

Neun

Up in the air
and into the wild
there by the lake
a submarine's diving

CHRISTIAN

Der Tag fliegt vorüber. In Zeitlupe. Ein wenig, als wären sie auf einem Schiff. Einem trägen Kreuzfahrtdampfer, Menschen vertrödeln ihre Zeit, in Shops, auf der Tanzfläche, am Büfett.

Aber davon sieht Christian nichts, das ist weit weg, irgendwo anders. Sie sind in einem anderen Bereich des Schiffes, weiter unten. Weit unten, im Maschinenraum. Dennoch scheint merkwürdigerweise die Sonne.

Abendsonne.

Flutet den Raum.

Den Besprechungsraum, in dem Informationen ausgetauscht, verifiziert, vermittelt, verworfen, vergegenwärtigt, neu sortiert werden. Gerhardt, Marko. Holdner, Anton.

Der eine tot, der andere schweigt.

Aber es gibt eine Zeugin. Nicht für die Geschehnisse der vergangenen Tage, sondern für etwas, das länger zurückliegt. Ein Bild beginnt, sich herauszukristallisieren. Weil er, Christian, ein Bild geschenkt bekommen hat. Von Holdner, dem Hausverwalter.

Das andere Bild, das sich herauskristallisiert, ist so eigenartig, so schrecklich, dass es Christian noch schwerfällt, es überhaupt in den Blick zu nehmen. Ja. Es gibt eine Zeugin.

Sie heißt Anne. Den Nachnamen hat er gleich wieder vergessen. Weil er genug damit zu tun hatte, aus Nadine Anne zu machen. Eine Zeugin.

Sie hat ausgesagt, während er unterwegs war, mit Ben. Dann ist sie gegangen. Aber die Beamtin, die ihre Aussage aufgenommen hat, hat natürlich die persönlichen Daten erfasst. Christian fragt sich, ob Anne eine Wohnadresse angegeben hat. Und wenn ja, welche.

Anne. Nadine. Anne.

Manchmal kommt das Bild, für Sekunden. Das Bild hinter dem Bild, das, was Anne angetan wurde, vor einer Reihe von Jahren, von diesem Mann. Von diesen Männern? War Gerhardt damals schon dabei? Er hat ihre Aussage noch nicht gelesen. Noch nicht die Kraft gefunden und eigentlich nicht einmal die Zeit, weil alles so schnell geht. Anne, Nadine, Ben.

Was ist los, Ben? Was … ist … ein neues Bild zuckt auf, es zeigt Ben. Ben, der aus dem Wagen steigt, zielstrebig läuft, da ist diese Lichtung, wie ein fremder Ort, auf einem fremden Planeten, das Gras blass türkis und weich und gelb, und Ben …

Dann ein neuer Gedanke. Könnte es sein, dass das Mädchen, Laura, die Enkeltochter des Verwalters, Holdner … könnte es sein, dass sie das Bild absichtlich so gemalt hat? Den Wohnwagen, die Wiese, den Spielplatz? In der Hoffnung, dass es irgendwann einen Weg findet, nach draußen? Dass es gesehen wird, von einem Menschen, der versteht, was es zeigt? Christian denkt an Frau Poulsen. Die helfen wollte und die am Ende tatsächlich geholfen hat. Sehr sogar.

Er muss ihr sagen, dass ihr Hinweis der entscheidende war. Sie wird es ohnehin erfahren.

Einiges, noch nicht alles, hat Kontur gewonnen. Marko Gerhardt hat im vergangenen Jahr einige Zeit bei einer älteren Schwester verbracht, die in Sölden lebt, nicht weit von Innsbruck. Angereist ist er mit dem eigenen Pkw, abgereist ist er überraschend nach wenigen Tagen unter dem Vorwand, zu Hause etwas Wichtiges zu tun zu haben. Gerhardt … Holdner … Ben … der Gedanke kommt, geht. Worte dringen durch. Malvi führt ein Gespräch, die Worte streifen Christians Ohr.

Malvi räuspert sich. Seufzt er?

Christian sucht seinen Blick, Malvi steht am Fenster, umgeben von Licht.

»Ja«, sagt Malvi. Räuspert sich noch mal. »Ja, wir haben … die Techniker haben … ein weiteres Grab gefunden. In der Umgebung des anderen. Die Techniker … ja.« Malvis Stimme bricht. Er sammelt sich. Setzt sich auf einen der Stühle. Schweigt, lange.

»Christian, Ben, fahrt ihr da bitte hin?«, sagt er schließlich. »Wir … müssen das öffnen.«

BEN

Der Raum hinter der Windschutzscheibe ist überbelichtet. Wie in einem Comic, in einem Cartoon. Er ist Teil dessen. Nicht mehr, nicht weniger. Einfach nur eine Figur, in diesem Cartoon.

Dichter Wald, aber dann, urplötzlich ziehen sich die Bäume zurück, wie auf ein stilles Kommando, und die Lichtung tut sich auf. Christian stoppt den Wagen. Ben steigt aus.

Der Ort fühlt sich ungeheuer vertraut an. Weil er so fremd ist.

Kennengelernt hat er diesen Ort am frühen Morgen.

Jetzt begegnet er ihm wieder, abends.

Die Kriminaltechniker stehen in der freien Fläche. Weite, freie Fläche. Hat er von dieser hier geträumt? Vor einigen Tagen?

Er läuft. Folgt Christian, der vorangeht. Die Farben werden schwächer, wahrhaftiger, schieben sich wie ein Filter vor sein Sichtfeld, jetzt sieht er klarer. Der Cartoon, das Überzeichnete, Überbelichtete, ist weg, hat sich zurückgezogen. Er steht tatsächlich hier, neben Christian, der mit einem der Techniker spricht. Er hört die Worte nicht, hat ein anderes im Ohr, das immer wiederkehrt.

Marlene.

Er denkt an Christian. Beäugt die Techniker. Versucht zu erahnen, ob sie ihn beäugen. Er hat nicht den Eindruck. Niemand zweifelt den Ablauf der Ereignisse an. Die Version, die Christian am Vormittag in einer ersten Stellungnahme etabliert und die Ben, mit gesenktem Kopf und rasend stillstehenden Gedanken, bestätigt hat. In allen Punkten. Ben wird der internen Ermittlung beruhigt entgegensehen dürfen. Dank Christian.

Marlene, denkt er. Er fragt sich, ob auch Christian an Marlene gedacht hat. Als er berichtet hat. Was hier, genau hier, nicht passiert ist.

Ben betrachtet Christian, Christian betrachtet das Grab. Es ist etwa zehn Meter von dem anderen entfernt.

Dann denkt Ben, dass hier noch mehr davon sind. Weitere Gräber. Unzählige. Nein. Nein, das ist nur ein Gedanke.

Christian steht einige Meter entfernt, vor dem Grab, nickt. Hat er schon Gewissheit? Gewissheit über das, was sofort Gewissheit war? Nachdem Malvi berichtet hatte? Ist es ein Kleidungsstück, das Gewissheit bringt?

Marlene, Marlene, Marlene.

Christian nickt, wendet sich ab, läuft. Läuft und läuft, auf die andere Seite der Lichtung. Wird immer kleiner. Setzt sich auf eine Bank, die am Rand eines Weges steht, am Rand der Lichtung, als habe sie irgendwer genau da abgestellt, abstellen wollen, vor langer Zeit, wohl wissend, dass Christian sie eines Tages ansteuern wird.

CHRISTIAN

Die Nummer entnimmt er der Intranet-Akte. Er beugt sich vor, wählt, schließt die Augen.

Es ist der Vater, der abnimmt. Er hat sofort sein Bild vor Augen. Ein liebenswerter Mensch. Das hat er gedacht. Weit war er gefahren, um nach seinem Sohn zu fragen. Er war mit dem Taxi gekommen, Fahrgast und Fahrer zugleich. Christian wechselt ins Englische.

»Herr Gebreselassie, hier ist Christian Sandner. Von der Polizei in Wiesbaden.«

Eyob Gebreselassie schweigt.

»Herr Gebreselassie, es war mir wichtig, mit Ihnen sofort zu sprechen, Ihnen zu sagen, was mir … so unendlich leidtut.«

Er greift nach seiner Stirn, bohrt die Finger in die Haut, neben den Schläfen. »Ihr Sohn, Dawit, ist nicht mehr am Leben. Es tut mir … so leid. Ich werde in den kommenden Tagen zu Ihnen kommen. Ich hoffe, Ihnen dann … Fragen beantworten zu können, die Sie vielleicht … haben.«

Stille. Dann Grillenzirpen.

»Ich danke Ihnen«, sagt Eyob Gebreselassie.

Dann ist die Verbindung unterbrochen.

Christian lässt das Handy sinken. Lehnt sich ein wenig zurück, auf der etwas wackeligen Bank aus Holz. Er denkt an Feven und Eyob, an Dawit.

Fragen beantworten können, denkt er.

Lehnt sich noch weiter zurück, lehnt sich an, beginnt zu weinen.

BEN

Am Abend, als er nach Hause kommt, steht Svea in der Einfahrt. Er steigt aus. Geht auf sie zu.

»Wie ist es?«, fragt sie.

Er nickt. Er hat ihr gesagt, was passiert ist. Nicht die Wahrheit, nur die Fakten.

»Wir machen einen ruhigen Abend«, sagt sie.

»Ja.«

Marlene kommt angelaufen, sie ist guter Laune. Svea hat

Marlene nicht erzählt, was passiert ist, er hat sie darum gebeten, nichts zu sagen. Das muss sie nicht wissen. Nicht jetzt. Dass er einen Menschen getötet hat. Im Einsatz.

Svea hat Marlenes Lieblingsnudeln gekocht. Als sie am Tisch sitzen und er Marlene lachen sieht, spürt er ein Lächeln auf seinem Gesicht.

Später sieht sich Marlene in ihrem Zimmer einen Film auf dem Tablet an, Svea hat sich schon hingelegt, liest ein wenig. Er sitzt auf dem Sofa. Der Fernseher ist stumm.

Sein Handy spielt die Melodie, er wartet, bis sie verklingt, dann geht eine Sprachnachricht ein. Er hört sie ab. *Sarah Meininger hier.* Er schließt die Augen. Fragt sich, was sie sagen wird. Weiß es eigentlich schon. Keine Ursache, denkt er. Gar keine. Und Sarah Meininger sagt:

Danke.

ANNE

Er kommt in etwa zu der Zeit, zu der sie ihn erwartet hat. Steigt aus, läuft, steht ihr gegenüber.

»Hallo«, sagt er.

»Hallo.«

»Anne«, sagt er.

Sie schweigt. Lauscht dem Nachhall. »Macht es dir was aus, mich Nadine zu nennen?«, fragt sie.

Er sieht sie an. Überrascht? Hat er viele Fragen? Zu viele? Wird er sie stellen? Macht es ihm etwas aus?

Sie wartet.

»Nein«, sagt er. »Gar nicht.«

»Dann gut«, sagt sie.

»Okay«, sagt er. »Wollen wir …«

»Wie wäre es mit Kino?«

»Kino?«

»Irgendeinen Film schauen. Mitternachtsvorstellung. Einen, der gut ausgeht.«

»Ich fürchte, um die Zeit laufen nur … na ja … irgendwelche Horrorstreifen.«

Sie lacht. Ungezwungen, ohne Vorbehalt, das gefällt ihr. »Dann eben einen Horrorstreifen«, sagt sie.

»Hm«, sagt er.

»Einen, der gut ausgeht«, sagt sie.

Dank von Herzen an

Niina, Venla, meine Eltern, Georg, Wolfgang, Felix,
Esther, Caterina, Lisa und Lisa, Vanessa, Florian,
Christian, Darko, Helge, Ninne, Olivia und Klaus.

Einige der Kapitelanfänge in diesem Roman sind
verknüpft mit Songs des Autors, die während
der Niederschrift des Romans entstanden –
raven (Seite 5), *another isle* (Seiten 205 und 281),
followed by light (Seite 305).

Antti Tuomainen
Der Kaninchen-Faktor

Alles im Leben ist berechenbar. Davon
ist der Versicherungsmathematiker
Henri Koskinen überzeugt; beruflich wie
privat kalkuliert er stets bis zur letzten
Dezimalstelle. Doch dann verliert Henri
unversehens seine Stelle. Und erbt einen
Abenteuerpark – mit ziemlich
eigenwilligen Mitarbeitern und beun-
ruhigenden finanziellen Strukturen.
Offenbar wurden riesige Kredite
aufgenommen, bei zweifelhaften Kapital-
gebern. Und die Herrschaften wollen
nun ihr Geld zurück.

352 Seiten

Im Abenteuerpark trifft Henri auch auf Laura, eine Künstlerin mit
Vergangenheit. Als die Kriminellen kommen, um das Geld
einzutreiben, und sich die Beziehung zu Laura vertieft, sieht Henri
sich mit Situationen und Gefühlen konfrontiert, die selbst für einen
versierten Versicherungsmathematiker einfach nur unkalkulierbar
erscheinen.

Weitere Informationen finden Sie unter **rowohlt.de**

Antti Tuomainen
Die letzten Meter bis zum Friedhof

Jaakko ist 37, als sein Arzt ihm eröffnet, dass er sterben wird: Jemand hat ihn vergiftet. Das an sich ist schon genug, um einem Mann den Tag zu verderben. Leider wird Jaakko zu Hause auch noch Zeuge, wie ihn seine Frau mit dem jungen Angestellten der gemeinsamen Firma betrügt. Der Firma, die jüngst gefährliche Konkurrenz bekommen hat. Der Export von Matsutake-Pilzen nach Japan läuft nämlich blendend, und in Finnlands Wäldern wachsen nun mal

ANTTI
TUOMAINEN

DIE LETZTEN METER BIS ZUM

FRIEDHOF

ÜBERSETZT VON
NIINA KATARIINA WAGNER
UND JAN COSTIN WAGNER

«Großartig!»
AKI KAURISMÄKI

352 Seiten

die besten. Doch die neuen Mitbewerber kämpfen mit harten Bandagen. Ist es da Jaakkos Schuld, wenn jemand zu Tode kommt? Eins ist jedenfalls klar: Mit dem Tod vor Augen geht's auch irgendwie leichter.

Weitere Informationen finden Sie unter **rowohlt.de**